SERGE EHRENSPERGER
PASSIONSTAGE

SERGE EHRENSPERGER

PASSIONSTAGE

ROMAN

EDITION ERPF

Seiten 55 – 108

Die Herausgabe dieses Romans wurde durch einen Beitrag der Stadt Zürich unterstützt.

Satz: Fotosatz Schneider · Grenzach-Wyhlen
Druck: Kirschgarten-Druckerei AG · Basel
Einband: H. und J. Schumacher AG · Bern und Schmitten
ISBN 3-256-00071-1
Printed in Switzerland

ERSTES BUCH:
FLUCHTREISEN UND SCHRECKTRÄUME

Weihnachten verbrachten wir in Bari. Der Autobahnkassierer warnte uns gleich davor, den Wagen draussen stehenzulassen, als wir ihn nach einem Hotel fragten. Wir suchten das Palace, das eines der ersten sei und sich am Rande der Altstadt befinde. Es war leer. Ein Doppelzimmer erhielten wir zum Winterpreis von siebzigtausend Lire, was uns für diese Klasse günstig erschien.

Am Heiligen Abend war alles zu, auch die Hotelküche. Der Concierge suchte trotzdem nach einem Restaurant für uns. Er telephonierte in der ganzen Stadt herum. Sein handgeschriebenes Telephonverzeichnis machte Kontrast zu den damastbespannten Wänden, den Spiegeln und Leuchtern der Empfangshalle; und je mehr er nach hinten blätterte und je billigere Pensionen und Essstätten zum Vorschein kamen, desto abgegriffener waren die Seiten. Schliesslich drückte ich ihm zweitausend Lire in die Hand und wünschte ihm »auguri«. Der Barmann stand missmutig daneben, denn der Concierge hatte schon auf ihn hingewiesen und gesagt, die Bar sei offen, wenn auch nur für Snacks. Dann fügte er bei, man würde uns sicher etwas zubereiten, was uns zufriedenstelle. Aber wir wollten hinaus.

Hinaus in diese weihnächtliche Stadt an der Adria, deren Dom wir eben »unter Todesgefahren« besichtigt hatten, denn der andere Concierge, der Chef an der Theke, hatte uns dringend abgeraten, am Abend die Altstadt zu betreten. »Zur Kathedrale geht man am Morgen«, erklärte er. Aber wir waren doch hingegangen. Das übliche Kindergeschrei und dazu das Schwärmerknallen und Raketenzünden, das dort offenbar an Weihnachten dazugehört. Überfallen wurden wir nicht, und niemand riss Lena die Handtasche weg.

Als wir nach der vergeblichen Restaurantsuche doch wieder auf die Strasse traten, waren auch die Geschäfte zu. Nur der Junge von einer Salumeria liess gerade deren Gitter herunter. Ich realisierte, dass dies die letzte Chance war, etwas zu essen zu kaufen, für alle Fälle, obwohl Lena das kategorisch abgelehnt hatte: Wenn schon, dann sollten wir etwas Vernünftiges essen, koste es, was es wolle. Aber für kein Geld war hier irgendwo etwas Warmes zu bekommen.

So eben Salumi. Und dazu etwas Wein. Und Parmesan. Und Gurken, und noch ein teurerer Wein, und Mortadella. Als unser Fressack fertig war, verlangte der Salumero vierundvierzigtausend Lire. Das konnte nicht stimmen. Der Kerl betrog uns ungeachtet des Weihnachtsabends! Ich liess mir die einzelnen Beträge nochmals überprüfen, aber er rechnete so schnell, dass ich nicht folgen konnte. Wir gingen sogar, nachdem wir die Sache schon hatten aufgeben wollen, nochmals, nach langem Rechnen und Zögern, zurück und reklamierten trotz dem Geburtstag von Gottes Sohn ein zweites Mal. Er rechnete alles zum drittenmal aus, während die Ladenjungen grinsend danebenstanden. Ich weiss nicht, ob sie betreten grinsten oder ob sie grinsten, weil sie wussten, dass wir nichts machen konnten. Schliesslich fuhren wir, übers Ohr gehauen? zurück in die Altstadt, auf den Platz vor dem Castello. Es war beleuchtet, die neue Mode in Italien. Alles Historische war jetzt abends erleuchtet. Wir breiteten unseren Salami auf dem Deckel des Handschuhfaches aus, öffneten unsere Flasche Rosé und begannen unser Festmahl auf

Kartontellern. Aber es gingen noch zuviele Leute an uns vorbei, wohl nach Hause, zur Weihnachtsfeier, und die Gassenbuben zündeten noch immer ihre Frösche und Schwärmer auf dem Platz.

Wir fuhren ein Stück weiter, entdeckten die im Führer beschriebene Kirche San Nicola, einen romanischen Bau mit schönen Umbauten, gelangten auf die Schanzen, fuhren ganz nah an mehreren Erdgeschossfenstern vorbei, hinter denen ohne Vorhänge gefeiert wurde. Christbäume sahen wir keine. Plötzlich standen wir auf einem Befestigungsvorsprung, der sicher einst von Wellen umbrandet gewesen war. Aber jetzt führte eine breite Strasse mit Trolleybuslinie um diese Schanze herum. Davor zog sich noch eine zweite Mauer hin, und erst vor der brachen sich die matten Wellen gelangweilt an Steinblöcken, die dort gegen die Brandung aufgeschichtet lagen.

Am neu eingebauten Radio wurde Fidelio gegeben. Eine von Kommentaren unterbrochene Opernsendung. Der Ansager erzählte uns, zwischen unseren Salamischeiben hindurch, die grausliche Fidelio-Geschichte, in der es auch eine komische Einlage über den Wert des Geldes im Vergleich zum edlen Charakter der Liebe gibt. Also Fidelio, während wir beobachteten, wie die Autos unten trotz der Geburt des Herrn in halsbrecherischer Weise die Kurven schnitten, über eine Sicherheitslinie hinweg, die längst allen Stolz verloren haben musste. Wir erfuhren, dass diese Oper von einem politischen Häftling in Spanien handle. Unter *dem* Aspekt hatte ich diese Musik noch nie gehört. Beethoven rührte uns zutiefst. Trotzdem schnitten wir unseren Salami und liessen das automatische japanische Radio andere Sender suchen. Aber wir kannten schon alle, die es reinbrachte. Auf dem einen kam Popmusik, auf einem anderen Gerede auf italienisch, ein dritter störte schrecklich, im Hintergrund erklang arabische Musik. Ein Wunderding, dieses Radio! Eugen Lebek, der Discounter, mit dem wir befreundet sind, hatte es kurz vor unserer Abreise noch eingebaut, und wir waren eigentlich nur Richtung Luzern gefahren, um es auf der Autobahn auszuprobieren. Dann, in Como, sagten wir uns, dass wir hier schon vor zwei oder vier Jahren Weihnachten verbracht hatten, in Parma wussten wir ganz genau, dass wir hier vor drei Jahren gewesen waren, und so fuhren wir weiter, in die Toskana, durch die Tunnels der Autostrasse Richtung Florenz, wo uns im letzten Februar, während den Sportferien, Lenas altes Auto kaputtgegangen war. Wie herrlich, sie jetzt mit dem neuen Auto mit Musik von eigenen Kassetten zu befahren! Wir waren damals mit achtzig zurückgekehrt, eine Rauchfahne hinter uns, sobald wir mehr aufdrehten. Ich weiss wirklich nicht mehr, wo wir das erstemal schliefen. Doch! Im Hotel Riviera in San Giovanni, unterhalb von Florenz, am Arno, wo ich auch schon übernachtet hatte, mit Juliana. Am nächsten Tag an Rom vorbei, mit seinen seltsam intensiven Grünfarben an den Böschungen der Ringautobahn, Richtung Neapel, praktisch immer im Schrittempo, denn die Römer zogen an diesem 24. aus, die entgegengesetzte Strassenspur war leer, nur die unsere verstopft, dazu schneite es. So alle fünfzig Kilometer lag ein Lastzug im Graben. Man sah ihm unter die Röcke und an die Achsen. Zweimal lag ein Auto-Milchzug an der Böschung. Milch machte da lange nicht alles wieder gut! Niemand kümmerte sich um die freihängenden Räder und die hoffentlich leere Kabine. Nur weiter vorn stand eine Gruppe von Automobilisten, die diskutierten, sie waren aufeinandergefahren. Ich wagte nicht, auszudenken, dass mir dasselbe passieren könnte. Lenas neues Auto zu bezahlen, das wäre über meine Kräfte gegangen. Ich reiste eigentlich nur ihretwegen. Hinter uns die Katastrophe.

In Bari erlebten wir am Weihnachtsabend nicht mehr viel. Wir suchten, wie üblich, doch vergeblich, noch die Strassen mit den Hürchen und Transvestiten; oder doch noch eine anregende Weihnachtsfeier in einer Trattoria? Aber die Gaststätten waren wirklich alle geschlossen. Also weder knallende Astiflaschen noch irgendwelche verschämte oder ausgeschämte Strassenszene. Alles ausgestorben an diesem Geburtstag! Wir kehrten ins Hotel zurück, schliefen, nach unseren Salumi, jämmerlich schlecht, und am nächsten Tag verabschiedeten wir uns von dieser Stadt mit ihrer Altstadt, die im Führer so verlockend ausgesehen hatte, wie sie mir Konrad im Salmen beschrieben hatte. Am 25. fuhren wir weiter, Richtung Tarent. Das war ein Fehler, denn wir waren eigentlich, abgesehen vom neuen Radio und dann vom Regen, der uns endgültig in den Süden hinuntergetrieben hatte, von der Stadt Lecce ganz unten am Absatz des Italienstiefels und deren Barockbauten angelockt worden, die mir Konrad noch einladender beschrieben hatte als Bari und die auch im Führer gross aufgeführt und mit Sternen versehen war. Aber wir mussten Lecce an jenem Morgen einfach vergessen haben, denn plötzlich waren wir auf der Strasse Richtung Tarent und sollten bald Italiens Fussohle erreichen, ohne dass sich dann diese Fussohlenküste im geringsten von einer anderen italienischen Flachküste unterschieden hätte. Italien fühlte sich nicht gekitzelt von unseren neuen, hier so überflüssigen Winterreifen, auch nicht bei den Ruinen von Metapont, wo wir statt den grossen Pythagoras, der hier, laut Führer, gelehrt hatte und gestorben war, lediglich einen Brand von Eukalyptusbüschen sahen, der beinahe auch den umliegenden Föhrenwald angesteckt hätte.

Die Sonne sinkt so früh an diesen Wintertagen! Um vier war immer schon alles vorüber. Eine Verrücktheit, im Dezember reisen! Aber ich war wenigstens ausser Taikos Reichweite gelangt.

Der Doppelhölle entwichen. Wir fuhren weiter, nach der Provinzhauptstadt Potenza, die wir aber liegen liessen, bogen Richtung Neapel ein, nachdem sich Tarent als ein Reinfall, wenn auch als einer mit schönen, sonnenbeschienenen Kaimauern und einem riesigen, im Meer draussen ruhenden Tanker erwiesen hatte. Nur eine Bar war bevölkert: Leute, die aber hinter verschlossenen Türen assen – der Besitzer mit seiner Familie!

Abends waren wir schon in Neapel. Wir betraten noch kurz den Dom, Lena zuerst, denn sie hatte ihn noch nie gesehen und er wurde eben geschlossen. Ich blieb im neuen Audi mit dem neuen Radio sitzen. Bald kam sie zurück, und auch ich warf noch einen kurzen Domsichtblick hinein, und schon war alles dunkel. Ich entschlüpfte mit den letzten Ehepaaren durch eine der Türspalten der Glaubensnacht, die der Messe gefolgt war. Da standen wir, wieder unter spielenden Jungen, und schon begann wieder die Hotelsuche. Ich fragte einen bürgerlich gekleideten Mann, der in seinen Wagen mit Napolinummer stieg, nach einem passenden Hotel. Er empfahl uns das Hotel Parker, wollte uns aber unbedingt selber den Weg dorthin zeigen, fuhr fast eine halbe Stunde vor uns durch die Napelstadt. Wurden wir entführt? – Schliesslich fanden wir dieses Hotel und erhielten sogar noch ein Zimmer. Beim Eintragen der Personalien schwatzte ich die längste Zeit mit dem Portier, über Madrid, dessen helvetische Botschaft mir meinen Pass ausgestellt hatte. Denn der Mann kannte sich in Madrid gut aus, nicht etwa in Erinnerung an die einstigen Herren Neapels, das ja im 17. Jahrhundert unter spanischer Herrschaft Prunk und Grösse erlangt hatte (die Plattenhülle meiner Scarlatti-Messe! . . . ein spanischer Vizekönig und Mäzen habe die göttliche neapolitanische Musik praktisch auf dem Gewissen) . . . jedenfalls waren wir uns einig, dass zurzeit in Madrid eher noch mehr gestohlen wurde als in Neapel. Aber natürlich mussten wir auch hier unseren Wagen in eine Garage stellen. Eine Garage, die, des Steilhanges wegen, tief im Felsen drin lag, eine riesige Autohöhle. Und eben als wir dort aussteigen wollten, begann unser Radio den unglaublichsten Schumann zu spielen: die Phantasiestücke mit Jörg Demus.

Wir sassen noch eine Weile in den grossen Fauteuils dieser angenehmen, ganz leicht angefilzten, aber weitläufigen Hotelhalle mit Cortona-Kopien an den Wänden, gingen dann in den kleinen Speisesaal, wo zwei Deutsche sassen und von Friedrich II. – »Nein, nein, ein Stauffer war er!« sagte der eine höchst erregt – schwärmten. Der Hotelinhaber, ein lustiger, mönchischer Typ mit etwas Bauch, ass, ebenfalls allein an einem Tisch, zwei Vorspeisen und sonst nichts, was auch wir immer nehmen wollten und doch nie zu bestellen wagten. Er wünschte uns guten Appetit. Ein ganz besonderer Abend in diesem engen, hohen Hotelspeisesaal mit weiteren Kopien grosser Meister. Diese trauliche, alte Neapelatmosphäre begeisterte uns. Und wir assen gut. Ich fand hier alles italo-spanisch und schwärmte ebenfalls, von kulturvergleichenden Studien. Ja, ja, jener Mäzen und Vizekönig! Hatte der uns den ganzen Viktualienmarkt von frischem Klavier beschert? – Vergessen. Ein Wunder, dieser plötzliche Schumann in der Felsengarage!

Wir waren dort geblieben, bis die Phantasiestücke in den Wölbungen verklungen waren. Der »Aufschwung« blieb mir unvergesslich. Mein Jugendfreund Homberger hatte ihn immer gespielt. Neben uns lauerte ein Alfa Romeo Sport in einer Felsnische. Wie ein Krokodil öffnete der gelegentlich eines seiner eingedrückten und zerbrochenen Augen. Er war auch sonst schwer invalide, ein Wrack; ursprünglich wohl nur noch aus Sentimentalität hierher geschleppt, musste er dann jahrelang liegengeblieben sein, nun ganz unter einer Staubschicht begraben, ein etwa fünfzehn Jahre altes Gefährt. Glaubt ihr, dass ich jemals wieder laufen, rollen werde? fragte der uns, als ob der »Aufschwung« auch ihn auferweckte. Ich schaute auf seine platten Reifen, konnte hinter den verstaubten und schmutzverklebten Scheiben seine rausgerissenen Polster erkennen. Nein, es schien nicht, dass diese Alfa-Teufelsfurie nochmals über Neapels Strassen fegen würde. Die war in dieses Felsloch verbannt, lebte wie ein verwunschenes Reptil und hoffte vergeblich auf eine Rückverwandlung und Auferstehung. »Auguri« schrieb ich ihr mit dem Zeigefinger auf die Windschutzscheibe. Da schloss sie ihre blutunterlaufenen Scheinwerferaugen: Das Italien Rossellinis, de Sicas versank. Eine Sekunde lang hatte es in meinem Geist einen neuen Anlauf zum Leben genommen, aber die Zeit drückte es gleich wieder nieder, bedeckte alles wieder mit ihrem Staub! –

Im Speisesaal waren die beiden Deutschen immer noch bei Friedrich II. und bei dessen vorbildlichem Beamtenstaat. Sie hatten nichts gemerkt! Aber auch ich hatte ja Lena vor drei Jahren in Sizilien von diesem Friedrich geschwärmt, als wir in der Kathedrale von Palermo plötzlich seinen Porphyrsarkophag entdeckten. Palermo, damals der Schnittpunkt von Orient und Okzident! Und etwa zur gleichen Zeit war uns auf dem bewachten Parkplatz vor dem Holyday-Hotel der Wagen aufgebrochen worden.

Am nächsten Tag entschlossen wir uns zu bleiben. In Neapel natürlich. Wir fuhren Richtung Stadtzentrum hinunter. Wir bogen in eine abschüssige, kurvenreiche kleine Strasse ein, sie musste zum Meer führen. Eine junge Göre tappte auf ihren Schühlein hinunter, indem sie kokett ihr Röcklein schwenkte. Ganz Neapel sass plötzlich in diesem Mädchenrock. Rosa Strümpfe. Ich wusste noch nicht, dass

Rosastrümpfe dieses Jahr Mode würden. Hier war die Frühjahrsmode schon dran. Die Kleine lief sinnigerweise gerade vor einer »Pension Juliana« vorbei. Steckte in diesem Napoli doch noch eine Erlösung drin? Ein neues Leben? Diese aufreizende Göre! – Lena nahm alles gelassen.

Unten wartete ich auf das Ding. »*Sicher* ist sie ein Hürchen!« Lena glaubte es nicht. Ich wollte sie wenigstens fotographieren, vielleicht mit einem Schenkel ein Stück ewiges Leben ergattern, wenn die ihr Röckchen so hoch schwang. Sie dann zu Hause an die Wand stellen, nein, strahlen. Eine Napoli-Talisfrau! Aber diese rosaschenklige Italia kam nicht mehr. Was trieb die so lange in diesen Abwärtskurven? Wir hatten auf einem belebten Platz geparkt. Andere Frauen gingen vorbei, unglaubliche! Diese Dezenz! Dieser Schwung! Ich fühlte mich himmlisch. Die ganze Fahrt hatte sich gelohnt, nur für diese eine Minute. Wie damals in meinen ersten Tagen in Madrid war mir zumut, im Gefühl, eine ganz neue – oder alte? – Welt vor mir zu haben, die sich mir sogleich öffnen würde. –»Schau, da kommt deine Göre!« sagte Lena. Sie sass auf einer Vespa, an den Rücken ihres Freundes gelehnt. Ich packe die Kamera ein. Es gibt keine Auferstehungen mehr in fremden Städten. Alles Schein, Schall und Rauch, dieses Italienparadies, dem wir trotzdem seit Jahren nachjagten. Neapel begann sich schon zu normalisieren.

Wir fuhren dem Meer entlang. Die zahllosen Gässchen, in denen sich das bescheidene, regsame italienische Leben abspielte. Ich kannte sie schon. Wir wendeten, Lena las vor, was uns Herkulaneum an Sehenswürdigem geboten hätte, aber Herkulaneum war sicher auch zu.

So langten wir wieder beim Bahnhof an, den wir gestern abend rasch umfahren hatten, hinter jenem Italiener, der uns ins bessere Neapel führte. Aber gerade diese Bahnhofsgegend hatte ich ja sehen wollen, die kleinen Wackelhotels mit den Paradiesmädchen draussen. Um einen tristen Kasten herum standen zwei, drei Frauen des Himmelsgewerbes, leider in ihrem siebten, wenn nicht achten Lebensjahrzehnt, das sie immer noch an mich Neophyten verkaufen wollten. – Vielleicht dieselben, die ich schon vor zwanzig Jahren hier spazieren gesehen hatte. Allzu offensichtlich nickten sie mir zu, in Richtung auf den Hoteleingang, entsetzlich! War der Fischmarkt mit den Wasserbecken am Boden der Nebengasse lohnender? Auch kein Orientale mit ausgelegten Kettchen und Amuletten hielt mich mehr in Neapel. Wo war das Neapel, das ich Lena hatte zeigen wollen?

Wir kehrten ins Hotel zurück, entschlossen, unser Gepäck herauszuboxen, noch heute nach Rom zurückzufahren. »Kein Problem, gute Reise!« lachte der Concierge. Im letzten Moment kamen wir auf die Idee, nicht nochmals die Autobahn, sondern die alte Staatsstrasse, die offenbar zur Römerzeit Via Aureliana hiess, zu nehmen. Bald wetteiferten wir wieder mit der übermächtigen Abenddämmerung, kamen in Ostia an, als die Sonne gerade im Meer versank. So eine Traurigkeit! Es zerschneidet einen! – Sollten wir Rom gleich durchfahren, in der traulichen Toskana Trost suchen gehen? Verrückt genug wäre ich gewesen. Ich stellte mir schon eine mitternächtliche Ankunft in Konrads Klosterhotel von Cortona vor. Aber Lena blieb vernünftig. »Du reist ja in Konrads Erzählung, nicht in der Wirklichkeit!« sagte sie.

Also blieben wir in Rom. Und zufälligerweise fanden wir unser altes Hotel Napoleon. Wir suchten, wieder draussen, ein Restaurant. Es war hundekalt auf der Strasse. Wir gingen rasch in die grosse Kirche da unten, die offenbar Santa Maria Maggiore hiess. Die Messe ging ebenfalls gleich zu Ende. – Wie immer. Wie in Neapel. Wie am Morgen des 25. in Bari in St. Nicola. Dort hatte der Prediger gerade noch vom Bösen gewettert: Es könne jedermann plötzlich ins Antlitz treten.

Niemand sei davor geschützt. Auf einmal flackere es, dieses Böse, auf dem Gesicht des besten Freundes auf. Dem müsse man dann gleich eins in die Fresse hauen, ihm einen Prügel über den Schädel ziehen, um ihm den Urteufel auszutreiben. Nicht mal am Weihnachtsmorgen sei man vor ihm gefeit. Wir staunten, immer noch bei diesem heiligen Nickel von Bari zu Gast, wo eine Italienerin ihrem Kindlein so adrett den Rockbändel band, der ihm aufgegangen war. Wie sie es streichelte! Und wie lieblich evangelisch sie alle nach vorne blickten, Kinder, Mütter und Väter! Hörte keiner, was dieser Priesterbulle für Unsinn predigte? In dieser romanischen Altstadtkirche Baris? Baren Unsinn!

Also Santa Maria Maggiore in Rom. Man hörte ebenfalls gerade auf, die ewige Weihnachtsmesse mit dem Bösen zu feiern, unter der Kassettendecke aus Gold, das die Spanier einst den Inkas gestohlen hatten. Schon wieder spanisches Erbe in Italien. Christliches Diebesgut! Ein Kirchendiener stieg in die Krypta hinunter, wo ein überlebensgrosser Papst aus Stein auf einem ebenso steinernen Kissen kniet und betet. Der eifrige Kirchenwächter leuchtete mit einer Lampe in jede Ecke, auch in ganz helle und übersichtliche. Denn das Böse war überall im Umgang und die Kirchen längst nicht mehr sicher vor Gegenschöpferakten und Ausgeburten. – Man drängte uns wieder raus und schloss auch dieses marmorprangende Prachtsgebäude in seine Nacht ein. In der Stehbar gegenüber schütteten wir uns wenigstens einen »Kapuziner« in unsere noch unzerhauenen Schädel. – Zurück ins Hotel. Das Restaurant war offen; man speiste uns jämmerlich ab, zusammen mit Engländern, Dänen, Schweden, die sich alles gefallen liessen. Nie mehr hier absteigen! schworen wir.

Dieses Weihnachtsrom! Ein Floss für lauter Feiertags-Gestrandete. Kein Ort der Freude. Vielleicht in jenem japanischen Restaurant bei der Spanischen Treppe, das normal geöffnet war? Aber weder Spanien noch Japan war jetzt nach Lenas Geschmack. Und diese Lichtsparerei in Roms Strassen, im Gegensatz zu der Schlossbeleuchtung von Bari! Hinter dem Termini-Bahnhof boten endlich einige junge Weihnachtsfrauen alles feil, was sie von Geburt erhalten hatten, bis die Polizei mit einem Gefängniswagen kam, um sie und mögliche andere Töchter Gottes zu ernten, worauf sie sich offenbar in die Lüfte hoben, denn plötzlich waren sie verschwunden. Wir fuhren, ich zerknirscht, ins Hotel zurück, ins Bett. Ich hatte mir noch Briefpapier geben lassen, mit Bonapartes Lorbeerkrone darauf. Die Schlaflosigkeit, wegen Taiko? Kopfweh. Oder die Vorwürfe wegen Juliana? Der Schreck meiner Berufslosigkeit? Nein, nur zuviel Wein und der Rückenbruch in diesen Hotel-Folterbetten, auch der besseren Klasse.

In den folgenden Wochen erhielt ich ein halbes Dutzend Telephonanrufe, die ich zuerst meist für Reaktionen auf meinen neuen Roman hielt, auf welche ich so gierig war. Freunde, von denen ich jahrelang nichts mehr gehört hatte. Aber kaum einer hatte mein Buch gekauft oder gar gelesen. Sie erklärten mir lediglich, ich hätte ihnen einen recht komischen Brief aus Rom geschrieben . . .

Ich weiss noch, dass es genau zehn solche Briefe waren. Lena schlief wie eine Stöckin neben mir. Nur einmal erwachte sie, gerade, als ich an Taiko schrieb. Ich sagte, ich schreibe an Juliana. »Lüg nicht!« erwiderte sie. »Ich weiss genau, dass du an Taiko schreibst.« Und tatsächlich schrieb ich neben meiner alten an meine neue Geliebte.

Als ich Lena diese nächtliche Szene später einmal als ein Beispiel für ihre Eifersucht anführte, widersprach sie mir: Es sei doch zu lächerlich gewesen, wie ich mich wegdrehte und den Brief verbarg. An Juliana schreibe ich auf spanisch. Warum einen Brief wegdrehen, den sie ohnehin nicht lesen könne?

Lassen wir das! Lassen wir jene Szene, bei der sich die beiden fast in die Haare gerieten, ich mich an den Gehirnkasten schlug, ob denn da drin keine Vernunft sitze, die sich für die eine oder die andere – worum mich beide inständig baten – entscheide. Entscheide dich doch endlich! (Ent-scheide dich! hätte Huber geschrieben). –

Am nächsten Morgen hatten wir so wenig Lust auf mehr Rom wie gestern (ja, erst gestern!) auf mehr Neapel. Auch die ewige Stadt hielt uns nicht. Luna war matt und tief, und unser Audi-Rossegespann galoppierte schon wieder Richtung Florenz. Wir scherten noch nach Orvieto aus, kletterten nach Cortona hinauf, Konrads Lieblingsdorf, bogen auch nach San Gimignano ab. In Cortona regnete es in Strömen. Nichts von Konrads Klosterhotelstimmung! Dafür nahm uns dann das Hotel Atena in Siena auf, wo ich ebenfalls schon mit Juliana geschlafen hatte. – Siena, ein Strassenlabyrinth. Man fährt immer im Kreis herum und gelangt nie ins Zentrum. Und trotzdem stand dann eine ganze Menge Autos vor dem Dom. Die Kanzel, die Pisano im 13. Jahrhundert, schon vor der Gründung unserer Eidgenossenschaft, gemeisselt hatte. Und der Johannes von Donatello in jener Domkapelle? Und Duccio di Buoninsegna im Dommuseum? Warum hatte man diesen Dom nicht in seinem ganzen ursprünglich geplanten Ausmass fertiggestellt? Er würde sich heute als ein mehrstöckiges Parkhaus eignen. Mit dessen Gebühren könnte man ihn dann tatsächlich fertigbauen! – War das eine Vision der östlichen Endstation unserer Reise, dem Parkhaus von Venedig? Warum hatten wir eigentlich die südliche Endstation, Lecce, vergessen? – All die gestrandeten Milchfuhrwerke waren zu bloss vermeintlichen Wegweisern geworden. Vergebliche Mahnmale, dieses Lecce nicht von unserer Reiseroute zu schütten? – Aber Lecce tönte ja nur auf spanisch nach Milch, nicht auf italienisch! Alles Spanische war nur noch irrtümliche Vorstellung in dieser Reiseepoche meines Lebens. – In Modena kauften wir eine Vivaldikassette und fühlten uns damit für Venedig ausgerüstet. Schon begann dort der Tag sich *wieder* zu neigen. Doch wir bestiegen trotzdem noch den Vaporetto, bis eine Station über San Marco hinaus, zur Kirche, in der Vivaldi einst musiziert hatte. Das stand auf einer Tafel. Wir eilten aber nicht zu Vivaldi, sondern zu Siffi und seinem Gläserladen. Der lief in Stiefeln im Glaswarengeschäft herum. Der ganze Boden war überschwemmt. Auch die Krypta der gegenüberliegenden Kirche San Zaccaria. Siffi wollte zuerst alles trockenlegen und sich entstiefeln, bevor er uns empfing. Sogar die Möbel im Hotel Danieli, auf denen ich mit Juliana zur Zeit ihres Radiologenkongresses auch gesessen hatte, schwammen jetzt herum. Der Concierge – ich erkannte ihn noch – gab sich Mühe, auch als Wasserleiche stilvoll, nicht so desolat zu wirken.

Auf der Piazza San Marco hatte man Bretterstege aufgestellt. Wir stapften drüber weg, mit unseren Paketen voll Siffi-Gläser. Der Nebel bescherte uns manch seltsamen Effekt. Dieser Platz liess sich leicht mit den Tuilerien von Paris verwechseln. Nur kurvten keine Citroëns um seine Arkaden herum. Wir schlurften zur Rialto-Station hinunter, bestiegen wieder den Vaporetto. Der posaunte sich kanalabwärts, in die frühe Nacht hinein, trompetete sich durch den Nebel voran, wurde von einem Schnellboot überholt, stampfte, bremste, legte vor einem schmalen Palästchen an, wo hoch oben Lüster brannten. Überall flehten uns Silhouetten von Kirchen und Fratzen verfallender Paläste an, sie zu retten. Fahle Visagen wie hinter den Scheiben eines Altersheims. – Am

Bahnhof stiegen wir wieder aus. Der Parkwächter putzte gerade unsere Scheiben, als wir ankamen. Der verpasste sein Trinkgeld nicht. Wir schwebten über den Strassendamm davon, liessen die Gespenster dieses verdammten Venedigs zurück, die froren bis zum Karneval.

Padua. Diese Stadt hatte eben ihren heiligen Antonius demontiert und in seinem Sarg noch intakt gefunden. Wir aber sassen in einem Ristorante Dotto, hinter dem mittelalterlichen Rathausbau, unser Mund- und Augenwerk wieder auf eine Vorspeise gerichtet. Hinter uns Franzosen, die sich lautstark über die Nouvelle Cuisine ausliessen, der ich ein noch nicht ganz gargekochtes Cousinchen immer vorgezogen hätte. Neben uns ein Italiener, der auch die grössten Fleischstücke des Hauptgerichts unzerkaut in sich reinfrass, wie es die staunende Lena nicht glauben konnte (sie stiess mich mit dem Ellbogen an), nachdem er vorher eine ganze Portion Parmaschinken mit einem einzigen Gabelschwung in seinem Speisenschacht hatte verschwinden lassen. Nicht ganz die feinen Sitten der Antoniusstadt!

Die besseren Paduenser, sagen wir die Gecken unter den Paduacken, standen in einer Nebenbar, die wir nach dem Essen betraten, tranken ihren »Whiskey«, es gab keinen Kaffee, schwatzten snobistisches Whiskey-Zeug. »Ah, dottore«, sagte ein Losverkäufer, ein Pigmäe, Zölibatiner, Lippenputtler, wie heisst das Ding? »das Bein gebrochen, auch Sie! Beim Skifahren! In den Dolomiten!« – Wir gingen bald hinter ihm hinaus. Er bestieg sein kleines Lippenputtler-Rad in dieser Hundekälte, vergnügt, obwohl er kein einziges Los unter diese Geck-Gockel ausgeworfen hatte. In unserem Hotelzimmer fühlten wir uns besser. Wieder ein Nachtbrief an Taiko! Ich war überzeugt, dass ich nächstens mit ihr hierherfahren würde. Was machte sie jetzt?

Doch dieser Gedanke bedeutete keineswegs, dass ich mich neben Lena nicht ausserordentlich »zu Hause« befand.

»Signori, unser Restaurant ist heute wieder offen!« rief der Hotelier, als wir am nächsten Tag, spät wie immer, runterkamen und einen Moment auf die Strasse gingen. Aber ich sagte nur: »Wir reisen leider ab.« – Koffer wieder packen und einladen. Das war das Stichwort, seit Bari, Neapel, Rom ... Venedig? Wir liessen Padua ohne Nebel hinter uns, eilten nach Mailand, nach Como, wo ich mich am Silvesterabend noch scheren liess. Drei grosse Rosaforellen deklarierten wir am Zoll. »Sonst nichts? Auch nicht eine kleine Flasche Roten? Nichts? – Va bene.«

Es begann zu schneien. Plötzlich kamen die Autos aus der anderen Richtung gegen uns herangerutscht, mit Insassen bleichen Antlitzes. Doch sie erstanden vom Schrecken dieses Schnees. Sie kamen mit dem nackten Leben davon. Wie jene Nackten des Auferstehungs-Frescos im Dom von Orvieto, von Signorelli. Oder zückten Notizblöcke, wie die Kollidierten auf der Strecke Rom–Neapel. Nur mit grösster Mühe würden wir bis an die Gotthardtunnelröhre kommen. Der Schnee flockte immer dichter, wir fuhren immer langsamer, so langsam schliesslich, bis wir selber nicht mehr glaubten, dass wir fuhren, während sich unsere tausend Räder immer wilder drehten. Wieder ein Horrorfilm! Wir überholten andere Wagen. Wahrscheinlich mit schlechteren Reifen, aber nur zentimeterlangsam. Wir guckten die Insassen an, entsetzt, gelangten gerade noch knapp nach vorn, wenn von oben wieder einer angerutscht kam, hefteten uns an die Fersen des nächsten Wagens. So erklommen wir den Tunnel. Ein Wunder! Sicher halfen die Rosenforellen mit Schwänzeln nach. Wir fuhren im Tunnel. Aber nur mit vierzig statt achtzig. Einer rasselte vor uns mit Schneeketten dahin. – Auf der Urnerseite war es trocken. Nur stand da in der entgegengesetzten Richtung eine Doppelkolonne, kilometerlang! – Wir brausten das Urnerland hinunter. –

Spät nachts war es, als wir bei mir zu Hause die zwanzig geschmuggelten Flaschen ausluden. Lena wollte sie nicht. Sonst würde sie auf die Gemeinsamkeit unseres Haushalts, wenigstens in bezug auf den Weinkeller, verzichten. – War unsere Italienreise mit mehr Tücken oder Reizen gespickt? Jenes nach-weihnächtliche Schuhgeschäft in Modena? Neue Schuhe von Lisa – Fussangeln! –

»Ein glückliches neues Jahr wünsche ich dir, Taiko!« sagte ich am nächsten Morgen ins Telephon. Aber Taiko brachte kein Wort heraus. Es klang, wie wenn sie verenden wollte. Hatte sie sieben Nächte lang gelitten, während ich in Italien herumzigeunert war? Sich überlegt, ob sie einen andern suchen wollte? Das ganze Lena-Taiko-Theater ging nun weiter. Nichts hatte ich mit dieser Reise gewonnen. Alles blieb beim alten. Mit dem Trost, dass Lena Weihnachten nicht allein verbracht hatte, handelte ich mir Taikos Klagen ein, und die Neujahrstage, die ich jetzt mit Taiko teilen würde, stürzten Lena in eine Verzweiflung, die nun brüsk auf das wilde Glück unserer gemeinsamen Weihnachtsreise folgte. War diese italienische Städte-Litanei eine Freude gewesen? Die Toskana im Winter? Cortona und der Fussballmatch am Fernsehen in allen drei Caféterien? Während draussen der Wind den Staub aufwirbelte und die steile, kalte Gasse hinauftrieb. – Und Bari? Vielleicht noch Bari. Selbst ohne Lecce. Aber mit dem Salami auf dem Handschuhfachdeckel, mit Fidelio und dem Trolleybus unter den Schanzen? Selten so geweihnachtet! Getrieben, gehetzt von Taikos trostlosem Blick.

»Und du, Taiko, wie hast du gefeiert?« – »Meine Augen glänzten mehr vor schlecht verborgenen Tränen als die Kugeln am Baum. Die Kinder taten, als ob sie es nicht bemerkten.« – Wieviele Tränen warteten auf Lena? –

Das alles war unerträglich. Nur durch Nacht, Tod zu vergessen. Zu bewältigen. Durch Harakiri oder Hurerei? Ich hatte Lust, mich in einen siedenden Pechkessel zu werfen. Nur um diese beiden Frauen zu vergessen! Oder in den stinkenden Tümpel des Schlossgrabens von Ferrara? Hatten die Este keine Folterknechte mit Schürhaken gehabt, welche einem die verkehrten Ideen von Liebe und Treue, von Gerechtigkeit zwischen zwei Frauen, aus dem Leibe zogen? Wie faule Zähne? War alles ein böser Traum? War dem allem durch eine Flucht in Träume auszuweichen? Ich schob das Problem vor mir her, unfähig zu einer Entscheidung. Jeden Tag mauserte ich mich zwischen den beiden durch, die mich und sich gegenseitig wie zwei Raubkatzen bewachten; jede lauerte, bis sie mich vor der andern, oder nach ihr, im Sprung nehmen und erwürgen, zu Tode beissen konnte, wenn nur sie es war, die mich hatte, meine letzte Stunde mit mir teilte. Ich würde nicht mehr lange leben! Jeder Tag war eine Qual. Wie eine Katastrophe war es über uns drei hereingebrochen.

Aber weshalb war ich denn mit Lena schon zurückgekehrt aus Italien, mitten in diese Hölle hinein? Warum hatten wir die Muschelspaghetti in unserem Hotel-Restaurant in Padua verschmäht? Waren unter Todesgefahren an die Gotthard-Schamlippe hinaufgeklettert? Der Weihnachtsverschluss war ja jetzt vorbei. Schon über Neujahr war alles wieder geöffnet.

Wegen meines neuen Romans, der in den letzten Wochen des Weihnachtsverkaufs erschienen war! Eric Fleissner hatte mir versprochen, ein Kapitel in der Silvesternummer seines »Wochenmagazins« abzudrucken. Das wollte ich nicht verpassen. Die Glückwünsche von Freunden entgegennehmen. Wie würde alles laufen mit meinem Roman? Man empfing mich überall mit betretenen Gesichtern. Man hielt mich für verrückt, dass ich glaubtem nach diesem Buch hier weiter leben zu können.

Ich hatte bisher alle meine Bücher so geschrieben, dass darin das Schweizerische völlig verschwand, war in fremde Städte und Länder gereist, um meine Heimat zu vergessen. Doch bereits lag ein Roman über den absterbenden Francostaat ungedruckt. Die einstigen Königreiche und auswärtigen Diktaturen waren keine Themen für Deutschland mehr? Deutschland vollzog nun schon über vierzig Jahre lang seine eigene Nabelschau. Wer bestimmte die Themen der Literatur? Ich war weit entfernt, mich nach irgendeinem Themenmacher zu richten. Und nun lockte es mich – während der Monate, die zu zwei Jahren geworden waren, als ich zur Renovation meines Elternhauses hierher gerufen worden war – diese kleine Stadt einmal anzufassen und ihr einen tüchtigen Federregen zu verpassen. All meine bisherigen Versuche dieser Art waren gescheitert. Der Ungeist dieses Ortes hatte meine Schaffenslust stets erwürgt. Ich benötigte einen äusseren Fixpunkt, um diese begrenzte Welt einzufangen, ohne in ihr Elend zu verfallen. – Da begann eines Tages plötzlich dieser Prozess. Seine Zelte wurden aufgestellt, die Bluthunde bellten, die Spitzhacken der Musketiere blitzten in der Herbstsonne, die ruhige Kleinstadt veränderte sich. Die grossen Zürcher Richter mit ihren dunklen Anzügen und die bunten Presseleute von überall bevölkerten die Gassen. Vor dem Bezirksgebäude, wo die Aburteilung stattfand, wartete eine Schar von Schaulustigen wie ein plötzlich hier niedergegangener Bienenschwarm. Sie füllten die kleine Strasse, durch die ich als Jüngling auf meinem Fahrrad zum Gymnasium gefahren war. Gitterkordons trennten sie von der hohen Welt des Gerichts, deren weit schaubare und fast festliche Laternen angezündet waren. Ich beschrieb die Verurteilung eines redlichen deutschen Grossstadtterroristen und seiner

Verblendung als das Ende einer Epoche deutschen Geistes, deren letzter Exponent er geworden war. – Bot sich eine bessere Gelegenheit, dieser Stadt ihre beklemmende Atmosphäre zu entreissen, sie auf eine Hellebarde zu stecken und der Welt als ein Beispiel kleindemokratischer Wirklichkeit vorzuführen?

Vor dem Erscheinen des Buchs – ich schrieb es in vier Monaten, die gütige Carla sass neben mir und las, während Lena schon damals meine Kosten trug – hatte ich schlaflose Nächte, wie immer, wenn etwas von mir herauskam. Würde es Prozesse absetzen? Es schien mir durchaus möglich, dass ich plötzlich selber in diesem Bezirksgebäude auf der Anklagebank sass. Ich liess mir alle Figuren durch den Kopf gehen, die ich beschrieben hatte. Was konnten sie gegen mich unternehmen? Ich hatte mich meist an öffentliche Persönlichkeiten gehalten, die literarisch vogelfrei waren. Soviel wusste ich von meinen letzten Büchern und deren Schwierigkeiten. – Existierte überhaupt ein anderer Schreibansporn als der Schreck, dass das Geschriebene erschien? Ein anderes Drehteilchen der Feder, ausser Ärger bereiten zu wollen? Nur was nicht publizierbar schien, lohnte, niedergeschrieben zu werden. Alles andere war Makulatur! Mit dieser Devise waren die Romanciers über Jahrhunderte in die modernen Zeiten vorgeschritten. Es gab noch letzte Bastionen von Unbeschreibbarem zu erobern, dann war ihr Auftrag erfüllt – und auch die Schreiber konnten schweigen und fernsehschauen.

Um ein Uhr morgens war unser italienisches Städte-Glissando vor Erics »Wochenmagazin« zum Stehen gekommen. Aber im Schaukasten hing kein gedrucktes Kapitel von mir. Und keines für die nächste Nummer war angezeigt. Wieder mal hatte mich mein Eric versetzt! Vergeblich waren wir zurückgerast. Zurück? Ja, zurück! Aber zurück nach Italien, um dieser Doppelhölle auch über Neujahr zu entweichen. Taiko – Lena – welche? Ich sass wieder in der Falle, statt in Bari, oder diesmal wirklich in Lecce.

Bari. Weichen wir ein Jahr zurück. Hauen wir nochmals nach Italien ab, wo das Böse plötzlich erscheinen kann. Der Teufel ist ja nur aus der Einmaligkeit der Schöpfung entstanden: für zwei Götter ist seit Christus kein Platz mehr da. Deshalb musste einer zum Teufel werden. Wie Lena neben Taiko und umgekehrt! Der Kanzelglatzkopf hatte recht.

Denn seit mehr als einem halben Jahr hatte ich das Böse aus dem Antlitz meiner neuen Nächsten plötzlich aufleuchten sehen, wenn sie unter mir lag und ihr Gesicht sich verzog. Strähnen von Schmerzen liefen ihr über die Mandelhaut. Die grossen Augen schliessen sich. Sie drückt und rückt, und dann flüstert sie mir mit entsetztem Blick ins Ohr, das ich ihr wie einer Krepierenden auf den Mund lege: »Es kommt, es kommt!« – Und ich schlage ihr dieses Böse aus dem Bauch heraus und spüre, dass ihr dabei wohler wird.

Doch ich vermeide es, meinen Umgang mit der Neuen zu beschreiben, koste die Ruhe meiner letzten Reise mit Lena aus, bevor ich sie kennenlernte und unsere Hölle zu dritt begann: Eine Venedigfahrt voll von Visionen, dass dieses Verhältnis nicht mehr ungetrübt dauern würde, voller Frühjahrswehmut und mit Knabenstimmen-Madrigalsklängen. Wir reisten damals den Palladiovillen nach, von denen es in Venetien ein knappes Dutzend echte und mehrere hundert falsche gibt. Statt auf Konrads befanden wir uns diesmal auf

Gottliebs Spuren, denn er hatte seine Mittelebenskrise zu einer Ehekrise ausgebaut und beide durch eine Palladioreise zu heilen versucht. Ein Palladio-Jubeljahr war auf die Medici-Jahresfeier gefolgt (während der mein letzter Roman entstanden war). Aber wütend kam Gottlieb von seiner Palladiofahrt zurück:

»Keine einzige Palladiovilla haben wir betreten können! Eine war sogar zweimal zu. Zweimal fuhren wir fünfzig Kilometer hin und zurück, und das Haus war geschlossen, obwohl der Prospekt die Öffnungszeiten aufführte. Eine andere war offen, aber wie! Wir biegen in die Einfahrt ein, da kommt eine Dogge angestürmt. Schnell schieben wir unser Bernhardchen wieder ins Auto. Auch wir springen im letzten Moment in den Wagen zurück, denn das Biest macht nicht den Anschein, bloss zum Spielen aufgelegt zu sein. Da steht auch schon der Villenbesitzer, im Jagdkostüm. Er hat den Hund gehetzt! Jetzt unterlässt er es, ihn zurückzurufen. Mit einem Stock in der Hand fragt er uns, was wir wollten. – Die Villa besichtigen. – Welche Villa? – Die hier. – Da gibt es nichts zu besichtigen. Privatbesitz! – Die Palladiovilla. – Geht mich nichts an. Das Ministero bezahlt mir den Unterhalt nicht. – Hier drin steht es ja! – Egal, was in Ihrem Büchlein steht! – Und er schliesst das Tor gerade vor unserer Nase.«

Klar, auch die Villa Barbaro in Maser war zu, zu welcher ich mit Lena eilte. Vom Gittertor aus bot sie einen herrlich-pompösen Anblick. Aber: »Heute nicht, erst übermorgen!« krächzte die Pförtnerin durch einen Rosenbusch. So erging es uns ähnlich wie Gottlieb. Nur hatten wir wenigstens die San-Zaccaria-Gläser aus Venedig wieder ersetzt, die bei unseren Einladungen vom letzten Jahr kaputtgegangen waren. – »Wo haben wir übernachtet?« – In Montegrotto bei Abano. Und am nächsten Morgen versuchte der Hotelier uns vierzig Mark für ein Kurfrühstück mit einem einzigen Knäkkebrot zu berechnen, das wir uns aufs Zimmer hatten bringen lassen. Erst nach der Drohung mit dem Tourismusbüro liess er uns zu einem normalen Preis ziehen. »Kommen Sie nie wieder!« sagte er. – »Doch, in ein Hotel ohne deutschen Chef!«

Wir waren trotzdem auf das Tourismusbüro gegangen. Statt uns zu beschweren, erkundigten wir uns nach der Palladiovilla, die auf einem riesigen Farbplakat so verlockend in einer offenen Landschaft ruhte. Nur: »Bis übermorgen zu!« – davon hatte das Tourismusbüro nichts gewusst. – Also weiter nach Vicenza! Aber die Rosenhecke gab uns einen Wink: Eine Rose wies im Winde auf den nächsten Wegweiser, wo Asolo angeschrieben war. Der Name hatte einen verlockenden Klang. Wir bogen ab, scherten aus. Die Sonne stand noch hoch. Was für ein Luxus, wenn wir an unsere Winterreise dachten! Und schon fuhren wir durch einen wilden, gezähmten, kahlen, grünen, herrlichen, abgeholzten Wald. Ohne Beeren. Mit Hexen? Ausgebluteten Rosenaugen von einem erstochenen Geliebten?

Das lena-ruhige, vor-taiko-tische Asolo ist mir in einer Art Choralerinnerung! Es schmilzt dahin mit seinen musikdosenharmonischen Umrissen, und Lena erstürmte dieses d'Annunzio-Dusenstädtchen mit ihren Schwyzer Audi-Hellebarden. – Ein »entzückendes« Plätzchen mit Zypressenreihen, die auf seinen Hügelzügen wie Gasflämmchen standen. Dahin waren die vornehmen Venezier früher im Sommer gefahren. Wir blickten auf die Ebene, in der Ferne das Meer. Oder waren diese Asolo-Zypressen schon Palmen Afrikas? Eine Japanlandschaft? (Ich hatte damals noch kein Japan im Kopf.) Wir sassen auf der Kiesterrasse eines kleinen Hotels mitten in einem Zypressenhain, assen nur schnell einen Teller Parmaschinken, zu zweit. »Bleiben Sie doch eine Woche hier!« sagte der Wirt. »Hier haben grosse Herrschaften ausgeruht. Da unten wohnte eine zyprische Königin« (die ihr Inselreich an Byzanz verlor). »Sie hat sogar ein Theaterchen bauen lassen. Gelegentlich wird es noch bespielt. Es gibt keinen schöneren Ort in der Gegend.«

Doch er war bass bis Bassano-erstaunt, als wir ihm erklärten, wir führen heute noch in die Schweiz zurück. – »Heute noch? Wie ist das möglich?« – Er wusste noch nichts vom neuen Gotthardtunnel, der nun alles möglich machte. Doch er hatte recht. Was brachte solche Raserei? Man sprach ja höchstens ein Wort mit einem Portier, einer Verkäuferin, unserem Glashändler Siffi, dem Küster von der San Zacchariakirche oder dem Autobahnkassierer, der uns in einer gewissen Adriastadt auf die schwarz nach Tunis verschifften Mercedes aufmerksam machte.

Also doch besser Asolo und seine abgetretenen venezianischen Granden! Nein, auch damals mussten wir morgen in Zürich sein. Schnellfahrten, vom Gotthardtunnel angeregt. Nur ein kurzer Rundgang durch das Städtchen. Als Erinnerungsstück kam mir nichts Besseres in den Sinn, als eine kleine Gummipuppe zu kaufen, die »sehr sexy« aussah. Mit erhobenen Ärmchen sass sie da, hielt ihr strohblondes Haar und legte dabei ihre Zitzen frei. Sogar an ihre blauen Augen glaubte ich. Sie piepste, wenn man ihr den Leib einquetschte, als ob auch sie darin den Leibhaftigen verspürte. Sie sass auf ihren Füssen, wie bald Taiko in meinem Bett auf ihren Füssen sitzen würde. Mit der Haftetikette drückte ich sie an die Windschutzscheibe: »Nimm sie weg!« bat mich Lena nach einer Weile. Ich liess sie weiter vor meinen Augen tanzen, wie eine Vision von Taikos Puppenleib. Merkte ich nicht, wie empfindlich Lena geworden war? Diese Puppe rief so alarmierende Reaktionen hervor! Ein Wunder, dass Lena sie nicht aus dem Fenster warf. Aber Lena sollte die Rolle der Unbeirrbaren noch ein ganzes Jahr weiterspielen.

Der neue Audi hatte uns damals nach Italien getrieben: seine erste Italienfahrt, noch ohne Radio. Auch ohne Taiko im Rücken. Deshalb die gregorianische Ruhe mit Lena. Wie wir uns verstanden! So auf einander eingespielt! Alle Leute, die in unserem falschen Palladiohaus zu Gast gewesen waren, sahen in uns *das perfekte Paar.*

Eine idealere Freundin für mich als Lena konnte sich niemand vorstellen. Mit meinem Palast, ohne einen Rappen, ihn zu bewirtschaften! Von allen Dichtungskommissionen immer als ein Kotbube abgelehnt! Alle Anstellungen für das Schreiben aufgegeben! Wovon sollte ich leben, wenn nicht von Lena? Auf jeder Etage meines Palazzos stand eine elektrische Schreibmaschine bereit, die meine geistige Renaissance nach dieser totalen Befreiung beschreiben sollte. Aber was auf ihnen tippen? Ich eilte imaginären Italienabenteuern nach, die auf Hurenstrassen und vor Hotelportiers endeten. Hätte ich, statt auf der Autobahn, mit einer Byron-Venedig-Gondel reisen sollen, um die salpetrischen Paläste des Canal Grande in neue Sonnette zu fassen? In einer Kutsche? Um deren Achse sich das Halstuch der Duse wickelte? – Nein, es war eines der frühen Autos gewesen, das sie so erwürgt hatte. Einer der ersten Autounfälle? Ein Buch über besonders gemeine Autounfälle ... Bekannte Persönlichkeiten enden auf der Strasse ... Sowas hätte mir mein Vetter Albert geraten.

Wir eilten mit unserem Püppchen aus Asolo heraus, in dessen Atmosphäre noch ein Klang Duse, oder Wien vor dem Ersten Weltkrieg, mitgeschwungen hatte. Warum? Unser Audi kraxelte schon über die Holzbrücke in das ebenfalls »entzückende« Brentastädtchen Bassano del Grappa (ebenfalls von Gottlieb empfohlen). Der Audi hüpfte wie eine junge Ziege, nein, eine alte! Die Euter schlugen ihn gegen die Feder-Beine die grünen Brenta-Vulkanhügel hinauf und wieder hinunter. Er hatte wohl eine Flasche von dem berühmten

Montegrappa-Schnaps getrunken, während wir ihn einen Moment hatten stehen lassen. Jetzt rollte er die Augen, rückwärts, nahm einen Satz – und schon krachte die Holzbrücke unter seinen Vordertatzen zusammen. Er stiess seine Hinterpranken von der Böschung ab und setzte – mit uns drin! direkt auf den einzigen freien Parkplatz der Piazza Maggiore.

Denn wir reisten ja in einem Palladio-Löwenwagen! Was waren das sonst für Sprünge? Ahmte ich – auf der Schreibmaschine oder im Audi – jene neapolitanische Belle Époque nach, die unser Höhlen-Alfa-Romeo noch erlebt haben musste? Als besonders kühne Italiener ihre breitärschigen Wagen voll auf Kurven losbrausen liessen, kurz davor auf die Bremse traten, schräg reinrutschten und im richtigen Moment mit Vollgas rausschneuzten, mit der ganzen Familie drin. – Sprünge beginnender Langeweile? Mitten in unserer Harmonie? Meine Maschine feuerte nur noch Italia-Schrottepisoden und -Reprisen. Aber neue »Liebestage« waren dran. Bassano: letzter Ruhepunkt! Unter ebenso afrikanisch wirkenden Palmen? Nein, mit seinem Quark und seinem Trester, seiner Brentadurchspültheit. (Hier hatte Gottlieb nichts Gescheiteres gewusst, als sich mit seiner wirklich entzückenden Frau in die Strudel einer neuen Ehekrise zu stürzen.)

Wir fuhren auf einer Abendstrasse mit Baumallee. In unserer nur leicht püppchengestörten Endharmonie (sollte ich Lena in Zukunft Harmonia nennen?) nach Vicenza. Hier hatte ich, vor mindestens fünf Jahren, vor der Hausrenovation, Lena auf das Balkönchen unseres Zimmers in den Hotelhof hinausgeschoben. Nachts, beide voll des Amarone-Weins, stehend, ruhig, nicht stöhnen! Ich hielt ihr den Mund zu, damit sie die anderen Gäste nicht weckte. Nein, auch auf die Beschreibung des Umgangs mit Lena muss ich leider verzichten. (In welchem Hotelhof hatten wir eine Frau so herrlich stöhnen gehört?) – Aber ich bleibe in Vicenza, am nächsten Tag. Klar, wir frühstücken vor der grandiosen Basilika Palladios, dieser Stülpkugel über einem gotischen Palast. Ein Basilisk aus einer anderen Welt! Dem Höhepunkt von Palladios Fassadenkunst? – Am Abend landeten wir bei einem Traiteur, neben dem Stadtpalast Chiericati, wo wir uns, ohne überfordert zu werden, obwohl, wie in Bari, kurz vor Ladenschluss, noch Salate und Pasteten besorgten. Und im »allerletzten« Moment entdeckte ich in einem Plattengeschäft – spottbillig? Nein, teurer als bei uns! – eine Monteverdi-Messe a quattro voci. Dazu ein Ricercare von einem gewissen Giovanni da Bassano (wieder Bassano!). Drei Minuten Himmel! Schöner als jeder Liebesakt. Und dann ein beinahe noch schöneres zwölfminütiges »Quam tu pulchra es.« Ein »Wieschönbistdu.« (Marymotette über die Morgenröte dieses Frühjahrs, in der sich schon Taiko meldete?). Ein Mönchlein schluchzte mit Kopfstimme von der Unbetretbarkeit von Mariens Jungfern-Palast. Allerdings erst zu Hause, auf Platte, denn wir hatten noch kein Kassettengerät im Auto, und die Musik war noch nicht überspielt. Egal, egal! Denn es war Frühling. Ich war glücklich mit Lena. Tiefe, ruhige Gamben. Die von Giovanni Bellini gemalten, in der San-Zaccaria-Kirche in Venedig.

Das Licht für den Bellini kostet hundert Lire, fünfzehn Rappen, und wenn man Glück hat, lässt der Sakristan seine grässliche Opernmusik nicht laufen. – Lassen wir Catull und Sirmione, seine Lesbia-Vogelkäfighure, ein Beispiel dafür, dass Dichter, die über Huren schreiben, die anständigen überleben! Und Huren beschreiben bringt ja neuerdings Geld vom Staat. War es deshalb, dass mich auf unserer Amarone-Reise – der vorletzten? – nein, der »Weihnachtsreise« (»Weihnachtsreisetage«, nein: » -rasetage« sollte ich schreiben!) die Erinnerung an eine einsame Hure in Vicenza von der Autobahn Mailand–Venedig weglockte? Aber wir fanden sie nicht. Sie stand dort nur während der Touristensaison. Dafür begleitete uns in jenem winterlich leeren Zweitklasshotel eine andere aufs Zimmer und wollte nicht mehr rausgehen. Aber ich wollte nicht.

Ausser gelegentlich mal in Mailand, hinter dem Bahnhof, bei den blutjungen Teufelchen, die mich alle kannten. Sie tauchen erst abends nach zehn auf dem Trottoir auf, süsse Genien, welche die Wagen ihrer Freier dann auf einen verlassenen Bauplatz lenken.

Mit diesen feinen Mädchen pflegte ich eine echte völkerverbindende Freundschaft. Sie baten mich immer, ihnen dann das Buch zu schenken, zu welchem sie die Figuren abgäben. »Ist es noch nicht fertig?« fragten sie mich jedes Mal.

Kohl, alles Kohl. Ich bestieg die Strassendamen immer seltener. Aus Angst, ich könnte hinunterpurzeln? Einmal steckte mir Lena in Mailand sogar fünfzigtausend Lire zu, als Buchförderung. Ich müsse mir eine dieser Bassanoziegen kaufen (während sie im Auto wartete), damit ich ihr am Gotthard dann keine Vorwürfe mache, wir hätten in Italien wieder nichts erlebt. So kaufte ich mir eine dieser italienischen Familienkühe, die abends, sei es not-gedrungen oder sei es aus Faulheit oder aus Hurer-Gewohnheit, auf die Weide gehen, und bat sie höflich, mich auf ein Zimmer zu führen. Sie stand am Corso Sempione. Aber nicht einmal da vollbrachte ich mein Gebet. Wir verabschiedeten uns mit Respekt voneinander, ich bezahlte sie trotzdem. Die »Tage des Corso Sempione« liegen hinter mir. Auch ich in Arkadien. Et ego unter den Lauben und in den Höfen von Bologna (mit Berényi). Jetzt lebte ich im Zeichen des Getrenntseins von Juliana, »Tage der Unsicherheit«, »Tage zwischen zwei Frauen« standen auf dem Programm.

Dazwischen erglänzte mir gelegentlich Italia als meine

treueste Hure. Warum diese Manie, zurückzukehren? Schimmerte in meiner Phantasie die Adria durch? Steigt mir in Asolo Byzanz und Venedig, in Venedig Rom, im Rom Asia, Ägypten auf? – Jedenfalls trug ich mit Lisa ganze Kirchenschiffe aus Italien nach Hause. Sie erdröhnten in den alten Messen auf unseren Platten. Längs der Brenta waren wir geschifft, glücklich wie zwei Musikdosen umarmten wir uns im Auto, liebten uns heiss, wie ein Paar, das wusste, dass es bald sterben würde. Hinunter, in die Adria! Wenn nicht in den Po. Ist der Po ein ägyptischer oder ein zyprischer Gott? Fühlten wir uns mesopotamisch? Jeder Po ist ein verhüllter Gott. Wir schwebten durch den Ponebel, den wir zwar erst auf der folgenden Winterreise antreffen würden. Bei erreichter Winterreife, auf den Winterreifen in Metapont? Vielleicht würden wir Lecce das nächstemal finden. In der Aphroditengischt. Denn die kleine Gummipuppe hob ihr Gazeröckchen und lenkte uns auf unsere Abschiedsfahrt aufs Meer. Auf ihrem Vaginen-Schäumchen rollten wir. Packte ich aus? Ich glaube, Lena packte ihn und sagte: »Schau sie doch dazu an, diese Puppe!« Es war ihr plötzlich egal. Wir schossen über die Palladio-Brücke hinaus in die eisige Frühjahrsbrenta hinunter. Starben wir in der Gletschermilch als eine Art verunglücktes Milchfuhrwerk? Nein, wir fuhren so glücklich (glücklich?) zu dritt mit diesem Gummipüppchen und seiner Rosahaut. Sie war höchstens dreizehn mit ihren langen Pistolenbrüsten, der engen Taille, dem ausladenden, einladendgeladenen nackten Po. Da musste ein Gott-Teufel drin sitzen, in dieser ägyptischen Hex! Halt, Audi, nicht in die Brenta ausscheren! Ich will diesem Püppchen nur den Po mit Brentamilch einseifen. Ihren kleinen Plastikafter, aus dem sie so nett fürzelt, wenn man ihr auf den Nabel drückt.

Lena wäre mit mir auch über die Böschung in die Brenta hinuntergefahren, damit ich zufrieden sei. Wenn ich nur meine Italienreise nicht mit einer anderen Begleiterin plante! Es gibt viele Frauen, die Reisen mit Dichtern bezahlen. Wir waren so glücklich! Am Ende! Lena mit den Nerven, ich mit dem Geld. Deshalb bemerkte ich Lenas Zustand nicht. Ich hatte Angst. Wovor? – Asolo, Bassano: das waren die letzten Ruhepunkte vor dem grossen Krieg.

Vor dessen Verheerungen flüchtete ich mich in den Traum von einem neuen Buch, das auf diese »Tage mit Lena« folgte. Ich hoffte, bei neuerdings angeschwerten Tintenhoden, mich wieder, wie früher, in Lüfte zu heben, wo lustige Engelsbuben mich auf die Durchgangsstrassen zu neuem Ruhme schnellten, mir weite Perspektiven öffneten. Aber wenn ich wieder wegfuhr, musste ich mich ja von meiner Lena trennen!

Da überraschten mich meine Parzen mit einer herrlichen Beute aus dem Terroristen-Glossen-Tümpel: die im Seerosenteich meiner Vaterstadt gefangen gehaltene Taiko, eine japanische Fee, die hier lebte. Nach einer Lesung im Alternativtheater »Am Gleis« lernte ich sie kennen, wo ich an einem nichtsahnenden Maisonntag eine Matinée gab. Sie kritisierte meinen Stil und erteilte mir harte Schelte, ich stattete sie ihr am selben Abend zurück, indem ich sie lehrte, wie mir der Schnabel wirklich gewachsen war. So eroberte ich sie und beschloss, sie in eine Art zweitem Band, den vielleicht »Seerosentagen«, zu beschreiben.

Jacinta, meine vorletzte Freundin, die für mein vorletztes Buch, über Franco, hatte herhalten müssen, rief mir zu: »Du hast sie ja gar nicht ergattert. Sie hat *dich* gefischt, du Fisch! Dein Verhalten ist weibisch geworden. *Ich* war deine letzte Eroberung. Damals hattest du noch Geld!« – Was sollte ich jetzt mit Jacinta anfangen? Sie als eine Liebes-Reliquie in eine Vitrine setzen? Sie lag wie eine ausgepresste Zitrone herum. Ich beschloss, ihr einen neuen Namen zu geben. Als Juliana schmuggelte ich sie in mein neues Buch. Wie Rubens seine Frauen durch immer neue Sagen- und Bibeldamen verewigt hat, verwendete ich meine wenigen Weiber, drehte sie um, steckte sie immer wieder in andere Kostüme. – Als Jacinta hörte, sie heisse neuerdings Juliana, lachte sie: »Also diesmal aus Gips, mit Toga und ohne Kopf?« Sie gab sich aber gern als Julierin her, denn über den Julierpass waren wir damals nach Bellagio gefahren.

Jacinta-Juliana hatte nur Zeit, sich während der einen Siestastunde übers Telephon meine Klagen anzuhören. Sie arbeitete zwölf Stunden, und wenn sie nachts aus ihrem zweiten Spital nach Hause kam, fiel sie stocktot ins Bett und schlief, bis der Morgen sie in ihrer ganzen Herrlichkeit wiedererweckte, wie die Cintia der Scarlatti-Kantate, die sich erst mit Hilfe ihrer Tremoli und Vibrati Endymions Armen entwand.

Aber Jacinta-Cintia-Juliana hatte recht: Seit ich genügender Einkünfte entriet, wagte ich mich nicht mehr, mit steifem Glied wie der ägyptische Gott Min (auf einer Ansichtskarte, die sie mir von ihrer Ägyptenreise geschickt hatte) auf ein Weib loszugehen. Ich suchte mir Partnerinnen aus, die meine Geldlosigkeit, die keine Armut war, ertrugen. Das brachte einen neuen Reiz. Es fand bald ein tieferer Gleichklang statt, ein Einverständnis, das die Neue meist ihre erste echte Liebe nannte. Und als eine Art substanzloser Farbbandapoll drang ich bald tiefer in sie ein als Vaginentiefe.

Umso schwieriger wurde es, mich wieder zu lösen. Ich denke an jenen Silvester oder Neujahrstag auf dem Randen, einem Randgebirge. Dort war ich zum erstenmal an den Rand meines Verhältnisses mit Lena gekommen. Auf winterlichen Wegen schlingerten wir durch die Wälder, über Eis und Schnee noch knapp zurück. Zum Glück lag keine gefällte Tanne über einer dieser Strassen! Wie hätten wir wenden wollen? Einmal waren wir gerandet, gestrandet. Wir sackten einer Böschung entlang, rückwärts ab, statt aufwärts zu kommen. Lena bot einen kräftigen Handschub-Wagen-Einsatz; so kriegten wir das Auto wieder frei, stellten es an eine verrufene Stelle, neben einen verruchten Jägerhorst, auf dem wir hätten Rehe beobachten und abschiessen können, vorausgesetzt, dass wir eine andere Büchse als unsere Konservenbüchse mit Lachs besessen und dass wir Rehe vor uns gesehen hätten. Aber ich schüttete lediglich den Perlwein einer Champagnerflasche in zwei Papierbecher, einen für mich, und einen für mein tränenperlendes Lenahuhn. – Hatten wir unsere venezianischen Prunkgläser nicht zu unserem Hummer-Randen-Salat mitgeführt? Verrückt genug wären wir gewesen, um dieses traurig-romantische Silvester-Kakanien (k.K. für keine Kinder) zweier Feiertags-Dissidenten mit Siffi-Kelchen zu garnieren. Oben auf dem Jägerhorst sass meine liebe Lena und weinte. Ich hatte ihr auseinandergesetzt, ich müsse zum Ende des alten oder zu Beginn des neuen Jahres diese Stadt verlassen. In Zukunft könne sie nicht mehr mit mir rechnen. Ich brauche neue federhievende Initiativen. Aber dann war ich wieder angerührt von ihrem Tränlein, sah mich ausserstande, mein Vorhaben durchzustossen, so dass ich ihr ein weiteres Jahr die Treue hielt.

Eine Treue, die mir möglich wurde, weil ich mich immer häufiger auf Taiko warf; in durchaus künstlerischer Absicht schloss ich sie jeweils in meine treulosen Arme, und sie reichte mir gern ihre zauberhafte asiatische Exotik. Und das hier, in dieser trockenen Stadt! So fand ich eine Möglichkeit, auf eine Reise in die Ferne zu verzichten und meine Lena-Ehe in der Gonzaga-Gorgonzola-Opulenz meines Palastes weiterzuführen (dessen Kapitelle nun auch Taikos Mandarinen schmückten).

So befand ich mich unerwartet in einer verheissungsvollen Lage. Der Einklang gewohnter Lautenspiele mit Lena langweilte mich nicht mehr. Denn ich besass ja eine neue japanische Samisen-Gitarre, die mir das ferne Asien heraufklingen liess, wenn ich auf ihr meine neuen Nächte und Tage verspielte. Konnte ich nicht *die* in unabgekühlter Form von den weissen Laken weg direkt in meine Papiere heben?

Wenn ich nun, laut den Experten, wieder wie ein Reiher im Fluge meinen Prosakot fallen liess, meine Seiten mit neuem Mist übersäte, so erlebte ich das als einen Zeugungsakt. Ich rief mir ein neues Volk von Personen aus dem leeren Raum der Phantasie, gründete eine Figurenfamilie, imaginierte ein altes Indien, in welchem ich Schah, Scheich, Fakir, Kaschmir-Krischna, Rikscharenner, Bettler und Tempelzuhälter war. Wenn ich so, ein Jehova über den eigenen Wolken, mein Judenvölkchen zeugte, Akteure und Episoden in diesem Weiber-Indien in Raub- und Mordbegier aufeinander losgehen liess, neue Riten und Rittsitten schuf, selber ganze Landstriche und Stadtmauern erdolchte, Stadtpräsidenten in Löwengruben warf, wenn ich mir das alles so erdachte, dann empfand ich meine Kalkuttamisere als die höchste Erfüllung, die ein Mensch überhaupt erreichen könne. Ich sass, ein lumpenreiner Glückspilz, über meiner Menschheit, lebte umgeben von meinen Papieren wie ein Papagei in einem Käfig aus Papier, schlug mich in meinem wirklichen Prosa-Patagonien besser durch als der bloss erfundene Herrgott in Frankreich mit seinen Poularden, Pommards, Pommes de beurre, Koteletten, Kokotten und Harikotten.

Denn ich befand mich ja in einem neuen Wasser, mit einer Frau, die mich auf Draht, in Schwung, wieder in Umschwung, in eine neue Umwelt brachte. Das würden »Liebestage« werden! – Aber diese neue erhob den Zeigefinger und sprach: »Weisst du, dass du mich draussen lassen musst?«

Dieses Wort schlug sie mir wie einen Bariteufel ins Gesicht, der mich gleich wieder in die Hölle hinunter riss. Denn nun sass ich ja hier fest. Zwischen zwei Frauen zwar, von denen die eine bereits beschrieben war, während ich die andere nicht beschreiben durfte! Zwischen zwei Stühlen also! Zwei Feuern von Eifersucht, die mich beide verzehrten. Also gar kein Fürst von Federgnaden! Vergeblich wetzte ich mein Schwert. Welche sollte ich damit zerfleischen? Von jeder einen Schenkel nehmen? Lena zu einer »Schwester« machen? Dann wäre für Taiko der Platz einer zarten Königin der japanischen Pfühle frei! Doch seit meinen gescheiterten spanischen Weltreichsplänen hatte ich mir geschworen, nur die kleine, alltägliche Wirklichkeit dieses demokratischen Bodens an Land zu ziehen, die Gassen eines Konstanz höchstens noch, die Industriegegend von Dietlikon mit dem Jumbomarkt und dem Glatt-Zentrum.

Aber nun umschiffte ja die japanische Küstenpolizei auch schon meine heimischen Inseln mit gezückten Säbeln und versetzte mich mit ihren krummbeinigen Messern in die scheusslichsten Ängste. Mit gedrückten Fratzen und gebückten Bäuchen, mit Beilen statt Hähnen zwischen den Schenkeln liess sie sich um die Riffe meiner Jugendstätten treiben, vor Felsspitzen, und suchte alles nach Rosasegeln ab, die ich über meinen Betten aufspannen wollte, um mit Taikos Gesicht darauf ihr Land zu erobern. Sie suchten mein Gelbes Meerglück zuschanden zu machen wie einst das von Dschingis-Khan, der vom Seesturm durchbohrt sich Japans hatte entschlagen müssen. Würde ich diese mir schon heimischen Japangewässer wirklich nicht beschreiben dürfen?

Das konnte nicht gelten! Ich hatte ja bereits alles Nötige dazu in meinem Tintenfläschchen.

Hatte ich geträumt? Merkte ich erst jetzt, wie mich diese Asienströmung nur auf abschüssige Triften zog, die sich plötzlich mächtig bewegten, gefährlich kräuselten – um eine Sturmflut von Geräten, Autos und Heimcomputern in den Jumbomarkt und ins Glatt-Zentrum zu ergiessen? Japan überflutete uns – und trotzdem wollte diese japanische Seele »draussen« bleiben! Wo waren die Rechte auf Beschreibung, die ich schon beim Terroristenprozess gefordert hatte?

So schlingerte ich vor trügerisch-schönen Felsen und suchte vergeblich nach einem Landeplatz, während ich in Wirklichkeit unterging! Warum hatte ich Juliana verlassen? – Aber Juliana behauptete, Taiko trachte gar nicht nach meinem Leben, nur nach meinem Haus, genau wie Lena. Beide freuten sich im Grunde an meiner Misere, um allmählich alles übernehmen zu können. Taiko war für Juliana eine Künstlerin des kapriziösen Typs (sie malte herrliche Blumenbilder). – Juliana-Verzerrungen! Beide bekämen mir nicht, behauptete sie. – Und sie selber? Hatte ich nicht lange genug in der kastilischen Burg ihrer Grossherzigkeit geschmachtet? Wäre ich nicht besser an ein treuloses Weib geraten, das mich aussaugte? – Aber Taiko lernte schnell alle Vampirspiele. Die trockenen »Prosa-Stadttage« waren vorbei. Es wurden wieder die grossen, die weltumspannenden Saiten aufgezogen. Man liess mich zu, hinein auf die Haseninsel, einen Segler aus dem Westen, aber keinen knickrigen spanischen Padre-Xavier-Jesuiten mit einem Kreuz, sondern einen starken, freien Mann, der Taiko zur Königin all ihrer unheimlichen Wünsche machte.

Noch diesem Sommer würde ich mit Taiko und ihrer Zwillingsschwester Terumi nach Japan reisen! Das nahm ich mir vor. Wenn wir den Jet bestiegen, würde ich zuerst Taiko und dann Terumi in den Arsch kneifen! Beim Brummen der Motoren beide abknutschen. Japantage standen bevor. Was taugten sie, wenn ich sie »draussen«, vor meinen Papieren, lassen musste? – Und ohne Lena stand ich ja ohnehin wie ein Habenichts vor dem Nichts. Ich sah eine Zukunft ohne Harikotten vor mir. – Aber nein, Taiko würde mich am Pimmel nehmen und über die quietschenden Nachtigallenböden hinweg in die alten Paläste von Kyoto hinein führen, in einen Tempel retten. Wir türmten bereits eine Liebespagode auf, immer höher, immer schiefer. Stürzte sie ein? Wohin führte das, wenn wir den lieben langen Tag mitten in diesem häuslichen Vorstadtviertel, wo meine Mutter die Bohnen gepflanzt, in heillosem Gewühl aufeinanderlagen? Wann und wo erwachten wir aus diesem Traum?

Schreckbilder und Wirklichkeit wurden identisch. – Unterdessen war auch Erics Magazinkapitel erschienen. Niemand rief mich an. Einsam sass ich im Fauteuil von Mikel Corn. Nichts passierte mit meinem Buch. Die belletristischen Zwickfibelheinriche dieser Stadt hatten sich mit den beiden Weibern abgesprochen; sie suchten meine alten wie neuen Feuer zu ersticken.

Ich floh nach Madrid, wo mir die kluge Olimpia den Rat erteilte, meine geschundenen Füsse bei ihr zu pflegen, die Belletristen und Weiber meiner Heimat schmoren zu lassen und die Schweiz für immer zu verlassen.

»Rosario . . .« eines ihrer herzlieben Bäschen, das mich seit bald zehn Jahren für ihren Verlobten hielt – »Rosario wartet auf dich. Ihre Eltern sind gestorben. Sie hat siebenhundert Millionen geerbt!« – »Wozu?» Ich lachte. – »Für dich, du Habenichts! Dazu Ländereien.« – »Mit Hühnern und Hühnereiern?« – »Schweig! Das ist besser für deine Zukunft als deine Tintenkleckse, in denen du bald ersäufst! – Aber deine "Possentage" sind gut! Nur viel zu frech für die Schweizer.« – »Sie heissen "Prozesstage".« – »Ich nenne sie, wie es mir gefällt.« Ich hatte ihr das Buch geschickt. »Deine Stadtgenossen werden sich freuen. Hat man dir noch nicht die Scheiben eingeschlagen? Nicht? Wie wenig passioniert sind die Calvinisten!« Olimpia verwechselte uns Reformierte immer mit Calvinisten. »Wir Spanier hätten dir das Haus angezündet. Aber leben kannst du in diesem Land nicht mehr. Bleib hier, heirate Rosario, und du bist alle Sorgen los!«

Olimpia! Ihre Kombinationen und Konspirationen! Seit Francos Tod waren ihre Freunde zu Verschwörern gegen den neuen Staat geworden. Sie stand mit ihrer Runde eben vor dem Fernsehkasten und rief plötzlich, allen voran: »Schande! Eine Schande!« Denn der Staatsanwalt beantragte dreissig Jahre Festungshaft für den Zivilgardeleutnant Tejero, der das Parlament bei einer Sitzung gestürmt und in dessen Dekke geschossen hatte. »Mehrere Abgeordnete wurden mit vollen Hosen befreit!« erklärte mir Olimpia als Beweis für die Tapferkeit dieser neuen Volksvertreter. – Olimpias Chor ging zu Bravorufen über, als Tejeros Bild auf dem Schirm erschien. Alles träumte hier der Francozeit wie einem entschwundenen Märchen nach. Glaubte man gar an Francos leibliche Wiederkunft?

»Und denk dir, dieser Tejero hat keine einzige Pesete! Wir sammeln für seine Familie. Stifte auch etwas! – Willst du ihn sehen? Alfonso führt dich morgen zu ihm in die Zelle.«

Alfonso, ein kleiner, freundlicher Mann, setzte sich neben mich und erzählte mir, wie sich jener 23. Februar *wirklich* abgespielt habe. Da sass ich wieder in spanischen Affären! Diese Erzverrückten und Francoverzückten wollten mich als Sprachrohr in Europa benützen. Ich fühlte mich auf einen Folterstuhl des Schweigens gebunden; es war aussichtslos, gegen diese Übermacht den Mund aufzumachen. Ich galt als einer, den das "rote" Europa ruinierte und der als ein Apologet hieratischer Borten zu Olimpia und ihren Gegenaposteln der neuen Zeit geflohen war.

Als der Putsch an jenem 23. Februar misslungen war, hatten einige der Sympathisanten hier Unterschlupf gesucht. Olimpia hatte in ihrem Block die Wände verschiedener Wohnungen herausgerissen und verfügte nun über ein Labyrinth von Zimmern, Balkonen, Alkoven, Küchen und Bädern, in denen sie eine ganze Gegenregierung Spaniens hätte verstecken können. Zu Francos Zeiten hätte sie aber ohne weiteres auch einem verfolgten Kommunisten Asyl geboten, wenn er ihr bloss sympathisch gewesen wäre.

Um in dieses Haus zu gelangen, brauchte man viel Glück.

Sie hatte alle Glocken abgeschaltet. Ich drückte vergeblich auf die Klingeln. Schliesslich öffnete sich eine Tür am anderen Ende des Korridors. – »Warum hast du nicht geklopft?« fragte sie mich. Seit meinem letzten Besuch war die Eingangstür wieder einmal gewechselt worden.

Bald brach ich auf. Olimpia gab mir den Segen. Ihre neueste Masche. Jetzt fühlte ich mich erst recht als Heide. Ich gab ihr zu bedenken, dass ich als "Calvinist" erst konvertieren müsse, um Rosarios Schätze und Heiligtümer hegen zu dürfen. – »Das arrangiert uns José!« ein entlaufener Priester in Jeans, der abends die Eisdielen besuchte. »Aber erst im übernächsten Jahr!« rief ich aus dem Korridor zurück und ging.

Mit Juliana fuhr ich gegen Abend zum Escorial. Zu der Schlackenhalde meiner Zukunft? Zu jenem traurigen Königskloster, von dem aus einst ein Schwächling die Welt regiert und kastriert hatte. Ich spürte seinen lähmenden Geist noch in meinen Knochen, als wir die Kirche betraten. Eben wurde das Abendmahl gereicht. Ich empfand Brechreiz. Juliana führte mich vom Hochaltar weg, zu jenem Christus am Kreuz von Benvenuto Cellini, einem Stück weissen Marmors ohne Makel. Doch diesem berühmten Schmerzensschrei aus Stein von einem Mann mit ebenso reinen Absichten wie Tejero verhüllte ein Seidentuch die Lenden! Muskeln und Adern seines schlanken Leibs waren genauestens herausgemeisselt, nur die Maserungen des Jesuspimmels durften wir nicht studieren. – Die Sonne stach gegen die Fassadenfront und die Schieferdächer, als ob sie dieses Tuch entzünden wollte.

Wir gingen ins einstige Theaterchen von König Karl II.. Es war frisch renoviert, in seinem spanischen Rokoko. Eine der neuen Laientruppen gab "Bernarda Albas Haus" von

Garcia Lorca, den Francos Zivilgarde in Granada unter dem Vorwand eines Kneipenstreites ermordet hatte. Das Theater war voll besetzt von jungen Leuten. Wir erhielten noch zwei Plätze im "Paradies", wie in Spanien die obersten Reihen heissen, wo man sich über die Brüstung wie über den Rand eines Ziehbrunnens lehnt, in dem die Schauspieler sich wie Frösche (diesmal lauter Töchter Albas in schwarzen Kleidern) tummeln. Die Bühne war im ersten Akt ganz in Plastik ausgeschlagen. Als die Töchter der Bernarda im zweiten Akt den Dialog aus verschiedenen Telephonzellen miteinander führten, fanden wir, es sei genug.

Wir traten in die frühe Nacht hinaus. Der Wind pfiff um die Türme und Mansarden des Escorials, wo sich die Schlafstätten des heutigen Knabeninstituts befanden. Julianas Sohn Manuel hatte hier ein bitteres Jahr mit viel Strafstehen in der Toilette verbracht.

Auf der Rückfahrt schlief ich im Liegesitz neben Juliana ein, wie früher auf unseren Reisen durch Iberien.

Julianas Küche. Zu später Nachtstunde braten wir noch Fische. Juliana erklärt mir mit ihrer schneidenden Fallanalyse – sie ist Röntgenärztin – mein Zustand nähere sich der völligen Zerrüttung. Ich hatte bei ihr Rat gesucht. »Es steht wirklich schlimm um dich!« – War Juliana eifersüchtig? Jedenfalls erkannte sie meine Verzweiflung.

Am Montag flog ich zurück. Ich hatte Sehnsucht nach Taiko. Juliana fuhr mich auf den Flughafen von Barajas, unsere Marterstätte seit sieben Jahren. In den letzten, untätigen Minuten gab sie mir Ratschläge. Nicht zuviel essen! Keinen Alkohol! Geh deine eigenen Wege, nicht diejenigen dieser Frauen! Lass dich nicht von Kleinlichkeiten deiner Umgebung unterkriegen! Arbeite unentwegt! *Du* hast ja in die

Schweiz zurückkehren wollen! Hier fändest du Ruhe! Nein, Manuel schreibt nicht auf deiner elektrischen Maschine. – Dann zerschnitt uns der Abschied. Wir hatten zusammen ein Leben des gemeinsamen Heils verpasst.

Im Flugzeug trank ich Lepanto-Schnaps, um das alles zu bewältigen. Ich studierte die Flaschenetikette. Die Lüfte waren stürmisch wie die Wolken über der abgebildeten Türkenschlacht zur See. Es schüttelte sogar diesen grossen Kasten. Die Spitzen der Pyrenäen ragten wie Kliffe und Riffe eines weissen Wolkenmeers unter uns.

Wieder hatte ich wilde Träume. Der Schreck eines Zeitalters ohne Romane und Papier sträubte mir die Haare. Taiko würde mir helfen, die neue Epoche zu bewältigen. Ihre Zwillingsschwester Terumi hasste mich zwar, aber nur, weil ich Taiko nicht heiraten wollte. Sie kam um die nächste Küstennase herum auf einem zum harmlosen Fischkutter abgemotzten Schiff von der kaiserlichen Wolkengewässerpolizei, mit Spiessen und Blasrohren, angeschwirrt. Terumis plötzlich hervortretende Krieger pumpten die Backen auf, um mich zu beschiessen. Sie spiehen mir Giftkugeln an den Bauch. Ich versteckte mich hinter einem Fass Lepantoschnaps, das aber nach dem Aufprall ins Meer hinunterplatschte. Taiko fiel heraus, mit einem Säugling, den sie mir mitten in dieser stürmischen Schlacht gebar! Sie legte sich eine Sekunde wie seekrank über die Reling, aber schon hatte sie mir ihre Schwester mit einem Fischnetz, das ihr sechs Männer hielten, geraubt. Sie entfuhren durch die Luft, während sich nun auch Taikos Schiffsknechte von mir lossagten, mir Arme und Beine abzusäbeln begannen, die Seile durchschnitten und mich meines Knäbleins wegen geknebelt in den terumi-taikotischen Ozean versenkten, auf dass ich, ein schmutziger calvinistischer Lazarus-Missionar, nicht zum Himmel stinke. Ich schwor meinen Doppelweibern ab. Was half es mir? Vom Meeresgrund herauf quollen aquamarinfarbige Giftfische hervor. Oder aus Terumis grossem Hexengesicht, das mit seiner Knollennase plötzlich unter mir in den Wellen tanzte? Sie schaute zu, wie mir die Fische die Eier annagten. Der Saft lief aus, bis ich als ein Toter nicht einmal mehr schwamm, sondern wie ein Schwamm auf meinem blutenden Bauch trieb.

Eine würde mich retten, reffen, rippen! Aber nicht diese Terumihur. Juliana! Als Galionsfigur war sie schon auf einer altspanischen Galeere unterwegs, die vom Escorial entsandt über Philippi in die Philippinen eilte, in einer jener kühnen Fernasienmissionen Philipps II. vor seiner fatalen Armadafahrt. Juliana stand mit Bandagen und Seilen da, um mich als Leichnam zu heben. Man entwickelte mich, neue Gedanken krabbelten aus meinem Kopf hervor, bis ich auf Deck erstand, ein Mann! »Wir Spanier sind die zähesten! Auch heute noch, im Gelben Meer!« rief sie, die Franco-Fahnenstange in der Hand. Sie warf sich gegen die Wellen; eine Canon-Kanone glättete mit ihrer drohenden Mündung die Wogen. Taiko erreichte dank diesem Projektil mein Wrack. Sie hievte mich und unseren Knaben zu sich herauf. Der Säugling lächelte so selig-euro-asiatisch aus seinen leicht geschlitzten Äuglein, dass sich die drei Weiber über ihm versöhnten: Juliana, Lena und Taiko! Das war ein elektronisches Wunder. Ich hatte unter Francos Segel und mit Kanonengeflimmer über den Wassern die Einigkeit meiner drei Geliebten erlangt. Lena heulte trotzdem vor Schmerz, dass sie mir nichts geboren hatte.

Man hörte sie im Wind, der die Wiege neckisch umspielte. Juliana sah den Kleinen: ihr Glück – und ihr Elend – war perfekt.

Am nächsten Morgen frühstückten wir zu viert, zu fünft auf Deck. Die Stewardesse brachte die Gedecke. Wir brieten Fischchen und Wirbelkrebse, Krabben, Seehörnchen, die sich aus der Luft andrehten. Die drei Weiber vertrugen sich immer noch! Der Säugling glänzte. Taiko erlangte mein Bett. In ihrem Boot! Juliana bereitete uns ein messianisches Wolkenbild, das umso drückender wirkte, als Lena das Bett bezogen hatte. Sie räumte bereits die Kombüse auf. Mit Taiko und ihrem Leibesfortsatz segelte ich auf dem gelben Horizont davon. Dort wartete Terumi, versöhnt. Taiko rieb meine nachwachsenden Glieder mit galaktischen Japanölen ein.

In Zürich stieg ich aus, meiner Hölle entgegen. Lena stand schon hinter dem Warteglas. Nicht mal diesen Abend war ich allein! – Und in zehn Tagen war schon Ostern! Wie würde ich die neuen Feiertage verbringen? Mit welcher? Welche glücklich machen? Welche beleidigen? Wie würde sich alles lösen? Nur durch die Ereignisse selber. Ich liess mich weitertreiben, ohne Ziel. Half vielleicht die Hure in jedem Kapitel? – Öffnen wir ein neues Buch: Über die Karwochen- und Ostertage! – Wird es ein Auferstehen, eine Offenbarung, ein Erwachen aus diesem schreckhaften Zustand eines anhaltenden Wachtraums bringen? – Ich setze nochmals an. Vielleicht lässt sich dieses Leben nur von seiner Beschreibung her heilen und erfassen. Ich will versuchen, diese Ostertage genau wie sie waren, aufs Papier zu bringen. Vielleicht zeichnet sich daraus die Lösung ab.

ZWEITES BUCH:
KARWOCHEN- UND OSTERTAGE

Mensch, dieses Ostermenetekel! Wie die Ereignisse sich überstürzen! Mit dem "Menschen" ist ja tatsächlich der Ostermensch gemeint, der sich bereits an die Wand malt, kaum ist der Weihnachtsmann verblasst! Der Karwochenmensch. Ich bewältige ja das Leben nur-noch-simultan-nicht-mehr-simultan.

Karmontag. Die exuberantische Pertuberation der verkehrten Städte und Stätten und der falschen Begleiterinnen! Schon am Montag war Lisa – die ich im ersten Buch noch Lena genannt habe, ich will ihr jetzt aber diesen etwas heiteren Namen geben, damit sich der Himmel auch für sie aufheitere und sie sich mit ihrer heiteren Rivalin messen kann – schon am Montag also war diese an Lisa gelehnte Lena (die ich in letzter Zeit seltener an den Türpfosten lehnte) in Konstanz, um mein Bankfach zu leeren.

Sie kam zurück (wahrscheinlich, denn sonst wäre sie ja verschollen, wie so viele Schulmädchen in letzter Zeit!) mit vor Weinen geschwollenen Augen. Soll ich das Wahrscheinliche oder das Unwahrscheinliche schreiben? So beides vermischen, damit Schwung reinkommt. Sie kam tatsächlich zurück. Also ein Tatsachenbericht. Aber lassen wir das Artefaktorische über Formen von Geschriebenem, dieses Strohfeuer der Gattungsdiskussion von Begattungsromanen (von Buchstaben mit dem Papier). Man schreibt keinen Roman, ohne mit dem Vorgehen beim Romanschreiben beschäftigt zu sein (wie man den Kerl an den Türpfosten lehnt). Wie soll ich hier vorgehen? Eine erfundene Lisa vorgeben, um die richtige zu schonen? Klar, könnte man mal eine Lisa erfinden. Das wäre wohl lustig. Aber meine Feder sträubt sich vor einer solchen Frankenstein-Kreation. Sie zieht die tapfere, wahre Lisa vor, welche alle schlohfeurigen Zweifel über die Wirksamkeit des Wirklichen beim Verwirklichen des Überwirklichen verjagt: im Roman. Denn den schlägt es ja irgendwann plötzlich von selber in die Luft. Das Unwirkliche steckt dem Wirklichen wie eine Rakete in der Brust. Es ist die Bombe in meinem Tintenfass. Achtung Tischbomben! steht über meinem Büro d'esprit. Oder: Achtung Tintenbomben in meinem Schreibtisch! (Blosse Blindgänger?) Doch ich bin, wie Tischhauser, meine eigene Schreibtischbombe, eine, die sich selbst entzünden muss.

Lisa kam zurück, um mir zu sagen, die Konstanzer Bank wolle mir mein Brieffach wegnehmen. Warum? Ich fühlte mich persönlich angegriffen. Gleich rüstete ich mich zum Kampf. Ich bauschte alles auf: die ganze Konstanzbilanz, mit Sommer. Ich witterte undurchsichtige Bankfachschaften, ich Maniker!

All diese Streitfeuer! Wie mit Eva, meiner einstigen Kollegin in unserem Marketingteam. Ich erklärte ihr, ich sei mit Lisa fast jeden Abend betrunken, aus Ärger, weil die "Possentage" reprimiert würden. – »Was reprimiert? Du meinst, wieder aufgelegt, ein Reprint?« – »Du hast wohl Ahnung: reprimiert, boykottiert!« – »Ha, die kommen halt nicht an! Selber schuld, ich habe es dir ja gesagt: der Umschlag ist schlecht!« Daraufhin habe ich Eva lange nicht mehr gesehen. Denn der Umschlag war gut. Aber dann, als ich wieder einmal bei ihr war, erklärte ich ihr, was mit diesem Buch alles gelaufen war. Sie war empört, erklärte, sie spraye gross »Possentage« über das ganze Schaufenster der Hauptbuchhandlung, die diesen Roman aus Rücksichten gegen vorkommende Persönlichkeiten verstecken wollte. Aber lassen wir das! –

Die Konstanzer: Bodensee-Schwalben. Diese Kerle und ihre kleinen Gassen (Gossen, riechen übel!). Das mit dem Bankfach hatte mir sicher mein Optiker eingebrockt. Der heisst ja auch Brockmann. Also, mit dem hatte ich Krach. Letzten oder vorletzten Sommer? Nennen wir ihn Sommer, diesen Optiker. Damit es keine Schwierigkeiten gibt! Es ging um die Doppelsichtigkeit. Ich bin knapp über fünfundvierzig. Aber verkappt. »Immer der Jüngste«, schrieb ich an Eric Fleissner, den Redakteur, der nur über Dichter bis vierzig schrieb. Darauf brachte er dann mein Kapitel im »Wochenmagazin«. Was heisst übrigens "jetzt", wenn man einen Roman in die Tinte taucht? Ich schrieb diesem Eric damals einen Reizbrief, statt meiner Reisebriefe aus Spanien, die niemand drucken wollte. Ich schrieb ihm einen Anti-Reifebrief, denn er ist gleich alt wie ich. Ich rief ihn auf, mich abzudrukken. Und siehe, er schrieb mir zurück: »Es freut mich, dich in unverminderter Kampfeslust vorzufinden!«

Also unvermindert. Verjüngt. Jüngst ging ich durch den Wald, und bald war ich wieder verjüngt, durch Taikos wilde Erdbeersünden (wie sich "morgen" zeigen wird). Immer der alte Kämpe. Aber mein Wochen-Eric ist gestern nach Italien gereist. Er hat das »Wochenmagazin« verlassen. Er schrieb mir: »Ratsch und ade!« und entmagazinierte sich. Oder liegt er bereits im Lauf einer anderen Zeitung? Diesmal gegen mich?

Aber auch Fredi, der Teppichhändler ohne einen Laden, hat sich entkorkt, wie damals, als er mit Lore in meine Zürcher Wohnung kam. Jetzt hat er sich wieder Richtung Kalifornien geschleudert. Deshalb höre ich nichts mehr von ihm.

Mensch, wenn Fredi meine “Possentage” lesen würde! Er hätte verkehrsgefährliche Lachanfälle. Fredi würde gleich aussteigen, auf die Strasse rennen und auf den Asphalt schlagen mit den Händen, wie auf schlechtes Teppichmaterial. Gestikulierend riefe er: »Röbi, sowas willst du verkaufen? So einen Bockmist?« – Fredi nennt mich seit unserer Paartäuscherei Röbi. Diesen Namen benützte ich damals zur Tarnung, aber er gefiel ihm dann besser als Giscard oder Egon.

Wir sind immer noch dicke Freunde, und die Unerfüllbarkeit des Lebens blitzt uns an, wenn wir realisieren, dass wir einander wieder mal mehr als ein Jahr nicht angerufen haben. Für Fredi bin ich ein Rätsel. Aber er mag mich. Er gibt mir Ratschläge, wie ich schreiben soll. Auch er!

Ich komme nur mit Leuten zurecht, die sich laufend entmagazinieren, entkorken. Sicher sonnt sich Fredi in Kalifornien, erholt sich von seiner Teppichschufterei. Fredis Geschäftsmethoden: raffiniert! Davon ein andermal.

Denn wir befinden uns ja in Konstanz, nicht in den Kellerräumen von Zürichs Grossbanken, wo Fredi seine Teppichlager hat, ohne dass es jemand weiss. Nicht in der Villa Massimo, wo sich Eric, auf Kosten des Schauspielhauses? entmagaziniert, statt meiner. In Konstanz machte man mir klar, dass ich eine doppelgläsige Brille brauche. Alterssichtig. Ich sträubte mich gegen die doppelsichtige Lebensepoche. Dabei wäre es doch die adäquate Brille für meine zwei Frauen gewesen. Aber der dicke Verkäufer mit dem lustigen Dialekt operierte nur so schnell vor meiner Nase herum, trug einige Nummern und Kreuzchen auf seinen Notizblock ein und sagte dann, ich sei doppelsichtig. Ich bezweifelte das. Er stach mir ein Auge aus und zeigte es mir auf der Nadel, indem er es mir über das andere hielt. Er liess es auf seinen Zettel austropfen und drohte:

»Zum Autofahren ist’s halt schlecht. So für die Distanzschätzung beim Überholen.« – Der Halunke.

Mensch, führ mich zu Lisa zurück. Aber mit diesem "Mensch" ist ja die magische Maschine gemeint, welche die Menschheit gesamthaft kreuzigt, dieses Ecce-Ekzem. Zurück zu Lisa. Ich bin dekonzentriert. Oder besoffen? Jedenfalls rief mich dieser Sommer-Optiker plötzlich an, ich könne meine Brille abholen. Aber mich befiel der Autorenkoller. Ich sagte einfach: »Nein, diese Brille hole ich nicht ab«, fügte noch einiges wie "Fehldiagnose" und schliesslich noch "schlawinerische Untersuchung" an. –

Der Verkäufer konnte es kaum fassen. Dann kam Meister Sommer persönlich ans Rohr und zog nach einer kurzen Diskussion den Schluss: »Sie profitieren schamlos von der Landesgrenze!« Ich legte auf. Nun kochte ich vor Wut. Wut auf diese faden Belletristen, die meine "Possen" in ihrem Zirkel ignorierten? Denn am selben Tag hatte ich einen Brief von deren Präsidentchen erhalten: »Kein Interesse an der Sache«, das war alles. Und das musste nun dieser Sommer entgelten.

Ich lasse die Vorgeschichte, wie ich einen halben Nachmittag in Sommers wunderbarem Geschäft herumgestöbert hatte, von einem Brillengestell aufs andere kletterte, ständig meine Vorlieben wechselte, Brillen, die ich eben zurückgewiesen, plötzlich ernsthaft in Erwägung zog. Ich schickte den Verkäufer weg, ich wolle selber wählen, rief ihn aber gleich wieder herbei, nahm ein Gestell, widerrief, was ich eben definitiv hatte kaufen wollen, blieb schliesslich hinter einer kleinen Literatenbrille stehen, die mir vielleicht zur Kostümierung in einen modischen jungen Autor geholfen hätte. Aber was sollte diese Brille für mich? Ich war doch ein bürgerlicher Typ, jetzt sogar neidisch auf den festen Lohn dieses Sommer-Angestellten. Ich kriegte es wieder mit der Lebensangst zu tun, wenn ich dieses boykottierte Buch vor mir sah.

Die würden sich selber helfen mit ihrer geschliffenen Brille. Keiner war so schlecht dran wie ich.

Das alles war pure Übertreibung, und zugleich eine Art Aberglaube. Mit Büchern hatte ich nur Glück, wenn ich irgendwo soliden Krach machte oder etwas gestohlen war, was mit dem Schreiben zusammenhing, wenn möglich das Papier.

Seit einem guten Jahr steckte ich wieder in dieser Spinnphase. Es war mir eben alles doch zuviel geworden. So ein Jahr! Ich verkrachte mich auch mit der Heizfirma. Als ich im letzten Winter mit Taiko "tagelang im Bett lag" (Lisavermutung), stellte ich fest, dass die Heizung nicht richtig arbeitete. Die verwirklichte sich nicht mit uns. Da liess ich Maniker einen Mechaniker kommen. Aber diese Geschichte dauert zu lange. Denn schon fällt das Licht herab, und ein Vorfrühlingsgewitter zieht auf. Es kracht am Himmel, eine Wucht. Und wie schnell die Nächte schon vergraulen! Kaum eine hält länger als einen Tag. Diese Kardienstagsnacht? Beeilen wir uns, denn schon steht der nächste Tag vor der Tür. Und für den, der bis zum nächsten Wochenende noch ans Kreuz muss, sind die Tage gezählt. Warum zählt man immer die Tage, nicht die Nächte? Die Karnächte?

Als der Heizmonteur kam, war ich nicht zu Hause, um den Servicerapport nicht unterschreiben zu müssen. Wie nannten wohl die Konstanzer einen Servicerapport? Vielleicht Vernehmlassungsschein? Sagen wir Dienstbericht. Den wollte ich nicht unterschreiben, denn das war kurz vor dem Erscheinen des Herrn, meines Possenbuchs, und wenn das rauskam (aus der Fotz der Druckerei), würde ich über alle Berge fliehen. Überall fliegen, wie auch schon. Ich kannte die Rückwucht meiner Schreibtischbomben. Mein Haus würde laut Olimpia ja nächstens in Brand gesteckt und keine Heizung mehr benötigen. Aber die Heizung schöpfte jetzt so schön, nachdem der Mechaniker dagewesen war! Taiko war es so warm in meinen Armen! Ich hatte nämlich die Nachtabsenkung eingestellt gehabt, ohne sie zeitlich zu beschränken. Nur deshalb hatte Taiko in meinen Armen gefroren. Ich konnte sie nicht einmal vor den Spiegel stellen, denn dazu war es einfach zu kalt. Lisa hatte diesen grossen Spiegel noch gekauft, kurz bevor sie von Taiko aus meinem Schlafzimmer vertrieben wurde! Jetzt verfluchte sie ihn. Es war übrigens das Schlafzimmer meiner Eltern. Aber ich war nicht in diesem Zimmer gezeugt worden, sondern noch im Spinnerhaus in Töss. Aber hier zeugte ich, was Taikos Zeug hielt. Alles leere Federübungen, denn Taikos Eileiter waren durchgeschnitten, meine Leiter zu einem eigenen Osterei.

So balgte ich mich von Weihnachten bis Ostern nicht nur mit Taiko, sondern auch mit der Heizfirma herum, die übrigens an der Zürcher Röntgenstrasse domiziliert war. Der Angestellte hatte längst durchschaut, dass ich ihm nur Spinnennetze statt Briefe schickte. Er sprach von "Ausreden" und "neuen Versuchen, sich zu drücken". Alles war eine hieroglyphische Demonstration meiner Mittellosigkeit, denn dieser Monteurtarif überstieg meine Vorstellung von einem Stundenlohn, ganz abgesehen von meiner Après-midi-de-luxure-Après-moi-le-déluge-Politik: Nach mir Faun sollte hier die Sintflut einsetzen! Wenn ich Taikos eisiges Körperchen genug gevögelt hatte, ging sie unter die heisse Dusche. Aber jetzt war das ja hier ein Schlaraffenzimmer, ohne Nachtabsenkung. Ja, ich heizte Taiko ein, vor Lisas schamlosem Spiegel.

Lassen wir Heizfirmen und andere Spiegelfechtereien. Seit einem Jahr stieg die Anzahl meiner vom Zaun gerissenen Kräche und Skandale (Orchestertusch!). Ein Wunder, dass ich nicht zu Tätlichkeiten überging. Ich entdeckte meine Vorliebe, mich zu balgen, wenigstens beim Schattenboxen, unter Schreien. Aber ich brauchte ja gar keinen Skandal mehr. Mein neues Buch würde mich aus meinem Haus entmagazinieren! Eigentlich wollte ich nur einen gewissen Zwickfibelheinrich vom Amt aus seinem amtlichen Schatten herausboxen, der nun zum dritten Mal gegen mich zur Anwendung gelangte. Aber man wies mich auf seine "grossen Verdienste" und seine "langjährige Erfahrung als Experte" hin. Lassen wir auch diese Geschichte. Lisa konnte nun weiter meine Rechnungen bezahlen, was vor allem mich rasend machte, nicht sie.

Mensch am Kreuz, ich wohne ja immer noch in meinem Palast, wenn auch wie eine Maus, und gejagt von zwei Katzen. Mein Haus wird mir zur Hölle. Warum setze ich mich nicht ins Irrenhaus? Meine neuen Possen, auf die ich soviel gesetzt hatte, liegen jetzt gedruckt vor. Aber die Hölle hält an, wird immer heisser. Jeden Tag. Auch "heute", an diesem Karmontag.

Am Kardienstag fahre ich dann mit Taiko nach Konstanz. Lisa hatte mir ja die Bankpapiere zurückgebracht. Alles matt. Markebbe. Was ich durch höheren Zins hatte gewinnen wollen, ging durch den sinkenden Wechselkurs wieder verloren. Meine zwanzigtausend Mark sackten weiter. Konstanz, ein Cul de Sac für Anleger. Aber ich bin ja gar kein Anleger, nur ein Sparer.

Dafür sind die Konstanzer Gassen so lustig. Ganz anders als die Gassen in der Schweiz. Bewegter. Taiko hatte sich etwas zuviel Rouge auf ihre asiatischen Wangen geschmiert, die deshalb besonders herausstanden und glänzten. Im Auto fragte ich sie, ob sie wieder geweint habe. Sie sagt: »Ja, aber nicht wegen dir, die Kinder haben mich fertiggemacht!«

Wir hatten uns auf der Lorenbergstrasse getroffen. Ich war von Lisa weggefahren, der ich meine Unentschlossenheit darüber darlegte, was ich heute machen solle, denn ich empfand keine Arbeitslust. Aber sie schöpfte Verdacht, dass ich mit Taiko nach Konstanz fahren könnte. Ich hatte den Wagen hinter ihrem Haus geparkt, weil ich mich vor ihrem Haus von Taiko beobachtet fühle, die neuerdings ebenfalls Erkundigungsfährtchen macht.

Ich fuhr hinten rum, dort beim Lorenegg um die Kurve die Hodlerstrasse hinauf, am Evidence Center vorbei, wo die komischen Figuren spazieren, und dann hielt ich einen Moment zuoberst auf der Lorenbergstrasse an jener herrlichen Stelle, im Vorfrühling, die mächtige Pappel noch kahl, die grossen Wohnhäuser, vor dem Ersten Weltkrieg gebaut. Taiko sitzt wahrscheinlich am Tisch und malt ihre Aquarellblumen. Jetzt ist sie wohl an der Lilie, die ich ihr bei Migros gekauft habe. "Lilie in der Nacht" hiess das Bild, das auf ihrer letzten Ausstellung am meisten Erfolg hatte. Gleich drei Personen wollten es kaufen. Aber Taiko war gar nicht zu Hause. Gefiel ihr die Migros-Lilie nicht? – "Nicht die gleiche Sorte; weniger schön als die italienische Lilie von Beatrix!"

Seit der Ausstellung malt sie überhaupt keine Lilien mehr, macht keinen einzigen Pinselstrich. Sie sitzt nur noch da und denkt über ihre Zukunft nach. Wie Lisa. Und ich mache Radau in Restaurants, wie Lorca. Dichter als Radaubruder. Ich gehöre zum Dichter-Restaurant-Radaubrüderbund, einer Art Gegen-Rotariergesellschaft. Ist das die wirkliche Bedeutung meines Clubs del Cante Jondo?

Taiko wollte heute an einem einzigen Tag die Lilie malen, um sich zu beweisen, dass sie das fertig bringt. Sie hatte mir noch nie ein Bild geschenkt und wollte mir jetzt diese Lilie malen. »Schon ein Jahr schlafen wir zusammen, und du hast noch nie ein Bild von mir geschenkt bekommen«, sagt sie. Was hatte sie denn schon von mir gekriegt? dachte ich. Aber Taiko denkt nicht so. Sie hat Verständnis für meine Geldlosigkeit; sie ist selber Künstlerin, kommt nur mit Künstlern aus. Sie sagt, ich schenke ihr Geist und Inspiration. Ich antwortete ihr: »Verkauf deine Aquarelle, damit du Geld dafür kriegst!« Hätte ich sagen sollen: »So mal mir doch mal so eine Lilie, meine süsse Fickente!«

Aber da kommt mir der Entenskandal in den Sinn. – Verschieben wir den Entenskandal im chinesischen Restaurant! Er drehte sich um eine nicht mehr geniessbare Kanal- bis Kanalisationsente.

Ich reklamierte, aber der Hongkongchinese erklärte mir ausführlich, woher er seine Enten beziehe. In gewissen Monaten aus Ungarn, anderen aus Deutschland, und wir befänden uns jetzt eben in einem Deutschlandmonat, wo er nur tiefgekühlte Enten erhalte. Aber selbst diese glacierte Kanalente verursachte noch eine heisse Schlacht, eine Fleischschlitzung mit diesem Hongkongpatron. Es spielte sich alles auf Chinesisch ab. Ich verspreche nochmals, dass ich diesen Skandal jetzt nicht erzähle, denn ich will ja die Karwoche in Konstanz, dieses Weibsgethsemane-Gemetzel, beschreiben, meine Bodenseeprozessionen mit zwei verschiedenen Marien, die mich wie einen Enterich brieten. Vielleicht lässt sich aus dieser schwäbischen Marinierung ein Gegenrezept für meine Situation ermitteln. – Lassen wir vorerst diese Konstanzfluchten, denn der Chinese kommt mit der Rechnung an. Ist sie am Ende doch mit dieser faulen Ente gespickt? Schau, ist die Kanalente drauf? – Mit Lisa gehe ich nur in gute Restaurants.

»Aber hören Sie«, argumentierte ich, »vor wenigen Tagen, nein Wochen, habe ich mit meinem Freund Tischhauser hier eine ausgezeichnete Ente verzehrt! Eine richtig nach See oder Teich schmeckende Ente. Übrigens hat dieser Tischhauser auf seinem Fenstersims drei Lockenten stehen. Wollen Sie ihn nicht fragen, ob Sie eine davon benützen können, um frische Enten anzulocken?«

Denn eines Sonntags, als ich bei Tischhauser anrief, um mich zu erkundigen, was er mache, erklärte er, er wolle heute seine Lockente schwimmen lassen. Wir fuhren an den Nussbaumersee. Da sah ich zum erstenmal den magischen Enten-Eitelkeitsmagnetismus, den so ein Gackerpopanz auslöst... Nur kommt jetzt gerade die China-Skandalente angeflogen. Denn Tischhausers Lockente fliegt ja nicht, die schwimmt: an einer Schnur zog er sie über den See, und die richtigen

Enten waren so erstaunt, eine gänzlich unbekannte Kollegin da draussen keck und munter schwimmen zu sehen, dass sie gleich unisono aus ihren Schilfverstecken hervorgeeilt kamen, hinter der her. Es fehlte nur, dass wir sie mittten in ihrer Schwimmbegeisterung abgeschossen hätten. Diesmal hatten wir aber nicht mal eine Büchse Lachs dabei.

Aber die Hongkong-Drachenhaus-Kanalente zog nur einen Krach hinter sich her! – Dabei hatte ich mit Lisa im Burgund – »Meinetwegen aus Weissrussland oder Rotchina, wenn Sie sie bloss nicht halb verfault servieren!« – so wunderbare Perlhühner, Rebhähne, Puter, Gänse, Fasane, Tauben und Turteltauben, Gock- und Lockhühnchen und -hähnchen und Enten verzehrt, dass ich sie, ich meine mein liebes Lisahuhn, nie mehr würde vergessen können. Gemeinsame Entenschmause kitten fürs Leben zusammen.

»Diese Ente hätten Sie uns aber nicht berechnen dürfen!« erklärte ich dem Wirt. Ich liess ihn rufen, ohne mir zu überlegen, wohin das wieder führen musste. Dabei hatte ich Lisa hoch und heilig versprochen, heute keinen Skandal vom Zaun zu reissen. Der Wirt lächelte nur und liess die Rechnung vor uns auf dem Tisch liegen.

»Hören Sie, haben Sie nicht bereits zugegeben, dass diese Ente kaum schmecken könne?« –

»Sie haben sie ja nicht zurückgegeben.« –

»Chinesische Logik! Da steht sie ja noch, praktisch unberührt!« –

»Die Ente war in Ordnung.« –

»Ja, als sie noch lebte!« – Aber da packte mich die Wut über diesen Kerl, der mir mein sauer verdientes Geld für nichts aus der Tasche zog. Dabei war es Lisas Geld. Sie steckte mir in Restaurants immer irgendwann diskret ihre Börse zu. Lisa merkte jetzt, dass es gerade losgehen würde zwischen dem Wirt und mir. Sie bezahlte schnell und zog mich zur Tür. Draussen beklagte sie sich. Es werde immer schwieriger, mit mir auszugehen. Ins "Drachenhaus" konnte ich nun auch nicht mehr zurückkehren. Dabei war es normalerweise ausgezeichnet. Schade. Ich hatte Taiko versprochen, nächstens einmal mit ihr dort essen zu gehen.

Auf diesen Drachenhausskandal folgte noch der Spaghetti-al-dente Krach mit Frau Zanelli, der stadtbekannten Spaghettinudel, die ihre Nudelspaghetti einem grossen Topf entnimmt und dann behauptet, in ganz Italien würden einzelne Spaghettiportionen nirgends mehr frisch gekocht. Dann der mit Knorr-Aromat bestreute Käsesalat, der mich sogar auf den Polizeiposten brachte und wegen versuchter Zechprellerei unter Anzeige stellte . . . Wo überall war ich nun persona non grata? Ich war in mein Haus verbannt, verdammt! Zu cholerisch geworden. Ein boykottierter Prosaist, den zwei Weiber noch völlig durcheinanderbrachten.

Taiko war an diesem als "heute" bezeichneten Dienstag der Karwoche die Lorenbergstrasse auf der anderen Seite wieder hinaufgefahren. Sie hatte mich gerade noch kommen sehen, als sie aufgebrochen war, um Beatrix eines ihrer Blumenbilder zu bringen. Gottlieb hatte zwei gekauft. Aber als sie mich oben sah, wendete sie, denn sie nahm an, ich fahre gleich wieder runter, wenn ich ihren Wagen nicht vor dem Hause stehen sehe. Am liebsten wäre ich allein nach Konstanz gefahren, aber ich muss ja jede Gelegenheit benützen, um eine der beiden Frauen auszuführen und zufriedenzustellen, und das ist es, was mein Leben so verrückt macht wie das eines Entenhahns, der unter dem Messer auf chinesisch gackert. Ich habe keine Ruhe mehr. Kaum geht die eine weg, muss ich die andere anrufen, um zu sehen, ob sie noch lebt oder ob sie in ihrem Elend schon verendet ist, ob sie vor Wut deliriert, weil sie weiss, dass ich bei der anderen hocke, oder ob sie tut, als wäre es ihr egal, und den Skandal auf die nächste beste Gelegenheit verschiebt. Eine Hölle, die Dante nicht beschrieben hat! Dazu ist sie viel zu heiss. Beim Dante-Illustrator Doré ist aber die Hölle gar nicht heiss, sie ist einsam, gebirgig. Und auch die Hitze meiner Weiberhölle kann man nur cool beschreiben, denn wenn man mit Papieren zu nahe an den Glutofen dieser beiden Frauen herankommt, fangen sie Feuer, und die ganze Geschichte geht mit in Flammen auf . . . Selbstverbrennung eines Kotbuben: Der Dichter Egon Kotzbue, der sich aus Protest gegen die verächtliche Behandlung seiner Bücher Giscard Kotbub nannte, wurde gestern verkohlt über seinem Schreibtisch, dieser ebenfalls in Asche, einst ein Mahagonifurnier, aufgefunden. Seinen Papieren war nichts zu entnehmen. Nur mit Hilfe des Plastikfarbbandes seiner Schreibmaschine konnte man seine letzten Schreie entziffern, aus denen sich ergab, dass er versucht hatte, eine Hölle zu meistern und zu beschreiben. Die Frage, um was für eine Hölle es sich gehandelt habe, wurde von den Experten verschieden beantwortet. Ein notorisch verdienter Staatsexperte vertrat die Ansicht, es handle sich kaum um einen Unfall, viel eher um einen Bilanzselbstmord. Dieser Kotbube müsse endlich eingesehen haben, dass all seine Schriften nicht nur gescheitert, sondern dazu auch noch verfehlt seien. Einige sogar noch verfehlter als die anderen.

Ein privat herbeigefederter Viecherexperte hielt dem entgegen, verschiedenes deute auf einen Geflügelkampf. Zwei Enten oder Perlhühner müssten sich in seinen Papieren in die Federn geraten sein, hätten einen venezianischen Kerzenleuchter umgestürzt und so das ganze Haus angesteckt...

Wir begegneten einander auf der Lorenbergstrasse (Schon wieder? Wie oft denn noch?). Sie kommt mit ihrem Citroën Ami von unten angegackert, und ich mit meiner VW-Ente von oben heruntergekackt. Wir geben einander Blinkzeichen, halten an. Sie ist gleich bereit, mitzukommen. Schlimm ist, dass wir beide den ganzen Tag frei sind. “Freie Künstler”. Da wird es schwer, nicht den ganzen Tag zu verfikken. Und das macht Lisa sauer, die arbeitet und für mich zahlt.

Bevor mich Taiko an jenem Kardienstagnachmittag traf, war sie völlig verzweifelt gewesen. Sie hatte mir wieder mal erklärt, es sei jetzt Schluss mit uns. Sie halte “das” (Lisa!) nicht mehr aus. Deshalb wollte sie zu Beatrix fahren. Aber gleich entschloss sie sich, mit nach Konstanz zu kommen, um dort ein Teeservice zu suchen. Seit Jahren braucht sie dringend ein neues Teeservice, findet aber nirgends eines, das ihr gefällt.

Auf der Fahrt fragte ich immer wieder: »Wollen wir wirklich nach Konstanz fahren?« Ich wollte ja gar nicht, nur, weil ich Taiko einen Ausflug versprochen hatte. Dieser war aber bereits verkrüppelt und würde nicht zählen; so hätten wir auch gleich umkehren können. Aber ich rief mir wieder mal jenes “Egal!” zu, wie stets, wenn ich mich bereits in ein Programm eingespannt sah, das ich selber vorgeschlagen hatte und jetzt plötzlich idiotisch fand. Ja, schwer, Disziplin zu halten, wenn man frei ist, und nicht immer wieder so ein Ausflügelchen oder Reislein zu planen! Mit Lisa hatte ich gegen diese Gefahr verschiedene Methoden entwickelt. Ich rief sie z.B. an, und wir beschlossen, sogleich nach Italien oder ins Elsass aufzubrechen. (“Como–Mühlhausen–Konstanz” lautete ein anderes Buchprojekt, das von seiner allzu häufigen *Verwirklichung* erstickt worden war.) Lisa packte dann jeweils, und wenn sie fertig war (in Minutenschnelle!), kam sie zu mir. Dann hatte ich aber das Recht, die Reise wieder abzusagen, zumindest die Abreise. Lust verloren? Nein, vernünftig nachgedacht und festgestellt, dass alles nur eine Fehleuphorie war. Eine Sekunde Enthusiasmus, gleich nach dem

Erwachen, meist wenn ich den letzten Abend mit der anderen verbracht hatte – und schon war ein ganzer Tag, eine Woche vertan. Dieses vulkanartig-eruptive Glück der totalen Künstlerfreiheit, in der man sich scheinbar alles leisten kann, wird in Wirklichkeit fast immer vom schlechten Gewissen zerstört.

»Also, dein Teeservice! Holen wir auf jeden Fall Prospekte!«

– »Ja, dort auf der Marktstätte gibt es ein Geschäft . . .«
Der Schädelstätte dieses verlorenen Tags.

Auf der Bank in Konstanz klärt sich gleich alles auf. Ich bin auch so entspannt wie immer mit Taiko. »Sie sehen in mir wohl einen internationalen Schieber; aber ich bin höchstens ein fahrender Schreiber, in Spanien domiziliert.« –

»Und wo halten Sie sich denn zurzeit am häufigsten auf?« – »In der Schweiz, gleich da drüben.« – »Dann können Sie Ihre Papiere in Zukunft einfach bei Fräulein Mäusele abholen. Sie hält die Post von Schweizern zurück, die ihre Brieffächer nicht jeden Monat leeren können. Neue Bestimmungen. Absolut nicht gegen Sie gerichtet, Herr Kotbub!«

Mensch am Kreuz. Wie freundlich die sind! Wenigstens am Tag. Und was machen die wohl nachts für Gesichter? Schneiden gewiss Grimassen. Aber zu Geschäftszeiten ist bei denen alles klar. Ich habe tausend Mark auf dem Konto. Was soll ich mit denen anfangen? Mal mit Taiko nach Italien fahren. Ich habe es ihr schon seit einem Jahr versprochen. Jetzt kommt sie rein. Sie hat einen Parkplatz gefunden. Sie lacht. Wie verschmitzt! Verscherzt!

Himmel, Mensch am Kreuz, bist du schon oben? Noch nicht? Am liebsten möchte ich über Ostern neben dich genagelt werden. Da könnten die beiden Weiber dann unten aufkreuzen. Warum denn auf*kreuzen?* Beide würden vom Bodensee auf den Lorenberg zurückeilen, um am Pfahl meines Kreuzes zu heulen. Lisa wäre wütend: »Noch zuletzt hat er mich betrogen, indem er sich auf dem Lorenberg kreuzigen liess, wo die Japse wohnt!« – Da wandern sie beide. Sie lösen einander ab. Eine kommt herauf, und die andere geht hinunter. Sie haben einen Zeitplan ausgemacht, wann jede bei mir heulen darf. Jede wartet, sittsam, bis sie dran ist. Und ich hänge neben Jesus. Ich suche ihn übrigens von seiner fleischfressenden Diät abzubringen, aber er sagt, die stehe nur in seinem Umschlagtext. »Also, Herr Jesus, was soll ich mit meinen beiden Weibern anfangen? Welche der zwei Engelinnen würdest du behalten, die zu meiner Rechten oder die zu meiner Linken?« – Aber Jesus schweigt. Dann flüstert er zu mir herüber, er müsse sich jetzt ruhig verhalten, damit der römische Soldat bald komme, um mit dem Essigstich zu prüfen, ob bei ihm schon alles Essig sei. Er dürfe aber auch nicht ganz eingehen, sonst funktioniere dann sein Aufstieg im unsichtbaren Luftballon nicht, und das könnte das Abendland um seinen christlichen Namen bringen . . . »So sind diese Nägel nur dazu da, um dich im Schuss zu halten?« frage ich.

Mir kommt in den Sinn: In Aranjuez sind auf vierzig Tafeln, dem Geschenk eines Kaisers von China an einen spanischen König, auch Foltermethoden abgebildet. Ein Mann hängt seitlich je an einem Arm und an einem Bein. »Wie fühlt man sich in dieser Lage?« fragte ich damals Juliana, eine Spezialistin für Jesusmedizin. – »Es handelt sich um eine buddhistische Züchtigung für betrügerische Wirte«, sagt Jesus neben mir, schon wieder belebter. »Sie wird auch heute noch für Hongkongchinesen angewendet. Dort hinter der Waldschenke hängt einer an solch einem Galgen. Verdorbene Enten schwirren ihm um den Kopf. Sein Gesicht scheint immer noch zu lächeln.

Dieser Mann am Kreuz ist ein Schalk. Er verbirgt seine

wahre Natur hinter seiner Schmerzensrolle, das genaue Gegenteil von mir, der ich meine Seelennot mit Spässen zu tarnen suche.

Taiko lächelt. Porzellan.

Jetzt erklärt uns die Verkäuferin im Geschirrgeschäft, wo wir uns inzwischen befinden (an der Uni wird eben eine Diss vergeben: "Das Konstanz-Gefühl – Sein oder Existenz?"), "bone china" heisse Knochenporzellan. Das habe ich nicht gewusst, obwohl ich seit fünfzehn Jahren aus englischen Warenhäusern "bone china" kommen lasse.

»Klar, es scheint ja durch. Eine spezielle Fabrikation. Es ist ausgesprochen zäh. Ich habe kaum je etwas zerschlagen, und wenn mal was kaputtgeht, klebt es sich leicht.« – »Klar, Lisa klebt es dir. Sie ist ja so zäh und klebrig wie deine englischen Schädeltassen«, flüstert mir Taiko ins Ohr. Die Verkäuferin fährt weiter: »Es gibt auch deutsche Firmen, die Knochenporzellan herstellen. Die haben die Formel irgendwie rausgebracht.« – »Was für eine Formel?« Ich schaue in Taikos Bone-china-Gesicht. Sie grinst wegen ihrem Witz über Lisa. »Die Formel mit dem Büffelknochenmehl.« – »Aha, ich dachte die Knochen der Asienbacken, die wie Porzellan durchscheinend sind.«

Die Verkäuferin bringt einen Wedgwoodprospekt (warum sind wir denn nicht auf dem Niewskij-Prospekt in Petersburg mit der blonden Tatjana, ebenfalls breite Backenknochen, statt auf dieser Konstanzer Marktstätte?) »Und Villeroy & Boch?« – »Die machen doch auch Toilettenschüsseln?« – »Nein, so ein Teeservice könnte ich nicht kaufen«, meint Taiko. – »Ach was, auch Wedgwood stellt Toiletten her. Da weiss man in England nie, beispielsweise in einem kleinen Hotel in Cornwall, ob man nicht auf einer Wedgwoodschüssel sitzt!« – Aber plötzlich findet Taiko ein Teeservice, das ihr gefällt: Wedgwood, wild strawberry, wilde

Erdbeeren, Walderdbeeren, asienzart! Auch sie selber ist ja eine so feine, schmackhafte Beere, wie die im Minnelied des Meister Alexander, wo nach dem Erdbeerenpflücken im Wald plötzlich alle “maassen”, Flecken, bekamen. »Wer weiss, was die im Wald sonst noch trieben!« flüstert mir Taiko zu.

Aber *ich* war ja aus dem Asienwald geflüchtet. *Ich* hatte gestern Taiko abgehängt, nicht sie mich! Wegen Walderdbeerenallergie? Ich hatte das Experiment abgebrochen. Ich finde es auch längst nicht mehr lustig. Auch nicht als Allergie. – »Du meinst Allegorie!« murmelt Jesus herüber. Der römische Soldat war eben bei ihm gewesen, hatte ihn aber noch nicht abgestochen.

In Kaiser’s Kaffeegeschäft entdeckt Taiko dann die grossen Quinine-Water-Flaschen von Schweppes. Wir kaufen eine. Mensch, Herr Nachbar, was mir da wieder alles in den Sinn kommen könnte! Die englische Schweppes-Werbung mit General Whitehead. Aber das geht ja gar nicht in diesen Kaffeeladen rein, wo die kleine Verkäuferin uns bereits so freundlich den Mehrwertschein ausfüllt.

Wir nehmen noch eine Flasche Krimsekt mit. – Taiko ist von Konstanz begeistert. Die Leute sind hier so anders, viel fröhlicher. Nicht so vage, verschlafen oder verkorkst wie bei uns. »Alles klar!« schreie ich zur Probe mal über den Bodensee. Aber man schaut mich nicht einmal vorwurfsvoll an. Taiko erlebt die Schweiz wie ich: als eine Art Knast. Wir entknasten uns ständig in Konstanz. Aber trotzdem frage ich mich dann jedesmal, warum ich nicht nach Zürich gefahren bin. Aber in Konstanz erlangt man ein gewisses Etwas, den Hauch von Deutschland, den kleinen Rest des einstigen Kaiserreichs, das einst gerade hinter dem Bodensee begann, wenn auch heute nur noch im Kaffeegeruch vorhanden. –

Aber Konstanz liegt noch vor dem See! Trotzdem. Es ist alles anders. Wahrscheinlich auch österreichischer Einfluss. Denn diese Stadt befindet sich heute noch nicht so ganz in der deutschen Nüchternheitstrance, diesem Dornröschen-wach-und-auf-der-Hutsein-“Alles-Klar!”-Traum.

»Trinken wir noch einen Kaffee?« fragt Taiko.

Aber wir gehen zuerst noch zum Buchhändler Gess. Keck, sollte der heissen, der kleine, freundliche Mann, bei dem wieder alles klar ist! Klar, ich bin im falschen Katalog. Und dazu erst im Frühjahrsnachtrag. »Aber da sind Sie tatsächlich drin, schauen Sie! – Trotzdem: Ihr Buch kauft keiner. Dreissig Mark für einen broschierten Roman, der wie ein dtv-Buch für acht Mark aussieht.« – »Klar, Herr Gess, weiss ich schon.« – Alle sagen das gleiche. Das ist gar kein Boykott, nur ein Marketingfehler. Die Aufmachung erweckt eine falsche Preisvorstellung. Alles klar!

Ich denke an meine Londondrogen in Form von long drinks, an Alkohol, um meine Wut zu dämpfen. »Scheisse!« rufe ich. Aber dieser Buchkönig hat recht. Diese Galle!

Mir bleibt jetzt noch eine knappe Stunde, bis ich mich entscheiden muss, mit welcher ich den Abend verbringe. Am Kreuz! Schon kommt Lisa mit ihrem Esskorb die Lorenbergwiese hinauf. Sie winkt mir von weitem, strahlt. Sie findet es prima, dass ich am Kreuz hänge, denn so kann ich wenigstens nicht mit Taiko nach Konstanz fahren. Sie bringt Lachs mit, und an einem Besenstiel hat sie einen Teller und ein Glas festgemacht. So füttert sie mich. Wir haben einige herrliche Momente. Jesus schweigt nebenan. Die Nägel machen ihm nun doch zu schaffen. Aber dafür hat er dann auch seinen sicheren Nachruhm, eine Art Pension, dank dem fehlerlosen Marketing. – Verdammt. Jetzt kommt Taiko! Sie bringt mir Patisserie, setzt sich einfach neben Lisa und fragt sie, ob sie ihren Besenstiel auch mal benützen dürfe, um mir ein Stück Kuchen raufzureichen.

Das ist die Höhe! Lisa packt ihre Sachen zusammen. Vergeblich bitte ich sie zu bleiben. Sie fragt den Herrn Jesus um Rat, aber der murrt nur trocken, über diese Situation stehe nichts in der Bibel.

Das ist hart für Lisa, die über die Lorenbergwiese hinunterzieht. Ihr Gesicht krampft sich zusammen. Die Bitterkeit! Sie weint. Aber sie ist immer noch in der glücklicheren Lage als Juliana, die ich in Limoges auf einer Rückfahrt nach Spanien das letztemal in ihre Leere stiess, ein schreckliches Gefühl! Da ist es mit Taiko schon anders, wenn sie stöhnt und schreit, sich nach hinten windet, um meinen Bratspiess abzudrehen, mehr zu spüren, mir ins Ohr flüstert: »Jetzt kommt mir.« – Ich korrigiere sie: »Jetzt kommt *es* mir!« – Sie wiederholt es, mühsam, denn die Lust hindert sie am Denken, und während sie schon die Augen schliesst, überwindet sie sich noch und sagt: Kommt *es* mir!«

Ich muss sie korrigieren. Eine Sprachlehrerin soll heute jeder Situation gewachsen sein.

Bank- oder Buchfachschaften? Ich müsste noch viel schamloser werden. Die Bankbeamten darauf aufmerksam machen, drohen: »Sonst schliesse ich das Konto . . . meine neuen Bestimmungen!« Aber Jesus blinzelt herüber und grinst. »Deine Terroristen haben keine Anschläge mehr gemacht. Deshalb will niemand mehr was von dieser Geschichte wissen. Die Sensation ist vorbei. Du bist zwar eine Art Prophet, aber ohne Evangelisten. – Was wäre denn ich ohne meinen Paulus? Ohne die Einzelqualen der Märtyrer und die grauenhaften Massenschlächtereien, die man als Plakate benützen kann? Nur sie vermochten Kaiser Konstantin schliesslich zu bewegen, einen Störenfried wie mich als seinen Chefbeamten einzusetzen. – Aber du mit deinen Kneipenskandalen in der Provinz!«

Plötzlich sehe ich wieder Lisas verstörtes Gesicht vor mir, wie sie die Sachen ihres "Déjeuners sur l'herbe sous la croix" auf dem Lorenberg zusammenpackt. Auch den Champagner. »Nein, ich nehme die Flasche mit. Sonst säufst du den mit der Japse zu Ende! Selbst wenn der Herr Jesus mittrinkt, bleibe ich nicht da! Man ist ja nicht mal sicher, ob die nicht das Kreuz hinaufklettert und dir . . .«

Da schaut sich Jesus mit seinen gebrochenen Augen um, ob ihn niemand hört, und sagt plötzlich: »Wenn einer so einen hat wie du, dann *braucht* er zwei Frauen!« – Aber das ist ja die Erlösung! Das Heil, auf das wir so lange gewartet haben, das Wort! Sie erbringen doch noch den Beweis, das Sie der Messias sind. Halleluja, Herr Nachbar, vielen Dank!« Wenn Jesus vor seinem Schmerzenstod doch noch schnell die Doppelehe proklamieren würde! Aber er schweigt, sagt nicht einmal mehr: »Vertragt euch!« Kein Wort kommt mehr über seine Alabasterlippen auf dieser Lorenbergschlackenhalde.

Wir trinken keinen Kaffee mehr (mit welcher denn? Ach so, mit Taiko in Konstanz!). »Mit Kondensmilch lohnt es sich nicht.« Wir fahren zum Zoll. Ein älteres Ehepaar kommt gerade über die Grenze und starrt gebannt auf den Sexshop, wo sich im Schaufenster eine Frau mächtig onaniert. In Kreuzlingen biegen wir rechts ab und fahren über Stein am Rhein nach Schaffhausen, wo Taiko mit ihrem Mondfahrer oft hinkam, um noch ein Eis zu essen, zur Zeit, als ich dort Lehrer war. Wir kannten uns damals nicht. Taiko wäre auch gar nicht frei gewesen. Diese Familienumklammerung! Der Mondfahrer war mein Rivale. War Taiko dazu auserkoren, diese Familienrivalitäten zu lösen, zu löschen oder neu aufflammen zu lassen? Auszugleichen!

Wir suchen die Kneipe, in der ich mit einer meiner damaligen Klassen letzthin gefeiert habe. Ich war als einziger ehemaliger Lehrer eingeladen. »Wir wussten schon, dass du immer jünger wirst. Aber jetzt bist du wirklich ins Kindesalter zurückgekehrt!« So hatten sie mich begrüsst. Der übliche Irrtum. Tatsächlich sah ich jünger aus, weil ich mich bleich und schlank ärgerte über die beiden Weiber. – Nur ist diese Kneipe heute geschlossen. Wir gehen in die nebenan, einen "Löwen", der sich als ein "Leone" entpuppt, denn er ist in italienische Hände gefallen. Es gibt keinen Fendant, nur Frizzantino. Auch gut. Am Nebentisch sitzt eine Schar von jungen Schaffhausern, die offensichtlich zur hiesigen Studenterie gehören. Einer liest die "Schaffhauser Zeitung". Auf der Frontseite ist ein Autor abgebildet. Neidisch und nervös frage ich, ob sie den kennen. Aber sie kenneten ihn nicht, einen ausgewanderten Schaffhauser. Wir kommen ins Gespräch. Einer von ihnen sagt, er sei Redakteur eines "Munot-Spiegels". Ich frage ihn, ob er meine "Possentage" kenne. Er will sie sogleich kennenlernen und besprechen, duzt mich und lädt mich ein, nächstens einmal zu einem Interview ins "Fass", einen Kooperativbetrieb, zu kommen.

Schaffhausen, Stadt meiner Träume! Hier hatte ich vor fast zwanzig Jahren an einem Nachmittag mit Berényi in einem Restaurant gegenüber des Bahnhofs gesessen und die Kantonsschule angerufen, völlig abgebrannt nach meinem ersten Roman, aber geistig auf Draht. Man hatte mir einige Schulstunden gegeben, und meine ganze Produktivität war draufgegangen. – Ich gehe selten in diese Stadt, die aber noch ungemein anziehend auf mich wirkt. Es war eine unvorstellbare Zeit an dieser Schule. Ein Jammer, dass ich mir das Unterrichten geistig nicht leisten kann! Der Vertrocknungsprozess. Ich müsste den einmal ganz genau beschreiben! – Der Vollmond steigt über die Riesenbäume hinter der Kirche in Allerheiligen. – Wir fahren nach Hause. Zuoberst auf dem Lorenberg, vor ihrem Gartentor, verabschiede ich mich von Taiko. Ich lasse sie einfach aussteigen. Sie geht. Sie nimmt an, Lisa komme noch zu mir. Nein, nicht deshalb fahre ich so schnell davon. Ich habe wieder den Buchkoller. Soll ich mich Kottboy nennen wegen diesem Boykott? Boykott-Boy? Gess . . . und Taiko hatte gesagt: »Da kannst du nichts mehr machen . . . Dein Verleger tut schliesslich, was er kann . . .«

Zu Hause liege ich wie tot auf dem Bett. Wann bin ich denn einmal glücklich? Verdammt! Ich hatte gedacht, ich wäre restlos glücklich, wenn dieser Roman dann endlich erschiene! – Das Telephon läutet. Natürlich Taiko. Sie lässt sich nichts entgehen. – Nein, auch sie ist ganz zerbrochen nach diesem Tag. »Darf ich noch rasch einen Tee trinken bei dir?« – Und sie kommt. In ihrer grauen Baumwolljupe und im Pullover legt sie sich aufs Bett. Ich bin nicht in Stimmung, sie auch nicht. Ich schlafe ein. Wie ich erwache, ist Taiko verschwunden.

Mir bohrt das schlechte Gewissen wegen Lisa im Kopf. – »Dein Leben ist makaber«, hatte Juliana gesagt. Ja, am Kreuz! Am Galgen! Man stelle sich Jesus am Galgen vor! Was hätte das für die christliche Kunst für Auswirkungen gehabt? Aber Kreuz ist das Glück des Abendlands geworden. Und ich werde von zweien gejagt, die hinter nur einem Glück herrennen. Lässt sich mein Von-der-Hand-in-den-Mund-Leben längs der Passionsgeschichte beschreiben? Erfassen? Ändern? – Etwas Indian Quinine Water mit Enten-Chinin gegen dieses Tropenfieber! – Aber die Tage spitzen sich noch mehr zu. Spiessen mich auf. Auf welche werde ich mich über Ostern spiessen?

Am Mittwoch ging ich zur letzten Urteilsverkündung bei den Krawallprozessen. Die Ringier-Zeitschrift "Die Woche" hatte mich als Kolumnist für diese überflüssige Veranstaltung am hiesigen Gericht akkreditiert. Die Polizisten und Wächter kannten mich schon von meinen Einlassstänkereien beim Terroristenprozess. Der Staatsanwalt grinste; der kleine Gerichtsschreiber mied mich, weil er fürchtete, ich könnte ihn wieder beschreiben, und der Weibel erinnerte sich an meine Argumentationen, mir stehe ein Platz im Verhandlungssaal zu.

Die Journalisten spöttelten, weil ich es auf der Pressebank sogar länger aushielt als irgendeiner von ihnen. Ich hatte ursprünglich ein Theaterstück über diese Krawallprozesse schreiben wollen, in dem die ganze Staatsmaschinerie verbraten wurde. Dieser Plan ging auf einen früheren Verleger zurück, der die "Possentage" mit einem solchen Stück flankieren wollte, an sich eine gute Idee, wie viele von diesem Mann, der dann unglücklicherweise pleite ging. Um meinen Presseplatz zu rechtfertigen, musste ich nun zuerst einen Essay schreiben. Ich arbeitete eine ganze Woche lang wie verrückt (der erste Prozess war suspendiert worden) an dieser Abhandlung, beschrieb die heutige Grossstadt als einen gemeinen Automatismus, der darauf angelegt sei, die Bevölkerung einzuschüchtern. Die Krawalle stellte ich als eine Folge des verlorengegangenen Flaniercharakters und der allgemeinen Degeneration jeder Zwischenmenschlichkeit in der Stadtkultur dar, wodurch sich das Stadtleben auf blosse materielle Abläufe reduzierte. – Chefredakteur Lebrument gratulierte mir persönlich zu diesem Aufsatz. Auch alle meine Bekannten waren begeistert. Taiko sagte, sie würde eine Zeitschrift eines solchen Essays wegen gleich abonnieren. Sie las ständig englische, französische und japanische Journale, um sich für ihre Kurse sprachlich auf Draht zu halten, und war unbestechlich in ihrem Urteil. Auch Lisa freute sich ungemein, dass mir wieder etwas gelungen war. Beatrix, der ich das Manuskript ebenfalls zur Prüfung zugeschickt hatte, rief aus, ich könne einfach alles. Ich verdankte diesen Auftrag Tischhauser, der zu jenem Entenfrass auch einen Redakteur angeschleppt hatte. Tischhauser lud mich sofort zu sich ein. Er war überrascht von den "überlegenen Perspektiven" meiner Ausführungen, die nicht einfach Schuld und Unschuld verteilten, sondern die Krawalle in einen weiteren bevölkerungsphilosophischen Zusammenhang stellten. »Aus einer ganz anderen Ecke«, billigte er mir zu. – Dann hielt er eine seiner endlosen Reden über Journalismus, in denen er wieder seine abstruse Idee von der Rückkehr in einen "Naturzustand" der Zeitung entwickelte. Er schimpfte über das Lokalblatt, das meinen Roman, den einzigen über diese Stadt seit mehr als dreissig Jahren, mit einem kleinen Artikel unter dem einfältigen Titel "Der Dichter und die Politik" abgefertigt hatte. Tischhauser fand, man sollte mal diese ganze Zeitung mit einem einzigen Artikel von mir füllen, beispielsweise über den endlosen Regen dieses Sommers.

Er hatte geglaubt, ich könne nur verrücktes Zeug fabrizieren (was er sich insgeheim in diesem Essay erhofft hatte). Überhaupt meinte er, wie viele, mein Kopf drehe gelegentlich durch. Diese Vorstellung hatte er meinen "Possentagen" entnommen. Er war ein glühender Anhänger dieses Buchs, in dem er, zu seiner Freude, selber vorkam und wie er leibte und lebte geschildert wurde: ein von seinem Stress geschundener Werber von grosser Sprachpotenz und voller Ideen, diese fade Welt zu regenerieren. Er gehörte zu jenen, die selber schreiben wollten, aber "keine Zeit dazu" hatten. – Als ob das Sich-Zeit-zum-Schreiben-Nehmen nicht ebenso wichtig wäre wie das Schreiben selber!

Kaum einem meiner Freunde war der "Possenroman" so sehr auf den Leib geschrieben wie ihm. Viele konnten dieser verrückten Darstellung einer Stadt nicht folgen. Sie taten alles als einen blossen "Stilversuch" ab. Mir konnte eigentlich egal sein, was meine früheren Freunde von meiner Schreiberei hielten. Es fiel mir aber zusehends schwerer, mit Leuten zu verkehren, die mich persönlich zwar lustig fanden, jedoch von dem, was ich schrieb, nichts wissen wollten. Früher hatte ich es genau umgekehrt gehalten und mich mit Freunden umgeben, die mir meine literarischen Inzuchtgedanken vertrieben und Einblicke ins "direkte" Leben gewährten, oder an antikulturpflegerische Literaten wie Berényi mit seinen schiefen Weltperspektiven, die mich inspirierten. Berényi war von der befreienden Arroganz des Ostens, und je elender seine hiesigen Verhältnisse sich gestalteten, desto mehr aristokratisches und intellektuelles Blut fühlte er in seinen Adern fliessen. Eine Zeitlang ass er fast täglich Lisas Kapaune und Forellen, behandelte sie aber so verächtlich, weil sie keine Akademikerin war, dass meine Ermahnungen, er möge ihr doch wenigstens einmal eine Blume oder ein kleines Geschenk mitbringen, ihn nur zu schallendem Lachen veranlassten. Er war einer von denen, die ihr jämmerliches Erdendasein mit einer Todesverachtung gegen die bürgerliche Welt garnieren. Jahrelang benützte ich ihn als Droge, die mich von allem Hiesigen, das mich lähmte, befreien sollte.

Ich versuchte jetzt, Berényi durch Tischhauser zu ersetzen, denn Berényi befand sich in einer seiner Abkapselungsphasen, in denen er keinen Menschen sehen wollte, auch mich nicht, denn auch ich war ja ein Schweizer, folglich ein Spiesser wie alle andern.

Inzwischen wusste ich aber selber nichts Gescheiteres, als in eine Art Vertristung zu verfallen. In trüben Stunden konnte ich mir ein so unbeschwertes Dasein, wie es mir andere Leute zuschrieben und wie ich es vor Jahren mit Berényi geführt hatte, überhaupt nicht mehr vorstellen. Ich starrte gebannt auf meine Berufslosigkeit (die Voraussetzung zum Schreiben!), die ich nun plötzlich mit Arbeitslosigkeit verwechselte. Die materielle Einschränkung, auf die ich unter Julianas beruhigendem Einfluss stolz gewesen war, warf mich nun hier, in der Schweiz, völlig in Panik. Ich sah nur noch die Familien meiner Freunde und einstigen Studienkollegen mit ihren schönen Häusern, Salären, den Gratifikationen und der gesicherten Pension. Die Folgen meiner früheren Zurückhaltung gegenüber vielen Leuten, die mir meine freie Zeit raubten, missverstand ich jetzt plötzlich, und die notwendige Isolation des Künstlers, die ich mir endlich leisten konnte, empfand ich als Vereinsamung. Ich begann von einem totalen Ausschluss aus der Gesellschaft zu spintisieren. Die regelmässigen Ablehnungen meiner Gesuche durch die staatlichen Förderungskommissionen, welche meine Bücher provozierten, apostrophierte ich als Repression, und ich vergass die vielen Leser und Anhänger meiner Schriften.

Mein ganzes Leben, allein in einem Haus, erschien mir von Tag zu Tag unheimlicher, während Aussenstehende glaubten, ich lebe im Paradies. Aber es gab auch Leute, die mich immer wieder ermahnten, irgendwo einzusteigen, bevor es zu spät sei. Ich wusste, dass ich einen solchen Einstieg auf jeden Fall mit dem Verzicht auf ein nächstes Buch bezahlen musste, und mit Büchern war ich sowieso im Rückstand. Unsere Gesellschaft mit ihren verblockten Erwerbsstrukturen hatte für einen freien Schriftsteller wie mich ohnehin keinen passenden Job. Mir blieben nur gelegentliche Artikel. Das entsprach mir ganz gut, wenn die Honorare nur nicht so jämmerlich gewesen wären! Sie brachten kaum etwas Taschengeld, und meine Taschen wurden davon nur immer leerer.

Wenn Tischhauser kam, verschwand diese Lebensangst augenblicklich. Mit ihm war noch alles zu haben, zu gewinnen, zu kaufen. Die Welt lachte mich frisch und neu an. Auch er versuchte mehrmals, mir Arbeit zu geben. Er war an sich äusserst generös, aber leider unfähig, einen Partner zu akzeptieren, da er nur seinen eigenen Werbestil verwirklichen wollte. Ich verstand mich vor allem auf psychologische Marktanalysen. Tischhauser verachtete jedoch alle Motivforschung und und Marktpsychologie, die ihn bloss einschränkte oder prädestinierte. Er war der typische erfolgreiche Einmannagent, der alles auf seine Art anpackte und meist auch verblüffend einfach löste, andererseits aber zu jedem Teamwork so unfähig war wie ich. Wir verbrachten unsere Zeit mit Reden wie Hahnenkämpfen. Dabei trainierte er sein Mundwerk und sein Gehirn, bis er dann gegen zwei Uhr morgens endlich nach Hause ging und seine Inserate schrieb. Diese hatten immer einen sprachlichen Appetizer, eine Art Markenzeichen für sein Büro, das "Tischhauser u.s.M." hiess. Das hiess: "Tischhauser und seine Mitarbeiter", eine besonders soziale Note, hinter der sich allerdings für Eingeweihte, die wussten, dass er allein war, ein Trick verbarg, mit dem dieser David die Kleinheit seiner Armee kaschierte. – Tatsächlich wäre es ideal gewesen, wenn ich meine Federsprünge mit Tischhauser hätte zu Geld machen können.

Aber schon der Schotte Ogilvy, ein anderer David unter den Werbern, hatte, auch mit bekannten amerikanischen Schriftstellern, die Erfahrung gemacht, dass diese keine einzige Zeile brauchbare Copy zustandebrachten. Die skeptische Haltung des Prosaisten der Welt gegenüber brachte eine aseptische Note in ihre Slogans, statt dass sie zum Kauf anspornten. Trotzdem hatte auch Tischhauser Einwände gegen die "Possentage". Ich gab mir mehrmals Mühe, ihm deren Grundidee nahezubringen, weil er den Gesamtablauf nicht zu bemerken schien. Er wandte ein, es befänden sich auch "ganz gewöhnliche" Passagen drin. Ich erklärte ihm meine Absicht, die verschiedensten Teile miteinander abwechseln zu lassen, die sich jeweils dem Thema anpassten. »Wie bei Joseph Haydn«, fügte ich hinzu. Er erholte sich kaum von diesem Vergleich. Wenn er mich wieder anrief, fragte er, ob ich gerade an einem Adagio oder an einem Allegro con fuoco sei und ob ich die Tinte mit Pauken und Trompeten oder mit Flöten und Oboen fliessen lasse.

Sein Interesse an mir bestand auch darin, dass er mich nicht zu fassen kriegte. Ich war für ihn wie ein Konsument, der auf seine Inserate nicht reagierte, und so versuchte er es immer wieder von neuem. Er machte seinen Weg auf den Seestrassen der Wirtschaft, indem er sich von deren Kapitänen gern als eine Art Pirat für schwierige Unternehmen anheuern liess, bis sie merkten, dass er auf seinen Raubzügen auch sie gleich miteingefangen hatte. Eine Zeitlang insistierte er so sehr, mich zu sehen, dass ich das Telephon einmal an eine neutapezierte Wand schmiss, weil es ihm so unvermittelten Zutritt zu mir gewährte. Er ertrug es einfach nicht, wenn er mich nicht zu einem Glas Wein oder zu einer Spritzfahrt in seinem offenen Jaguar überreden konnte. Mein Widerstand gegen solche Vorschläge zum Zeitvertun empfand er als gleich alarmierend, wie wenn eine seiner Werbekampagnen abgelehnt worden wäre. Einmal erwischte er mich unmittelbar vor einer meiner Spanienreisen am Draht. Nun schilderte er mir eine Fahrt im offenen Wagen in den Thurgau, mit Buchenzweigen, die unser Haar streiften, und Kühen, die uns ins Gesicht muhten, durch das erste Grün der Hecken, zwischen denen wir das Kabriolett parkten, bei einer kleinen Gartenwirtschaft . . . So verlockend redete er, bis ich meinen Flug verschob und mich zu ihm in seinen Sportwagen setzte. Er drückte mir eine Kappe auf den Kopf, die ich mir angesichts der noch eisigen Winde immer verzweifelter über die Ohren zog. So sass ich schief neben ihm und suchte mich hinter die Scheibe zu ducken. Er lachte sich halb tot und übergab mir das grüne Mützchen beim Abschied zur lebenslänglichen Nutzniessung, wie er sich ausdrückte. Wir waren bis an den Untersee gefahren. Ich erzählte ihm von Berényis mieser Art gegenüber Lisa (Tischhauser hütete sich, wie die meisten klugen Leute, für die eine oder andere Partei zu ergreifen), und so suchte er mit mir ein Restaurant auf, wo er vor Jahren, als er in Zürich noch eine Agentur betrieben hatte, mit seinen Mitarbeitern einmal gewesen sei, und zwar auf Kosten eines ebenfalls unverbesserlichen Geizkragens, den sie schliesslich zwangen, die ganze Belegschaft einmal auszuführen. Sie kamen nun aber alle in schwarzen Anzügen, weil es dem Gastgeber so traurig ums Herz sein müsse, dass er die Zeche zu bezahlen habe. Für eine Trauergesellschaft hätten sie sich bei diesem Leichenmahl allerdings reichlich ungewöhnlich aufgeführt, und auf der Rückfahrt seien sie dann mit seinem grossen Ford-Stationswagen in einem Bach gelandet, ziemlich benebelt, aber ohne Schaden. – Am nächsten Tag war ich ihm bitterböse, denn ich hatte Halsweh und meine Reise verpasst. Er lachte nur. Ich hätte ihn ja geradezu herausgefordert, mich zu überreden, weil ich mir mit meiner Spanienfahrt so gut gegen ihn gewappnet vorgekommen sei. Er rufe mich übrigens meist nur an, weil er fürchtete, ich vermodere sonst mit meinen Papieren in Joseph-Haydn-Zimmerluft.

Mit diesem Essay über die Krawalle lief es aber besonders schief. Zwei Tage, bevor es erscheinen sollte, wurde in einer Nacht- und Nebelaktion das Autonome Jugendzentrum abgebrochen. Die Zeitungen stellten alles um, und für die Woche drauf war das Interesse an den Krawallprozessen und damit an meinem Essay auf Null gesunken. Kaum sass noch ein Zuschauer im Gerichtssaal, wo ich so hart um einen Platz gekämpft hatte. So ward mein Artikel in Würden begraben. Und ich lief wie tot herum, als ich im letzten Moment ein Telegramm bekam, er werde nicht gedruckt. Ich ging nochmals ins Gericht, um das meinen neuen Freunden und Kollegen zu erklären. Sie waren schon gespannt gewesen. Staatsanwalt Bertschi grinste hämisch. Der Gerichtsschreiber verzog sich in die Garderobe. Die Journalistin vom "Tages-Anzeiger" glaubte nicht an die Begründungen der Redaktion. Die "Woche" bestelle oft zwei Artikel und nehme dann nur einen. Der Gerichtsweibel drückte mir sein Beileid aus. Einer, der so laut gerufen habe, sei ihm von Anfang an suspekt vorgekommen, lachte er. Die Richter verzogen sich mit den Geschworenen zu einem Abschiedsessen. Alle Zürcher Gerichtsberichterstatter eilten auf den Zug. Ich stand allein da, als ob *ich* hier verurteilt worden wäre. Die zweihundertjährigen Blutbuchen kicherten mit ihren Blättern im Wind über einen Fant wie mich, der geglaubt hatte, er könne ihnen oder dieser Stadt einen Tort antun. Neben mir eilte einer mit einer Fliege vorbei. Er federte beim Gehen mit den Händen in der Luft herum. Das war Spahl, mein einstiger Klavierlehrer. Er ging zur Musikschule, genau wie vor fünfundzwanzig Jahren. Spahl hatte keine Ahnung, dass er in meinen "Possentagen" figurierte. Und wenn er es gewusst hätte, wäre es ihm egal gewesen. Totales Desinteresse. So erschien mir die Reaktion dieser Stadt, dieser Gesellschaft auf einen Roman, der sie beschrieb.

Abends fuhr ich nach Schaffhausen. Den "Munot-Spiegel", diese Alternativzeitschrift auf grauem, umweltfreundlichem Papier, hatte ich mir inzwischen aufgetrieben. Man sah gleich, was möglich war, wenn ein paar junge, intelligente Linke eine kritische Zeitung machten. Ich hoffte diesen Redakteur im "Fass" zu treffen. – »Geh nicht hin!« hatte mir Taiko geraten, die diesen pfundigen Typen nicht traute. »Du schadest dir nur!« Aber Taiko war noch viel zu ängstlich und zu unerfahren in Presseangelegenheiten. Wenn das "Munot-Spiegel"-Interview gut war, konnte es mir nicht schaden.

Das "Fass" war ein Kooperativbetrieb, wo dieser Redakteur, der noch Student war, als Kellner sein Brot verdiente. Er hatte deshalb heute keine Zeit für mich, was er bedauerte. Aber die Kneipe war unvergleichlich. Man konnte einen bestimmten Preis nennen, für den man etwas essen wollte. Dann kam je nachdem eine grössere oder eine kleinere Portion.

Alles war voll von ehemaligen Kantonsschülern, die jetzt studierten. Bald tauchte auch Sonja, meine ehemalige Schülerin, auf, die inzwischen Rechtsanwältin geworden war. Das ganze künftige Schaffhauser Establishment formte sich hier. Sonja war überrascht, mich hier zu treffen. Ich hatte mit ihr nach dem Abitur in Zürich eine Affäre gehabt, die in die Zeit meines damaligen ersten Versuchs, als freier Schriftsteller zu leben, fiel. Aber diese Zwanzigjährige war mir nicht bekommen. Sonja bezeichnete mich denn auch bald als "einen, der nur ficken wolle". Die Gründe waren aber komplizierter gewesen. Wir gehörten beide zum führenden Typ in einer Beziehung, und zudem suchte Sonja eigentlich einen ausgeflippten Freund. Ich brach die bürgerlichen Normen nur auf dem Papier. Persönlich lebte ich normal. Ich war auch damals noch völlig unberührt von der 68er Revolution, die bald zu Sonjas Evangelium wurde. Deshalb wollte sie auch von meinen Büchern nichts wissen. Und mein erster Roman hatte in dieser Schule einen schönen kleinen Schock ausgelöst. Sonja musste sich von jenen turbulenten Ereignissen, die noch in ihre Teenagerzeit gehörten, distanzieren. Sie hatte ihre Neugier an dem skandalösen Lehrer befriedigt und erzählte bald überall triumphierend von ihrer Eroberung.

Inzwischen hatte Sonja ihren alternativen Freund gefunden: den gestenmächtigen, mit ausgestreckten Armen herumschreienden Peter-Pit, der mehr spuckte als sprach, weil er meist betrunken war. Kein Wunder, denn er tat nichts und musste sich betrinken, um sich nicht zu schämen, dass er nichts tat. Pit war ein Zürcher Journalist mit künstlerischer Ader, der hinter der jungen Sonja her in dieses Städtchen gezogen war. Sie lebten in einer grossen Wohnung mit einer Unzahl von Freunden und Besuchern. Sonja wollte den Beweis erbringen, dass es sich hier, wo sie inzwischen am Gericht arbeitete, so gut leben liess wie überall und dass auch hier eine moderne junge Frau privat längst tun und lassen konnte, was ihr passte. Alles hatte noch den anregend-demonstrativen Unterton der Kulturrevolution, in den sich die Lieblichkeit der ländlichen Kleinstadt mischte. Dieses "Fass" war voller Schwung und Aufbruchstimmung. Bald kam auch Pit wie jeden Abend hinter ihr hergetorkelt. Er torkelte immer etwas stärker als es seiner Betrunkenheit entsprach, denn Torkeln, das konnte er eigentlich am besten. Besser als das Tschaikowski-Konzert, das er jeden Tag vor seinem ersten Bier herunterklimperte, ein Kobold, der immer noch versuchte, die ganze Welt auf seine Schultern zu nehmen und mit sich fortzutragen.

Er schrie auf, als er mich bemerkte, warf sich neben mich auf die Holzbank und zerrte mich an den Haaren hin und her, indem er mich mit seiner Löwenstimme das grösste Arschloch nannte, das es je hierher verschlagen habe. Dann beruhigte er sich, musterte mich aber umso misstrauischer. Mein Gehabe eines abgetakelten Lehrers, der jetzt als Romanautor hier vor Anker lag, war ihm unheimlich. Er schnupperte an mir herum, um rauszukriegen, was ich wollte. Hatte ich vielleicht vor, ihm Sonja, seinen Lebensinhalt, auszuspannen? Was ich für einer sei, das hatte er schon auf jener Klassenzusammenkunft gesehen. Er fand mich damals "in Ordnung", nachdem er besoffen an meinen Tisch gekommen war. Die andern hatten mich vorgewarnt, der da sei Sonjas Freund. Deshalb ignorierte ich seine Flegeleien und gab mir Mühe, ihn ernst zu nehmen.

Neben ihm sass der sympathische, schlaue Rechtsanwalt Fritz Moser, ein ehemaliger Adornoschüler und Pits einst bester Freund, der häufig in diese Kneipe kam. Er stand dem Zürcher Anwaltskollektiv nahe, das auch die Angeklagten bei den Krawallprozessen verteidigt hatte. Diese Kreise behandelten meine "Possentage" mit kühler Verachtung, weil sie sie mit einem gescheiterten Politroman verwechselten. Der Sekretär des Anwaltskollektivs hatte bei den Krawallprozessen auf der Anklagebank gesessen. Die Klage lautete auf Steinewerfen gegen die Polizei, aber er gab sich als grosser Pazifist und Philanthrop.

»Sag mal, Fritz, was passiert, wenn einer wie ich ins Kittchen kommt? Darf der dort schreiben?« fragte ich, nachdem wir eine Zeitlang über die Strategie der Anwältin, die diesen Sekretär, ihren auch privaten Schützling, verteidigte, diskutiert hatten. Natürlich erzählte ich auch meine Essay-Pleite. Pit hörte finster zu. – »Kommt drauf an, was du angestellt hast. Als Terrorist oder als politischer Täter, was ich für dich als möglich betrachte, wäre es nicht leicht. Du hättest übrigens gleich Krach mit den Wärtern . . .« sagte Moser.

»Ficken könntest du sicher nicht im Knast!« schrie mich Pit an. Mit verführerischen Blicken sass Sonja zwischen uns. Sie flüsterte jetzt Moser etwas ins Ohr, sicher, dass sie mit mir auch schon "was gehabt" habe. Moser grinste, ohne das wichtig zu nehmen . . .

Es war erst Vorfrühling. Noch keine Vögel auf den Bäumen. Weil sie nackt waren? Die Vögel oder die Bäume? Beide! Aber dann musste man doch ficken können! – Sonja, meine einstige und einzige Maturandin! Sie war doch eine Sensation gewesen! Aber sie hatte mich schon hier draussen an einem Thayinger Strassenrand, wo sie unversehens drangekommen war, einen "wahnsinnigen Ficker" genannt. Ich hatte sie gelehrt, einen gewissen Teil des Körpers richtig einzusetzen.

»Sag mal, Pit . . .« wollte ich beginnen. – »Halt's Maul! Bist nicht der Schriftsteller des Jahrhunderts!« – Der gemeine Kerl! Wusste der noch, was er sagte? Betrunken, aber mit klarem Kopf! Mit ausgestrecktem Arm schrie er wieder herum. »Du hättest Schauspieler werden sollen«, sagte ich. – »So. Und du hättest auch etwas werden sollen, du Arschloch!« Ich schwieg. Den nur nicht provozieren! Der regierte ja mit seinem Geist und der schönen Sonja den ganzen linken Kanton Schaffhausen. Die Wirte respektierten seinen Rausch, seinen Schwung, seine laute Stimme, seine Spiralkinetik, wenn er endlich ging. Der hatte überall Kredit. Jetzt begann er wieder auf mich einzureden. Irgendwie beeindruckte ich ihn. Er führte aus, Zürich sei eine verlorene Stadt. Alle Kneipen seien längst hin. »Alles kaputt! Keine einzige Beiz ist noch okay. Man kann nirgends mehr hingehen. Früher, im Höngg, da gab es noch kleine Kneipen ... Aber auch die sind jetzt vor den Hund gegangen. Und der Hund ist meist der Chef«, lachte er jetzt plötzlich leicht elegisch.

War das der Grund für meine Kräche? Spanien hatte mich zusehr beeinflusst, gewisse Formen zu respektieren. Das war bei uns fatal, wo man diese nicht kannte und das idiotisch abgefasste Wirtegesetz die einzig gültige Kneipenlogik war. Das Grenzgebiet Richtung Schaffhausen und die ganze Ostschweiz blieben mir allerdings noch als eine Art Oase in Sachen Kneipen übrig. Auch jene deutsche Serviertochter an der Böschung in Jestetten, die sich ausbedungen hatte, zuerst ihre Zigarette zu Ende zu rauchen ... Da fuhr dann plötzlich der letzte Zug vorbei, als ihre Zigarette verglommen war. Beleuchtete Fenster. Der Zug hielt, fuhr rückwärts, damit die in der zweiten Klasse zuschauen konnten. Bravorufe. Die in der ersten guckten betreten in ihre Zeitungen und Journale. Aber ich war bald weg in meinem pankoitalen De-Soto-Coupé, dem ambulanten Fickzimmer ... Vielleicht war die Erinnerung an jenes Böschungsabenteuer ein Hinweis auf die Art meiner früheren Frauenverhältnisse, als ich komplizierte Liebesverstrickungen mied, als ich nur eine einzige grosse Liebe, Suleika, hatte und daneben lauter unbedeutende Abenteuer. Zeigten mir diese Böschungspartikel den rechten Weg aus meiner Klemme, in die mich zwei gleichwertige Frauen führten?

Nein. Heute kam ich nur mit gescheiten Frauen aus. Alle Ziegen und Halbwüchsige flogen raus. Sie flogen meist von selber davon, wenn sie begriffen, was für ein Typ ich war. Mein Beruf war so komisch, dass er sogar Ziegen das Fliegen lehrte.

»Sag Pit, glaubst du auch, dass das Zusammenleben der Zürcher Stadtepidermiskrabbler . . .« – »Halt's Maul!

Machst keine Schlagzeilen mehr!« schrie Küde und bog mir den Kopf auf dem Hals herum.

»Die Schlagzeilen stehen in meinen Büchern«, wehrte ich mich. Aber was machte ich denn eigentlich hier? Einer wie ich, dessen Schlagzeilen verraucht waren, konnte nicht mal mehr irgendwohin gehen, ohne dass er einen besonderen Grund dazu hatte. Deshalb lieber wieder mal mit einer rauhen Serviertochter, der man grosse Geschichten auftischte, an eine Böschung?

Aber Pit packte mich von neuem. Jetzt lobte er mich in den höchsten Tönen. »Wieviele Bücher hast du geschrieben?« fragte er. »Und ich?« Dann schwieg er, legte den Kopf seitlich auf den Tisch und sagte leise, auch er wolle eigentlich Bücher schreiben. Hatte ihn der Wunsch zu schreiben in diesen Zustand geworfen? Bestand die Menschheit nur aus solchen, die sich ruinierten, indem sie schrieben, und anderen, wie Tischhauser und Pit, die unglücklich waren, weil sie glaubten, ihre Sendung zum Schreiben zu verpassen?

Wir gingen noch in weitere Kneipen. Da war nur noch Geschrei. In der übernächsten hingen Pit die Därme heraus. Niemand nahm Anstoss daran. Keiner trat ihm auf das Gekröse. Ich hüpfte über seinen Magen und schob meine Karre an. Längs des alten Strichs fuhr ich zurück. Plötzlich kamen in meinem Kopf wieder die verschütteten grünen Schichten zum Vorschein. Ich fühlte mich wie in der damaligen Zeit, als ich die populärste Figur dieser Schule gewesen war.

Am Gründonnerstag fuhr ich mit Lisa nochmals nach Konstanz. Verrückt! Nur um die grossen Quininewaterflaschen zu kaufen, die es bei uns nicht gibt! Der Grenzübertritt: kleine Abweichungen und Nebensächlichkeiten, aus denen sich mosaikartig ein neues Lebensgefühl zusammensetzt: das Konstanzgefühl. Und die grossen Quininewaterflaschen enthielten dieses Deutschland, das mir als ein fröhlicheres Elixier dienen sollte. Sie würden die Lösung bringen, verdünntes, prickelndes Schierlingswasser als Tonikum zum Durchhalten beim Betrug mit einer an der anderen.

Auf dem Konstanzer Stephansplatz sassen wir eine Zeitlang im Auto. Ich phantasierte, wen ich in Deutschland anrufen könnte, damit er eine Kritik über meine "Possen" schreibe. Martin Walser? Der wohnte ja gleich hier über dem See in seiner Wasserburg. Aber ich delirierte ja. Solche Dinge hatte ich früher versucht und mich damit dann überall unmöglich gemacht. Dieser Bittergeschmack des falschen Messias, wer kannte ihn besser als ich? Aber wo ist denn dieses Gefühl beschrieben? Es steht nichts davon in der Bibel. Dort sind Jesu Konfessionen überhaupt ausgelassen, in denen er sich blossstellt und sein Herz bekennt. Der Bericht der Evangelisten spricht nur vom Triumph der Rutenschläge, nicht von Jesu Scham, als Scharlatan zu gelten. Zu wissen, dass er der Messias war, half ihm nicht gegen diesen Schmerz. – Das gäbe einen Jesusroman!

Der süsse Verwesungsgeruch des peinlichen Bekennens: Hier in Konstanz, der ersten Stadt Deutschlands, dann in jeder nächsten Stadt, durch ganz Deutschland, dieses Dörrland, das auf seinem eigenen Amboss verglühte!

Ich träumte. Die Thurgauer kamen mit ihren Einkaufstaschen und -körben auf den Parkplatz. Da war ja *noch* ein Buchhändler. Aber ich hatte keine Kraft mehr, hinzugehen... Lisa brachte das Quininewasser. Mit Todesverachtung waren wir an Sommers Optikergeschäft vorbeigelaufen. Zum Lachen.

Dieser Possenroman hätte eine Art Evangelium werden sollen, das die geistige Trockenepoche Deutschlands beendete. Wenigstens meine eigene! Dafür hatte es Zeichen gegeben. Mein spanischer Lorbeerbaum war erfroren, genau, als ich mit dem Buch am Ende angelangt war, diesem Gegen-Wesendonk-Lied über einen Terroristen namens Wagner. Ich hatte den Lorbeerbaum draussen vergessen, dann mitten im Winter schneebedeckt in den Keller hereingeholt. Als der Schnee nach einer Stunde abgetropft war, roch der ganze Keller wie der Orient, wie die maurischen Gärten in Andalusien. Ein Traum. Eine biblische Freude. Ich sog mich voll mit diesem Lorbeerduft. – Und am nächsten Morgen, als ich voller Erwartung in den Keller hinunterstieg, hingen die Blätter schlaff herab: der Baum war tot!

Ich rief Juliana an, die mir den Lorbeerbaum geschenkt hatte. Sie schluchzte am Telephon. Immer, wenn sie von meinem Garten Abschied nahm, berührte sie seine Blätter, um mir Heil und Gelingen zu wünschen. – Doch plötzlich sagte sie unter ihren Tränen hervor, es sei ein Glück, dass der Baum gestorben sei. Er hätte seinen Auftrag erfüllt. Für mich beginne jetzt eine neue Zeit . . .

Was half er mir jetzt? Hier, am Anfang Deutschlands, des

Heidenlandes? Die Häscher kamen, griffen die letzten Menschen auf den Strassen von Konstanz und steckten sie in ihre Autos, schoben sie ab ins Osterwochende. – Eine abgemachte Sache in nördlichen Städten. Nein, in westlichen, in von Rom aus dirigierten. Alles klar! Man durfte sich über das Wochenende nicht mehr zeigen. Giftgase vertrieben das Feiertagspublikum, die Flanierer und die Promenadenphilosophen. Furzkünstler traten keine mehr auf, um die Wetterfahnen nach ihrem Windchen zu drehen. Diese monotone deutsche Brise war für meine Possen nicht günstig. Taiko hatte recht: Nichts konnte ich mehr tun.

Auf der Rückfahrt legte ich Lisa dar, ich wolle jetzt versuchen, mich einen Monat ganz an Taiko zu halten, um zu sehen, wie sie mir wirklich bekomme. Nach dem ständigen Kampf und dem ewigen Hin und Her wüsste ich überhaupt nicht, wie wichtig sie für mich sei. Vielleicht würde sie nur aufgebauscht, weil ich keine Ruhe hätte, einmal mit ihr zusammenzuleben, um zu erfahren, dass das gar nicht ging.

Aber Lisa rief empört: »Du willst freie Hand mit ihr! Das ist es. Einen Monat lang läuft dann alles zu ihren Gunsten, und ich bin definitiv abgesägt!« – Wir waren in der Eulachgarage. Ein Blinker an Lisas Wagen funktionierte nicht, und wir fuhren vielleicht diese Nacht noch nach Como und in die Gethsemanegärten mit den Magnolien am Lago Maggiore oder zu den venetianischen Gläsern (Lisa hatte schon wieder eines zerbrochen!). – »Nein,ich lasse mich nicht zur Kollegin degradieren«, sagte sie wieder. – Dieser Kampf war viel härter. Ich unterschätzte die Zähigkeit dieser beiden gegensätzlichen Frauen. Lisa schluchzte jetzt leise neben mir . . .

Die Forsythien. Klar. Aber in Belgirate blühen die Magnolien trotz der drei Kilometer Gotthard-Stau. Sollte ich mit Lisa heute abend losfahren? Und Taiko? Und wenn ich hier blieb, was machte dann Lisa, wenn ich zu Taiko hinüberging? Lässt sich die Magnolienblütezeit nicht verschieben? Verdoppeln, wiederholen, damit ich mit jeder einmal hinfahren kann, in Magnoliomanie als Tarnpanier?

Zu Hause lag ein Strauss Gänseblümchen vor der Tür. Taiko war dagewesen. Sogar ihre Gänseblümchen machten mich geil. Ich hob sie auf, als Lisa ausstieg, eilte in den Keller und warf sie in eine Ecke. Was für eine Kühnheit von Taiko! Sie liess es sich nicht nehmen, am Nachmittag schnell bei mir vorbeizukommen. Auch sie war desorientiert, unsicher, ob sie sich in das Schicksal einer Dame Shikibu schicken, welche der Prinz nur gelegentlich besucht, oder ob sie auf exklusiven Rechten beharren sollte. Die frühere Freundin weiterhin mit Maskengeschrei und Schellengeklirr zu verscheuchen suchen? Ihre Stellung war schliesslich die von “The most and mostly loved Lady of the house”.

Ich spürte den Druck der Gethsemanenacht, dieses obszöne Magnolien-Vakuum ... Aber mein freies Glied schlug jede Erinnerung an ein Gestern tot. Lisa lag nächtelang wach. Sie sah die langen Jahre der Einsamkeit vor sich. Hatte sie den Zeitpunkt verpasst, einen anderen, definitiven Partner zu suchen? Auch Taiko lag wach vor Schreck, sie würde diesen ewigen Partner verpassen. Beide schrien im Traum hysterisch nach dem endgültigen Mann. Beide schrien am gleichen Spiess. So torkelten wir alle drei, aber einzeln, in den Karfreitag hinüber, der uns schon früh in seine Feiertagshaft nahm. Mich schleppte er vor das ständige Tränen- und Scherbengericht, welche ich nehmen und welche ich lassen, allein lassen sollte.

Am Karfreitag blühten hier nur die Forsythien, diese blöden, gelben Blüten. Warum war ich nicht mit Lisa nach Como gefahren? – Ich wollte die Forsythien trotzdem rasch sehen, trat vors Haus, und wie ich den alten Strauch so anschaute, wurde mir plötzlich klar, wie sehr ich ihn hasste. Schon während meiner ganzen Jugend hatte er an dieser Ecke gestanden. Im nächsten Frühjahr würde ich hier etwas anderes pflanzen. Wieviel war in diesem Garten noch von früher, das ich noch nicht exorzisiert hatte? Seit drei Jahren beseitigte ich mit Lisa alle Erinnerungen an meine Knabenzeit, um nichts mehr von der Übermacht der Vergangenheit in meinem ehemaligen Elternhaus zu spüren. Und jetzt brachte Taiko diese ganze Vergangenheit zurück mit ihrem geschiedenen Mann, der mein Rivale gewesen war. Diese beiden Familien, die hier plötzlich wieder herumgeisterten: eine vertrackte Situation. Man musste lernen, mit vertrackten Situationen zu leben, wenigstens in einer kleinen Stadt. Sie nicht aufkommen lassen, sie ignorieren – das war die grösste Anstrengung.

Als ich hineingehen wollte, kam Frosch, der Zahnprothetiker, um die Ecke. Er schaute mich schräg an. Seit die beiden Autos von Lisa und Taiko abwechselnd vor meinem Haus standen, mied er mich. Auch seine Frau grüsste mich nur noch ganz knapp. Im Hauch der befreienden Vorfrühlingsluft ging ich auf Frosch zu, als er seinen Wagen aufschloss. Er roch, dass ich mit ihm eine Art Versöhnungsgespräch beginnen wollte, sagte nur: »Ja, ja, schönes Wetter!« hüpfte in sein Auto und fuhr los. Der Dreckskerl! Das alles hatte seine Alte veranlasst, aus Angst, es könne ihr eines Tages wie Lisa ergehen. Sie gestattete ihm gelegentlich ein Abenteuer, vielleicht mit einem fernöstlichen Gogogirl, dem er eine Jacketkrone goss. Aber eine Asiatin, die offen und regelmässig kam, hier schlief . . . und dann kreuzte am nächsten Morgen Lisa auf, ohne etwas zu wissen? – das war zuviel für die Froschs. Dazu lebten sie zu traulich mit ihren Zahninstrumenten, Aquarien, Apparaten, afrikanischen Grillen, die ihnen abgegangen waren und jetzt im ganzen Haus herumsprangen, Bordeauxweinen und dem ganzen antiken und pseudoantiken Schmock, seinem Stereoschrank, aus dem mir Frosch, um zu beweisen, dass auch er Beethoven schätze, mit dem erhobenen Glas überlaut die "Völkerschlacht von Leipzig" vorspielte und die Musik überschrie: »Irrsinnig, dieser Ludwig van! Ich bin auch ein Ludwig-Fan!« Dann stiess er einen älplerischen Jauchzer aus und schlug sich zu den Kanonenschüssen auf das Knie: »Bum, bum, bum . . . !«

Wilde Erdbeeren. Die Temperamente. Die Aufblähung und die Abflachung der Probleme. Würde ich durchhalten? Diese Entscheidungslosigkeit trieb mich ja immer tiefer hinab. Ich geriet in den Strudel ihrer Auswirkungen. Hinab, hinab! Lächerlich, aber ernst. Warum konnten mich diese idiotischen Ärgerlichkeiten so sehr packen? Würde ich krepieren? War es die Verquickung des unlösbaren Dreiecks mit der Ächtung dieses Buchs? Würde sich plötzlich alles geben? Nein, Krankheit, Verfall, Zerstörung machten sich breit. Sogar Lisa wurde zu Gift. Und Taikos Zartheit? Und die Einladungen mit Lisa, die ich jetzt nicht mehr durchführen konnte? Weil Lisa einfach gehen wollte, um Taiko glücklich werden zu lassen. Lisa gab sich Mühe, ihren Schmerz nicht zu zeigen. Ich wusste, dass sie tagelang weinte. Anfänglich hatten wir beide gedacht, ich müsste ihr das ganze Geld zurückzahlen, das sie in den letzten Jahren in mein Haus gesteckt und für meinen Lebensunterhalt ausgelegt hatte. Zuerst wollte ich ihr eine Vollmacht über mein Konto in Konstanz geben, damit sie abheben könnte, was sie für richtig hielt. Aber dann hatte ich diese Vollmachtserteilung hinausgeschoben, als ich merkte, wie schwierig die Zeiten wurden. Auch Lisa begriff das, und verzichtete schliesslich auf alles. –

Dieser Karfreitag verging wie nichts. Am Nachmittag war ich schnell zu Taiko hinübergegangen, aber Terumi, Taikos Zwillingsschwester, war aus Paris angekommen. Sie ermahnte Taiko, mich zu verlassen und sich einen Mann zu suchen, der ganz für sie da war, sie heiratete und ernährte. Ich wusste das. Wir tranken schnell einen Anstandstee. Terumi sagte kaum ein Wort zu mir. Sie sass auf einem Kissen am Boden. Bei der Hochzeit eines mit den beiden Schwestern befreundeten Arztes in Nancy hatten wir uns kennengelernt. Aber wir hatten schon damals unsere gegenseitige Abneigung gerochen. Ich merkte, dass sie diese Situation nie akzeptieren würde. Da war es besser, gleich von Anfang an Distanz zu halten. Ich brachte kein Du über die Lippen. Taiko war erstaunt. Zum Abschied gab ich ihr nicht einmal den in Frankreich üblichen Backenkuss. Ich reichte ihr nur die Hand und ging.

Heute war ich so dumm, Terumi mit Taiko später zu mir einzuladen. Aber Terumi erklärte nur mürrisch, sie gehe lieber spazieren. Ich lief bestimmt rot an vor Ärger. Trotzdem reizte mich Terumi wie wahnsinnig. Sie war hochschick, in raffinierten, dunklen Farben gekleidet, mit hart betonten Linien. Taiko liebte hellere, weichere Farben, freundlichere, klarere.

Später suchte ich das Zwillingsschwesternpaar durch das Fernrohr, das ich Berényi vor Jahren abgekauft hatte. Tatsächlich, da schritten sie einher! Sogar Terumis tollen Schirm konnte ich erkennen. Es regnete ganz leicht. Die beiden setzten die Füsse kaum auf den Boden, damit ihre eleganten Schuhe nicht schmutzig wurden. Dann verschwanden sie in den Lauben und Hecken des Höhenwegs.

Ich schlief wie ein Stein, bis kurz vor Mitternacht das Telephon läutete. Es war Lisa. Wir hatten abgemacht, dass sie mich anrufen würde, wenn sie den Morgenmantel fertig genäht hatte. Den ganzen Tag sass sie dran. Aber jetzt war der Mantel fertig, der jenen alten ersetzte, den wir in allen Läden vergeblich gesucht hatten, weil er in seine Fäden zerfiel. Bei Rainoldi in Como war ich dann plötzlich auf die Idee gekommen, Stoff zu kaufen und Lisa zu bitten, mir einen neuen zu nähen. Lisa schnitt ihn genau nach dem alten von Grieder, nur fehlte das Monogramm. »Ein Skandal!« hätte Anna gerufen.

Nun war die Zeit des alten Morgenrocks endlich vorbei. Denn in jeder Faser hatte noch Anna, diese Hexe, gesessen. Mit Lisa ging ich in den Garten hinunter, und wir zündeten den alten Morgenrock an. Mit Benzin übergossen, brannte er lichterloh: die Hexe Anna in ihren Diorkleidern! – Dann fuhr Lisa wieder weg.

Gleich darauf eilte ich zu Taiko hinüber. Als ich durch ihr Gartentor ging, kam eben Lisa angefahren. Sie hatte es vermutet. – »Fahr doch vorbei! Fahr!« schrie ich wütend in die Karfreitagsnacht. Es nützte längst nichts mehr, wenn ich log.

Sie schloss auch Taikos Strasse in ihre Nachtfahrten ein, um zu sehen, ob mein Wagen vor Taikos Haus stehe. Deshalb ging ich in spitzen Situationen wie dieser zu Fuss, wie Alfonso zu Olimpia in Madrid auf seinem Moped. Aber jetzt hatte mich Lisa gerade noch erwischt. Wie eine Walküre fuhr sie vorbei. Liefen ihr Tränen über die Backen?

Leise stieg ich in Taikos Haus hinauf. Ich wusste, wo der Schlüssel lag. Ich legte mich neben sie ins Bett. Sie war noch wach. »Was hast du heute abend gemacht?«

Ich erzählte ihr nichts vom Morgenrock, nur von Anna, die ich damals für einen Roman hatte verwenden wollen. Deshalb hatte ich so lange neben dieser verrückten Frau ausgeharrt. Sie war eine interessante Person gewesen, aber auch sie hatte nicht geduldet, dass ich unsere Bettspiele beschrieb. Damals hatte ich erst ein Buch geschrieben, den Suleikenroman, der von Sex und Erotik überquoll. Nur Kolporteure, Hausfriedensgesindel und Erhängte schrieben laut Anna über Sex. Anna verstand dieses Buch nicht. Das war eine andere Tragödie, die Deuterotragödie, in der ich unterlag. Annas Millionen hatten mich zu lange fasziniert.

Ich erzählte Taiko die ganze Geschichte mit Anna. Auch das war eine Passion gewesen, ein groteskes Missverständnis. Anna war eine vom Krieg geschockte Person, aber voller Charme. Im Traum erlebte sie immer wieder eine Greuelszene, der sie nur durch ein Wunder entkommen war. Ich sprach zu Taiko wie im Fieber von Anna. Auch Taiko war erregt. Sie begeisterte sich für Anna. Sie hätte sie gerne kennengelernt. – »Du irrst dich. Anna ist eine Hexe. Sie zerstört mit ihren stechenden Augen alle Manuskripte, in denen sie beschrieben wird.« – »Musstest du sie denn beschreiben?« fragte Taiko andeutungsvoll.– »Warum hätte ich mir sonst ihre untergegangene Welt gefallen lassen, die sie mit soviel Luxus wieder heraufbeschwor?« – »Warst du in sie verliebt?« – »Anna absorbierte mich ganz. Sie vereinnahmte mich bis zur letzten Faser.«

Wieder dachte ich an den Morgenrock. Er gehörte in die Herodeszeit meines Lebens. Ich war König in Annas Palast, allerdings ein falscher, der nicht einmal Anna regierte. Bald fiel mein Zepter, und ich rettete meinen Kopf ganz knapp. – Aber vorher schwelgten wir in allen Gütern dieser Welt, während ein älterer Herr Gemahl jeden Abend aus einer fernen Stadt anrief. Er erkundigte sich bald auch freundlich nach mir. Er fragte immer, ob ich denn auch “fleissig schreibe”. Der Schriftsteller, den sie überall vorzeigte, als Alibi für den Liebhaber, der nicht gestattet war.

Der Palast wuchs langsam um uns herum. Wenn der Baulärm zu gross wurde, fuhren wir in Annas schnellem Wagen in eine andere Stadt. Anna schwamm im Geld. Zusammen schwammen wir im Bett, im nächsten Frühjahr in ihrem neuen Schwimmbassin. Auch damals eilte ich immer beim Morgengrauen nach Haus. Ich schrieb ganze Ordner voll über Anna. Aber es gelang mir nicht, sie in eine Geschichte zu fassen. Sie war zu sehr in Gold gefasst. Ihr Reichtum hatte mich hypnotisiert. Ich ging total zerstört aus dieser Affäre hervor. Ein Jahr lang schrieb ich nur Makulatur. Das waren Annas Verwünschungen!

Erst Hanne, meine Manuskriptlektorin, löste mich aus Annas Bann. Sie riet mir, Anna umzudrehen. Ich sei von ihr zu sehr fasziniert. Es war ihre Idee, Anna als Hexe zu verbraten. Dadurch öffnete sie mir die Augen, dass Anna wirklich eine Hexe gewesen war.

»War Anna hübsch?« fragte Taiko. Ich überlegte. Es war das Vorkriegsdeutschland, das Märchenhafte ihrer Jugend, das mich an ihr faszinierte. Sie hätte einen grossen, amerikanischen Roman gegeben. Oder ein Theaterstück.« – »Einen amerikanischen Roman?« – »Ja, ein farbiges, herrliches

Buch. Aber sie schenkte mir diesen Stoff nicht zum eigenen Gebrauch. Das kristallklare Deutsch, in dem sie mir nächtelang erzählte, zerstörte meine sprachschöpferischen Hakensprünge. Dadurch wurde sie für mich zur Hexe.«

Manchmal liegt Anna nachts noch wie ein Inkubus auf mir. Es war alles ein verdorbener Traum: ihr Haus, der Garten, die Yachten, Autos, Dinners, sogar die scherzhaften Gesellschaften . . . all das stürzte schliesslich über mir zusammen. – Warum dieser Trümmerhaufen? Die ganze Episode spielte im falschen Jahrzehnt. Die Siebzigerjahre duldeten keinen solchen Roman mehr, nicht in deutscher Sprache. Anna war ein vorrevolutionäres Thema.

Ich verliess Anna nach einem Jahr. Das verzieh sie mir nie. Aber ich vermisste die freie, neue Zeit zu sehr bei ihr. Sie zwang mir ihre Manieren auf: wie man sass, sprach, ass, grüsste . . . Später rief ich sie einmal an. Aber es gab kein Zurück. »Zum Glück!« sagte Hanne. Seit einem Jahr ist Hanne tot. Deshalb diese Pein? Sie hätte auch mein heutiges Dilemma gelöst. Ich vertraute ihren Winken ganz . . .

Taiko war eingeschlafen. Sie atmete ruhig neben mir. Es war fünf Uhr. Ich musste gehen, denn Terumi schlief unten, und Taiko hatte gesagt, sie müsse am Morgen mit ihrer Schwester hier allein sein. Das ärgerte mich. Ich weckte Taiko, legte mich nochmals auf sie wie ein Karmelit auf eine weisse Kamelie in einem Lago-Maggiore-Park. Ich entlockte ihr ein leises Stöhnen.

Auf dem Heimweg den Lorenberg hinunter und über die Eisenbahnbrücke krachte die vergraulte Karfreitagsnacht auseinander. Wer rief denn: »Egon, Egon, hast du mich vergessen?« vom Lorenberg herüber? Hing mein Gesalbter noch am Kreuz? Auf den Thron mit dieser Sardanaraspel, meiner Heliogabal-Heliosgabel! Schon kreuzten die ersten Einzeljünger am Himmel auf, in gregorianischer Formation.

Morgen würde es losgehen: die neue Zeit! Ganz hoch oben sagte sie: »O ihr Zonen, christlichen Zonen!«

Tatsächlich leuchtete schon nach wenigen Stunden der Karsamstag-Sabbat auf. Ich hatte von Büschen geträumt. Weil sie Wasser brauchten? Je eine Giesskanne für den Prunus fagus neben dem Trog, eine für den Blutahorn, eine für den zum zweitenmal versetzten Cornus, eine dem versetzten Bambus, der, des Kiesbodens wegen, bei der Mauer höher gewachsen war als die anderen, und noch eine für den nach zwanzig Jahren versetzten Holzapfelbusch. Und eine in Froschs Maul. Sein Bluffauto stand wieder halb auf dem Trottoir, direkt vor meiner Tür!

Die beiden Zwillingsschwestern eilten an diesem Ostersamstag nach Zürich. Der Zürcher Bahnhof war über Nacht ein japanisches Warenhaus geworden. Der Escher-Gründer-Schmock war weg. Man lebte in einer neuen Welt. Bahnwagen aus Holz klappten ihre Wände auf, und man kriegte zu essen, kaufte Schreibwaren oder Lachs, ein Kleidchen, Schuhe. Eine oder zwei Stunden Einkaufszeit, im Takt. Dann setzte sich ein neuer Zug um die Passagiere zusammen und fuhr sie zurück. Die ganze Stadt war in Transport verwandelt. Man brauchte keine hässlichen Bauten mehr. Zürich, ein Fest für zwei Japanerinnen.

Aber Terumi duldete nur ein geschlossenes Verhältnis mit einem Mann. Doch Taikos Natur schloss Gegensätze ein, wenn auch in Schmerz. – Phrasen! Ich wollte einfach Taikos gelbliche Haut, die meine Hände bremste. Oder war es immer mein Wunsch gewesen, mit zwei Frauen dem christlichen Unisono zu entweichen?

Um das rauszufinden, stieg ich in den Keller und suchte ein altes Manuskript. Den Seiten entstieg bereits der süssliche Geruch des zweijährigen Grabes. Sie enthielten, in Myrrhe und Aloe gewickelt, meine damaligen Umstände. Gaben sie etwas her für meine heutige Situation? Ich las:

»In den letzten Jahren war ich viel unterwegs. Ich litt an einer Art Reisekrankheit, von der ich nicht wusste, ob sie tief sass oder nur einen Kitzel unter der Haut darstellte. Die ständige Erschütterung meiner Ruhe hatte zwei Epizentren: Die Flughäfen Madrid-Barajas und Zürich-Kloten.

Ausser dem fast monatlichen Hin- und Her wurden die beiden Städte Startpunkte zu weiteren Tages- bis Wochenreisen, die mich weniger geistig in Bewegung hielten als in einen Wirbel von Kilometeraktivität und in einen Taumel von Langeweile stürzten, der einem Delirium glich.

Um nicht zu sagen: einer Verzweiflung. Denn diese Fahrten wurden meist zweimal, in kurzer Reihenfolge aufeinander, durchgeführt, einmal mit meiner Schweizer Freundin Lawinia und ein andermal mit der Spanierin Jacinta. Wenn Jacintas Ferien vorbei waren, begannen diejenigen Lawinias, und ich fühlte mich zu Gerechtigkeit in bezug auf neue Reisebegleitung verpflichtet. Gott gebe mir jetzt die Kraft, zu verzichten, mit Lawinia nach Portugal zu fliegen und ihr im Hotel Do Mar in Sesimbra all die herrlichen Fischgerichte vorzuführen, die ich mit Jacinta genossen habe, auch Lawinia die Flambés des berühmten Restaurants Tavares in Lissabon kosten zu lassen und mit ihr die Spelunken und schmutzigen Gässchen der verkommenen Hauptstadt Lusitaniens, die ich mit Jacinta meiden musste, kennenzulernen.

Am häufigsten reiste ich nach Como, abwechselnd mit Lawinia oder mit Jacinta, wo mich nun fast alle wichtigen Geschäfte, d.h. deren Inhaber und Verkäufer, kannten. Como ist eine reizende Stadt, so klein, dass sich alles bequem zu Fuss erledigen lässt. Zudem relativ sicher; denn in Mailand stellten wir den Wagen nicht mal mehr für fünf Minuten ab, seit wir im letzten Winter zum drittenmal beraubt worden waren. Wenn ich mit Lawinia in Como gewesen war, beispielsweise, um besonders elegant geformte Toilettendeckel zu kaufen, so traf ich sicher bald darauf mit Jacinta ein, um die Schönheiten des Comersees auch auf ihre empfindlichen Sinne wirken zu lassen, um auch ihr Bellagio und Cadenabbia zu zeigen, wovon Lawinia entzückt gewesen war, und um mit Jacinta die Villa Serbelloni zu besuchen, die ich das letztemal, mit Lawinia, geschlossen vorgefunden hatte.

Die Angestellten im Hotel Plinius, wo ich die meiste Zeit abstieg, senkten zuerst diskret den Kopf, als sie meinen komplizierten deutschen Namen mit der anderen Gefährtin zusammen einschrieben. Aber dann wurden sie freundlich gegen meine jeweilige Begleiterin. Sie kannten inzwischen beide. Vielleicht hatte mein Haushalt zu dritt ihren italienischen Respekt vor allem, was in menschlichen Beziehungen standhaft ist, gewonnen. Oder ihr Mitleid für die beiden "betroffenen" Frauen erweckt.

Nur im Vorhanggeschäft Rainoldi riskierte ich, dass der junge Verkäufer ausrief, wenn ich zuerst allein eintrat: »Signore, welche Ihrer zwei Frauen haben Sie heute mitgebracht?« Ich hatte schon protestiert. Ohne Erfolg. Auch dem Glashändler Siffi vor der San Zaccariakirche in Venedig machte ich umständlich klar, er möge doch nicht in sein begeistertes Schreien und nervöses Gestikulieren ausbrechen – schon gar nicht in der fragilen Umgebung seines Geschäfts – wenn ich reinkam, um dann gleich zu fragen, was denn meine Teuerste mache. »Nein, die andere, nicht die. Ich meine die, welche Sie letztesmal mitgebracht haben!« – Proleten gibt es auch in Italien haufenweise.

Meinen Gästen und Bekannten erklärte ich immer, ich hätte zwei Freundinnen und behandle sie beide gleich. Das wurde im allgemeinen akzeptiert. Sie fanden meine Doppelehe lustig und interessant. Diskret nahmen sie jedoch für die eine oder die andere Partnerin Partei. Wer beide kannte, war meist der Ansicht, Jacinta sei eine mir viel mehr entsprechende Person. Ihr herrliches Wesen, die offene, sanfte und fast biblisch wirkende Art gewannen meist alle bei der ersten Begegnung. Aber Lawinia fand hier in der Schweiz schon aus nationaler Loyalität auch viele Parteigänger, die ihr diskretes, unemotionelles Naturell, ihre stille Zurückhaltung und eigentliche Dienstbarkeit bei gleichzeitiger Eleganz anerkannten. Vor allem hatten diese Leute oft Mitleid mit ihr, weil sie so offensichtlich im Schatten Jacintas stand.

Eine Rolle spielte natürlich auch, mit welcher ich das erstemal kam. Dieser hielten sie die Treue. Wer also zuerst Lawinia kennenlernte, neigte zu ihr und sah in Jacinta eine fremdländische Usurpatorin, wer zuerst Jacinta gesehen hatte, dem erschien dann Lawinia nur als eine Lückenbüsserin, und erst allmählich wirkten ihre praktischen Vorteile auf ihre Überzeugungsnerven. So bei meinem hühnenhaften Vetter Arthur aus Bern, der in seinem sonoren Berndeutsch wahre Loblieder auf Jacinta anstimmte. – Ich lud ihn mit seiner kritischen Frau zum Gedenkessen an den Tod unserer Mütter ein, die Schwestern gewesen waren; Arthur glaubte, Jacinta wiederzusehen, sagt freudig zu – findet sich dann aber taktvoll mit Lawinia ab, deren Küchenkünste er schätzen lernt.

Eine Zeitlang verkehrten die beiden Weiblichkeiten gleichzeitig in meinem Haus. Jacinta erprobte ihre Geduld und Duldsamkeit an Lawinia, in der sie nur eine trockene Gans sah, und

Lawinia hatte Jacintas mystische Art zu dulden, ohne sich allzu offensichtlich über deren lächelnd-herablassende Penetranz zu ärgern. Von Reisen mit Jacinta brachte ich anfänglich sogar Geschenke für Lawinia mit, beispielsweise Brüsseler Spitzen, die mir Jacinta in Brügge für sie aussuchte und die sie ihr dann im Esszimmer mit einem Engelslächeln überreichte, ohne zu realisieren, dass Lawinia sie ihr am liebsten ins Gesicht geschmissen hätte. Aber am Anfang war Lawinia auf Jacinta wirklich gut gestimmt. Sie kaufte ihr Tischtücher mit St. Galler-Stickereien, nachdem sie einen Satz Toledaner Servietten angenommen hatte — und sogar bei sich zu Hause benützte.

Aber dieses offene Doppelverhältnis überforderte beide, auch als Experiment. Trotzdem versuchte ich es durchzuhalten, um nicht gleich klein beizugeben, denn ich hatte den Plan, zu beweisen, dass sich die eingefahrenen Partnergewohnheiten unserer Zivilisation erneuern liessen. Warum konnten sich heutzutage die Geschlechtsbeziehungen nicht rationalisierter abspielen, da sie doch überall, auch auf Vor- und Volks- und Volkshochschulen Gegenstand rationaler Analysen waren? Alle drei hatten wir das vierzigste Lebensjahr überschritten, und ich fand, das sei Grund genug, endlich vernünftig zu werden und die Liebe als Freundschaften, die Sex einschlossen, aufzufassen. Aber es gab einen Ärger nach dem andern.

Zum Beispiel, als Lawinia, die erst mit mir begonnen hatte, Alkohol zu trinken, eines Abends, als Jacinta angekommen war, nach zuviel spanischem Wein in elendem Zustand auf dem Sofa lag. Ich stellte ihr einen Papiersack hin, in welchen sie sich notfalls erbrechen konnte, deckte sie zu, wartete eine Weile, und als sie schlief, stieg ich hinauf. Jacinta war schon zu Bett gegangen. — Faires Verhalten? Jedenfalls war Lawinia am nächsten Morgen beleidigt. Sie hatte sich nachts, wie immer, still aus dem Haus und in ihre Wohnung begeben.

»Gemein von dir«, sagte sie, »einfach einen Kehrichtsack

neben das Sofa zu stellen und mit Jacinta ins Bett zu gehen!« – Was hätte Jacinta gesagt, wenn ich die halbe Nacht unten geblieben wäre, um Lawinia die Hand zu halten oder Kompressen zu machen?

Trotzdem waren es herrliche Monate, als sich die beiden Frauen noch vertrugen und ich mit beiden tafeln und bechern konnte. Wenn Jacinta einflog, brachte sie einen Korb voll frische Langusten mit, oder ein ganzes Milchlämmchen, das sie nach dem kastilischen Rezept, nur mit einem halben Glas Wasser, einer Zitrone und einem halben Glas Wein im eigenen Fett in meinem Backofen briet. Der Tisch war so lang, dass die letzten Gäste im Zimmer kaum Platz fanden, und als Allerletzter erschien dann sicher noch mein alter Freund Berényi mit einer Flasche billigem Wein, um mich mit meinen neuen Burgunder-Allüren (ich hatte mir einen eigenen Weinkeller angelegt) lächerlich zu machen.

Wenn die Gäste dann, oft spät nach Mitternacht, in der ruhigen Nebenstrasse, an der mein Haus steht und wo ich aufgewachsen bin, die Motoren anlaufen liessen, bestand Lawinia darauf, noch schnell abzuwaschen, während Jacinta demonstrativ die Treppe hinaufschwebte. Wenn ich Lawinia noch die Schüsseln hinaustragen half, gelang es mir meist, sie am Schüttstein noch rasch zu nehmen, was sie mir, ohne je einen Teller zu zerschlagen und bei laufendem Wasserhahnen, damit Jacinta nichts hörte, kräftig zurückerstattete.

Mein Haus war eine Art Künstlerfreistatt in einer bürgerlichen Welt. Trotzdem wollte es mir nicht gelingen, mit diesen beiden Frauen eine erotische Kommune herzustellen. Diesbezüglich blieben meine Wünsche unerfüllt. Ich wusste bereits, dass der Akt zu dritt mit Jacinta unmöglich war. Lawinia wäre wahrscheinlich einverstanden gewesen. Im Mansardenzimmer hatte ich über dem Bett an der schrägen Wand die Umrisse ihrer Schuhe, die Spitzen abwärtsgerichtet, auf den Gips gezeichnet.

Dort, wo sie auftraten, wenn Lawinia sich mir in einer ihrer vertierten Stellungen "schenkte", indem sie wie eine Schnecke ein- oder ausgerollt auf dem Nacken lag und sich gegen die Rückwand pressen liess. – Als ich mit Jacinta im selben Bett schlief, bemerkte sie gleich diese so offensichtlichen Hieroglyphen. Sie entzifferte sie leicht, denn auch sie kannte meinen Schuhfetischismus, auch sie hatte sich früher, vor ihrem Unfall, als ihr Rücken noch ganz war, und vor ihrer Operation, als sie mich noch hielt, wie eine Schlange um all meine Wünsche zu winden gewusst.

»Was soll das? Glaubst du, ich werde hier in Lawinias Fussstapfen treten?« fragte sie und fügte dann in ihrem rauhen, sarkastischen Lachen, das sie neuerdings hatte, hinzu: »Als ob sie nicht schon längst in den meinen ginge!«

Aber ich erklärte allen Leuten, dass Jacinta keineswegs durch Lawinia abgelöst worden sei. Lawinia war nötig fürs Haus, aber meine eigentliche Geliebte sei nach wie vor Jacinta geblieben. Lawinia wusste und akzeptierte das. Und Jacinta hatte ja die Möglichkeit, sich meinem neuen, wie ich zuerst glaubte, durchaus oberflächlichen Sexverhältnis mit Lawinia anzuschliessen. Einmal, als ich mit Lawinia unter der Terrasse, bei strömendem Regen, all das nachholte, was ich während meines Aufenthalts in Madrid – Jacinta war mit mir in die Schweiz zurückgekehrt – verpasst hatte, kam Jacinta eben hinunter und dazu. Es war fast dunkel. Wie liessen uns nicht stören, und ich spielte darauf an, Jacinta sollte sich zu uns gesellen. Aber sie tat so, als ob sie nicht bemerkte, was wir trieben, fragte, ob wir nicht Licht anmachen wollten, ob uns nicht kalt sei, ob sie uns einen Tee herunterbringen solle? Was für Ermahnungen, zur Lüge und zum offenen Versteckenspiel, zur Heuchelei des scheinbaren Zweierverhältnisses, zum "Anstand", zurückzukehren!

Später bereute ich diesen Versuch. Es war mir peinlich, dass ich Jacinta, diese "Iphigenie", auf eine Art, die absolut nicht zu ihr passte, hatte einspannen wollen. Aber sie sah das ganz anders. Sie war im Gegenteil beleidigt, dass ich nur mit Lawinia Dinge für möglich hielt, zu denen sie sehr wohl bereit gewesen wäre, wenn ich sie dabei nur zur Anführerin gemacht hätte. –

Überhaupt waren es meist nur kleine Fehler, die dieses Doppel- oder Trippelverhältnis unmöglich machten, eine nach meiner eigenen Ansicht nebensächliche Ungeschicklichkeit, die den Stolz der einen Frau verletzte, wenn ich der anderen eine Gunst erweisen wollte, meist, um ihre schlechte Laune nach einer ebenso hypothetischen oder irrtümlichen Zurücksetzung gegenüber der andern zu verbessern.

Denn auch Jacintas Grosszügigkeit durfte nicht unterschätzt werden. Sie hatte sich in Madrid meinen Wünschen nach Erweiterung unseres Verhältnisses, wenn auch in der traditionellen Weise, nicht völlig ablehnend gezeigt und im Gegenteil versucht, etwas für mich mit Freundinnen von ihr zu arrangieren. Sie wusste, dass die Ausschliesslichkeit unseres Verkehrs diesen allmählich zerstörte.

So hatte sie mich einmal mit einer gewissen Paula bekanntmachen wollen, einer Nymphomanin, wie sie in den vierziger Jahren, die jede Stunde ein Bedürfnis nach einem Hormonaustausch verspürte, so dass sie ihre Hormone sozusagen ständig, wie ein Tauschhändler, und an verschiedenen Orten der Stadt den lieben langen Tag zu tauschen pflegte. Mit unzähligen Täuschern täuschte sie ihren Mann, einen belgischen Geschäftsvertreter. Aber ich konnte mich nicht entschliessen, Paula zu treffen. Es wäre gegenüber Jacinta gemein gewesen. Ich hätte mit Paula ein Stundenzimmer in einem Luxushotel mieten müssen, und die ganze Runde von aufgetakelten Hühnern und Schwimmbadenten in Glorias Massagesalon wären Zeuge geworden, dass Jacinta ihren "superintellektuellen Freund" (so nannten sie mich, weil ich keine Haarwasser und Desodorants benützte und unter ihnen meist schlechte Laune hatte) mit Wissen über Paula habe fahren lassen. Denn natürlich hatte Paula die schwatzhafte Gloria eingeweiht, die alles im Kreise herumerzählte.

In Paulas Limousine aber hätte sich dieser Akt der Öffnung ebenfalls nicht durchführen lassen, denn sie liess sich von einem Chauffeur kutschieren. Und als ihren letzten Hormonüberfluss-Schrei erzählte sie, sogar dieser habe sie letzthin "vergewaltigen" wollen. Mit Paula ein Täuschungsmanöver in Jacintas Wohnung zu veranstalten, dazu war mir Jacinta zu gut; denn sie hätte sich beim Pförtner und den Hausgenossen, die sie hier hatten aufwachsen sehen (auch Jacinta wohnte in ihrem Elternhaus), und in ihren ehemaligen Familienräumen kompromittiert und verunreinigt gefühlt. – Erst ein Jahr später merkte sie, dass Gloria unter dem Vorwand, ihr Mann drohe sie zusammenzuschlagen, wenn sie nach zehn nach Hause komme, in diese heiligen Hallen regelmässig mit einem ihrer aufgelesenen Partner vögeln ging, während Jacinta Nachtdienst hatte. Natürlich nicht mit mir, denn wir konnten uns, auch körperlich, nicht riechen.

Bald darauf fädelte mir Jacinta einen Kinobesuch mit der progressiven Medizinstudentin Rosa ein, die mich mit ihrem gertenschlanken Körper in geflickten Jeans und groben Pullovern reizte, obwohl sie eine mediokre Alternativgans war, die auch Jacinta mit ihren regulären Gegenideen sehr auf die Nerven ging. Aber Rosa war so beschämt über das offensichtliche Missverhältnis, mit dem Freund ihrer Berufskollegin im Kino zu sitzen, dass sie Ausreden hatte und nicht mehr kam. Ich hatte mir fest vorgenommen, das zweitemal ihre Hand zu nehmen, ihr die Finger zu küssen, sobald es dunkel war, und sie dann diskret auf meinen Penis zu legen, um dadurch eine alternative Geste zum feudalzeitalterlichen Handkuss zu begründen. Aber es kam leider nicht mehr dazu.

Auch Jacintas letzter Versuch brachte nichts. Er bezog sich auf eine bildhübsche Libanesin, die im Schwimmbassin des Luxusblocks plantschte, wo Gloria ihr "Gymnasium" (so heissen in Spanien die Schönheitssalons) führte. Diese Sherry genannte Scherazad hielt es wenigstens einen Tag bis zum nächsten Hengst-Treff aus, aber als sie mit mir hätte ausreiten sollen, schützte sie den Krieg in ihrer Heimat vor, der sie traurig stimme. Bei einem späteren Versuch Jacintas während eines Waffenstillstands fauchte sie und spritzte Gift: Es gebe offenbar in Spanien heute noch sehr hartnäckige Celestinen, eine Anspielung auf eine berühmte Kupplerin dieses Namens in der altspanischen Komödie, übrigens in ihrem Auftreten ähnlich mystisch angehaucht wie Jacinta in ihrem unterschwellig medizinisch geprägten Bemühen.

Wahrscheinlich hätten all diese Versuche funktioniert, wenn ich sie selber und heimlich durchgeführt hätte. Das einzig Störende war die "Kleinigkeit", dass Jacinta, meine Freundin, offensichtlich davon wusste, damit einverstanden war, wodurch diese Frauen sich zu Vorspeisen und Nachtischen Jacintas selber entwürdigt fühlten, weil sie ja mein Hauptgericht blieb. Aber gerade diese Offenheit Jacinta gegenüber war für mich entscheidend, der Reiz der Sache. Ich war prinzipiell gegen Seitensprünge der normalen Art (vielleicht einfach zu bequem dazu?), die mir in Madrid allerdings alles andere als einfach schienen.

Jedenfalls betrachtete ich nach diesen Versuchen, die Jacinta selber unternommen hatte, mein erotisches Ausbruchskapitel in der spanischen Hauptstadt als total gescheitert und als abgeschlossen. Es hatte mir nur die Bestätigung gebracht, dass einer wie ich in Madrid (oder in jeder Stadt?) nur eine einzige Frau haben konnte. Alle übrigen Unternehmungen, auch wenn ich sie selber veranstaltete — ich hatte einige Anläufe genommen, einen mit einer Buchhändlerin, die mir nie mehr als ihren flachen Busen überliess, einen mit einer partnerfreudigen Ehefrau, die nach jedem Essen die "Periode" hatte und mich auf ganz bestimmt das nächstemal vertröstete –, führten nur zu lästigen, kostspieligen und zeitraubenden Ausgehereien, bei denen ich ausgenützt wurde, ohne deren Zweck auch nur im entferntesten (sagen wir wenigstens durch einen Griff an einen Arsch) zu erreichen.

Sicher wären gewandtere Arrangeure zu anderen Ergebnissen gekommen, aber ich war während den nun immer kürzer werdenden Spanienaufenthalten ganz auf Jacinta ausgerichtet. Ich begann, meine beruflichen Aktivitäten allmählich in die Schweiz zurückzuverlegen. Die Tage mit Jacinta wurden mir immer teurer, wenn auch von ihrer Inhaltslosigkeit und wegen der geringen Aussichten auf eine gemeinsame Zukunft wie mit einem Firnis süsslicher Deprimiertheit belegt . . .«

Der japanische Rechner revoltierte. Es war mittags um eins. Seine dreifachen Sekundenpiepse schreckten mich aus diesen Recherchen in meiner Vergangenheit auf. Ich hatte schon damals mit zwei falschen Frauen nach festen Verhältnissen ohne ausschliesslichen Besitz getrachtet. Waren die heutigen zwei immer noch falsche Partnerinnen für eine solche Ehe zu dritt?

Lisa rief an. Frosch! Sie wollte sich um ein Uhr einen Stiftzahn einsetzen lassen, der rausgefallen war. Aber Taiko hatte schon gesagt, sie komme zu mir. Wenn nun Frosch Lisa den Zahn hier gegenüber einsetzte, kam ich der beiden Autos wegen in Schwierigkeiten. (Seit Frauen im Auto kamen, konnte man sie nicht mehr in Schränken verstecken oder unbemerkt in Fickzimmern halten.) Aber Frosch bestellte Lisa erst auf den Montag. In seine neue "Praxis". Für einmal war ich vor diesem Auto-Geschosshagel gerettet.

Taiko kam. Wir tranken den aromatischen Tee, den ihre

Schwester aus Paris mitgebracht hatte. Dann stellte sich Taiko vor dem Spiegel auf die Zehen. Die Schuhe wollte sie nicht anziehen, weil sie das Jacinta-Lawinia-Manuskript auch schon gelesen hatte (sie fand es entsetzlich, ich hatte es darauf im Keller begraben) und ihm entnahm, dass ich von all meinen Freundinnen verlangte, sie sollten die Schuhe anbehalten, auch im Bett. Sie wollte sich aber nicht in dieser Reihe verschiedener Paare Schuhe mit mir paaren. Sie war auch etwas Besonders. Ich füllte ihren kleinen Mund ganz aus. Aber ich genoss es nicht, ich war nicht ruhig, Lisa konnte jeden Moment anrufen. Ich hatte ihr gesagt, Taiko arbeite heute in Deutschland, wie es ursprünglich vorgesehen war, bis dann der japanische Kursleiter endlich begriff, dass der Termin auf den Ostersamstag fiel.

Nun tat Taiko alles, um mir zu beweisen, dass es sich nicht lohne, mir noch eine andere zu halten. So wollte sie mich der fröhlichen Urzeit der Vielgötterei meines Lebens entreissen und zur Einweiberei bekehren. Ihre Seele trat schon überall durch offene Türen, und ich erschrak ob soviel Glück. Taiko eilte weg. Im Türguckloch sah ich sie verglühn. – Eben kam Frosch angehüpft. Vor meinem Gartentor quakte er mich an mit seinem breiten, zahnlosen Mund. Sein Gebiss hatte er über die Feiertage als ein Prunkstück in seinem Schaufenster ausgestellt. Er protestierte, dass ich ein asiatisches Gogogirl vernasche. Das stellte seine Existenz in Frage, den Flügelporsche, in dem er jeden Tag wie der Satan aus seiner Garage fuhr. Diese Welt sei auf Materie gebaut. »Auf Gogo-Gold!« schrie er.

Ich entgegnete ihm, er sei nur ein Barrabas mit Gogo-Grillen, den ohne seinen Porsche niemand auslösen würde. Auch ich hätte in Neapel noch einen Alfa stehen, der zu Strassen-Phantasiestücken aufgelegt sei. Und auch meine beiden Frauen flögen in ihren Autos wie farbige Nacktkäferchen nach Licht. Es sei ihr Los, in mir das grosse Los ihres Lebens zu sehen. Frosch gab Gas und brauste das Bachbett der Strasse hinab.

Gegen Abend hüllte ich mich nochmals in den Duft dieses vergilbten Pergaments einer angestrebten Harmonie, das nun immer übler nach Eifersucht zu riechen begann:

»Jacinta spitzte ihre Pfeile und erklärte Lawinia den Krieg. Sie wollte sie nicht mehr sehen, wenn sie hier war. Mir vergingen die Haremslüste. Aber Lawinia duldete alles still. Es machte ihr nichts aus, sich nicht blicken zu lassen, solange Jacinta bei mir wohnte. Sie brachte vorher alles in Ordnung, bezog die verschiedenen Betten frisch, die sie mit mir oder ich mit einer anderen angebrochen hatte, putzte, saugte Staub und liess das Haus in perfekter Sauberkeit zurück.

Anfänglich beglückwünschte mich Jacinta, dass ich jetzt in der Lage sei, mein neues Leben selber zu meistern. Ich hatte ihr in Madrid mehrmals von meiner überbordenden Unordnung erzählt und erklärt, es gehe alles aus den Nähten. Jacinta verstand, dass ich gelegentlich jemanden brauchte, aber sie wusste nicht, dass Lawinias ausschliessliche Tätigkeit neben ihrem Beruf die Bestellung meines Haushalts war. Als Jacinta das nächstemal kam, wurde sie aufmerksam:

»Wer hat dir die Betten gemacht?« fragte sie.

Ich log: »Ich selber. Wer denn sonst?« –

»Ach was. Du machst doch überhaupt kein Bett. Du bist nicht fähig, ein Leintuch überzuziehen, nicht mal über einen Toten. – Und diese Tischtücher: ganz frisch gebügelt. Und wie! – Hier, das Silber, blitzblank!« So läuft sie von einem Raum in den andern.

»Natürlich, sie hat alles vorbereitet, um mich fühlen zu lassen, dass sie es ist, die Frau dieses Hauses, die mich empfängt,

nicht du! Diese Ordnung! Sogar in deinem Büro! Mierda! Sorg das nächstemal dafür, dass ich nicht überall ihre Spuren finde!«

Tatsächlich betrachtete es Jacinta als ihr Privileg, mit mir alle sechs Monate einmal den Schreibtisch aufzuräumen. Dazu war sie bereit, eigens einzufliegen. –

Ihr Kampf gegen Lawinia wurde immer verbitterter, je mehr sie an Terrain verlor. Inzwischen hatte sie alle meine Bekannten in der Schweiz kennengelernt. Es war eine Freude, sie hier auszuführen, vorzustellen. Ich besuchte mit ihr frühere Freunde, die ich ohne sie nie hätte sehen wollen. Jacintas zentrierende, harmonische Natur versetzte mich in eine tolerante, heitere Laune, in der ich vieles unternahm, was ich allein unerträglich fand. Sie erklärte mir die Charaktere meiner früheren Freunde, die ich oft völlig falsch gedeutet hatte, und dadurch gab sie mir den Schlüssel zum Auskommen mit ihnen in die Hand. Sie besass ein Einfühlungsvermögen in andere von medizinisch-diagnostischer Sicht.

All diesen Freunden und Bekannten schrieb sie ihre Weihnachtskarten aus Madrid, und wenn sie das nächstemal herkam, machten wir wieder die Runde. Sie war damals noch überzeugt, dass sich eine Lösung für die Trennung zwischen Spanien und der Schweiz finden werde. Es war ihre Absicht, hierherzukommen. Auch meine Freunde warteten darauf, denn Jacintas Manieren, ihre hierzuland so ungewöhnliche Spontaneität, die Eleganz, mit der sie sich kleidete, lösten überall Erstaunen aus. Nun nahm sie als selbstverständlich an, dass ihr diese Bekannten und Freunde ebenfalls die Treue hielten. Sie glaubte an eine stille Allianz zwischen meinem Freundeskreis und ihr, die mich gegen die Gefahr einer Lawinia schützen würde. Wenn dann die Monate der Trennung folgten, blieb mir nichts anderes übrig, als den gleichen Freunden auch Lawinia vorzustellen. Jacinta hatte gehofft, diese würden sich weigern, Lawinia bei ihnen ein-

zulassen oder von ihr bei mir eingeladen zu werden. Ich selber sollte Lawinia hier verstecken. – Aber keineswegs! Die meisten fanden den Doppelhaushalt interessant. Und Lawinia entdeckte in meinen Bekannten eine neue Welt, die sie immer mehr faszinierte und in der sie noch so gern verweilte und sich bewährte. Jacinta konnte meine Treulosigkeit überhaupt nicht fassen. Lawinia sollte bloss zum Staubwischen in Erscheinung treten! Nun nahm sie die gleiche Stellung ein wie sie in Madrid. Sie setzte mir auseinander, Lawinia sei für mein geistiges Fortkommen fatal. Sie beschrieb mir alle nachteiligen Seiten von Lawinia, fand sie körperlich ganz unattraktiv, sah in ihr eine sterile Hausfrau und Köchin, deren Hände so sehr zupackten, das sie mich eines Tages auch erwürgen würden.

Ich sprach von der unauffälligen Form ihres Schaltens und Waltens. – »Und du siehst nicht, wie sie die Töpfe schwingt, um zu zeigen, wie sie damit umzugehen weiss? Unauffällig! Das ist die Höhe der Blindheit. Sind Männer blöd? Sie beeindruckt dich mit ihren niedrigen Diensten, die du ebensogut selber leisten könntest. Oder eine andere, die etwas mehr im Rock, in der Bluse und vor allem im Kopf hat als diese Küchenschabe, die nicht lachen kann, kein Wort zu sagen weiss, nur mit gebügelten Hemden, dem Staubsauger, dem Wischlappen herumrennt!« – »Sie schweigt bloss, weil du weder Deutsch noch Französisch sprichst.«

Einen Beweis ihrer "penetranten" Art hatte Lawinia Jacinta einmal geliefert. Jacinta war schon im Bett. Aber wie sie ihre geliebte Anais Nin (ich war ihr "Henry Miller") zu lesen begann, kam Lawinia mit einem Stapel Wäsche hereingestürzt, den sie noch rasch in den Schrank hatte legen wollen, bevor sie, aus Rücksicht auf Jacinta, nach Hause ging. Sie hatte nicht gewusst, dass Jacinta schon zu Bett gegangen war, entschuldigte sich, aber Jacintas Schock, den ihr dieser praktische Einblick in meine perfekte "vita domestica" gegeben hatte, war nicht mehr zu heilen.

Jacinta betrachtete mich als verloren. Es war ihr nicht gelungen, diese nervös herumsurrende Hauswespe zu vertreiben. – Nun hielt sie sich zurück, beobachtete, wartete ab.

»Nach dem spanischen Sprichwort drohen Junggesellen über vierzig die gleichen Gefahren wie Hähnen: Sie fallen entweder einer Köchin oder einer Füchsin zum Opfer.« Lawinia hatte mich fetten Hahn geraubt; kein Wunder! Sie, Jacinta, hatte mich ja nicht mehr bewachen können. Vergeblich setzte sie mir in Briefen auseinander, ich werde keinen höheren Gedanken mehr zu fassen imstande sein. Jede Stunde mit Lawinia sei ein Verbrechen. – Längst wusste sie, dass ich jedesmal, wenn ich mich mit so vielen ehrlichen Schmerzen von ihr in Barajas verabschiedet hatte, in Kloten schon mit Lawinia verabredet war. –

Aber andere Beobachter sahen diese beiden Frauen nicht im gleichen Missverhältnis. Hanne, meine Manuskriptkritikerin, riet mir sogar, mich in Zukunft ganz an Lawinia zu halten. Bei einem Besuch (mit ihrem Freund Robert) hatte sie Lawinia kennengelernt. Sie schätzte ihre diskrete Weise, sich zurückzuziehen, und sie meinte, ich verliere mit Jacinta nur noch meine Zeit. Ich hätte in Spanien nichts mehr zu suchen und solle mich durch Lawinia hier festbinden. Aber ich traute Hanne nicht. Es ging ihr nur darum, mich von Spanien zu lösen. Sie selber lebte in ihrer Ehe wie eine Gefangene, und ich hütete mich, Lawinia eheliche Rechte einzuräumen.

Auch mein Freund Mikel Corn, ein amerikanischer Kunsthändler aus Madrid, der hierherkam, um sich bei Frosch seine Zähne schleifen zu lassen, fasste für Lawinia Partei. Er kannte Jacinta schon jahrelang und sah in ihr eine wirklich grosse Frau, wie sie selten auf dieser Erde wandle. Aber er erholte sich von Spanien in Lawinias kühler, nördlicher Art. Dieser hochgewachsene, schlanke, ängstliche, schon etwas schütter gewordene Junggeselle mit dem permanenten Jünglingslächeln der amerikanischen Oberschicht fürchtete sich vor den dramatischen Ausbrüchen einer Spanierin. Auch einer so evangelischen Madrilenin wie Jacinta traute er nicht, so wenig wie seinem Freund und Lebensgefährten Pedro (die beiden waren nicht homophil), der ihm den Staub von seinen Kunstgegenständen wischte und die ihn allmählich so fest in den Händen hielt, dass er selber nicht mehr wusste, ob die ungeheuren Schätze, die er verstecken musste, damit sie nicht von Steuern aufgefressen wurden, wirklich noch ihm gehörten oder ob ihm Pedro, der sie schützte und verwaltete, in Wirklichkeit nur noch ein Gnadenbrot gab. Mikel wagte nicht, sich von Pedro zu trennen. Schon dieser Gedanke bereitete ihm Entsetzen, obwohl das sein grösster und geheimster Wunsch gewesen wäre. Mikel war nur noch ein Schatten seiner selbst, seit Pedro sein Wachthund geworden war. Jeden Tag erzitterte er ob Pedros Zähnefletschen, und so sah er es als ein Wunder, dass ich es geschafft hatte, mich von den Banden einer Spanierin zu lösen. Die Dinners zu dritt, mit Lawinia und mir, in meinem Haus, betrachtete er als die ersten Tage des neuen Lebens in einem nördlichen Himmel, der sehr seiner Heimat, Pittsburgh, glich.

»Behalte Lawinia! Sie ist eine reizende Frau, voller zurückhaltendem Charme. Sie passt zu deinem Lebensstil.«

Das waren Mikels letzte Worte in Kloten vor seiner Höllen-Rückfahrt nach Madrid. Er hielt meine Hand zum Abschied lange in seinen knochigen Fingern. Ich verklemmte mir ein Lachen, als er Lawinia mit feuchten Augen die Hand und die Stirne küsste, und nahm mir vor, genau das Gegenteil von seinen Ratschlägen zu befolgen. –

So beurteilte jede Person die Sache aus ihrer Ecke. Mir selber war es damals noch egal. Die Harmonie funktionierte mit dem Mechanismus der Abwesenheit der einen Freundin in einer anderen Stadt. Wenn Lawinia ihren Schlüssel (natürlich hatte sie längst einen) in meinem Schloss drehte, schaltete ich meine

Gedankenwelt aus. Wir eilten in den Estrich, um diesen auszubauen, in den Garten, um ihn nach Hannes Plan umzugestalten, erweiterten das Badezimmer (das war Roberts Idee gewesen) – ich lebte nach den alten praktischen Prinzipien des Bürgers, der sein Haus bestellt haben wollte, trat auch als Pseudofürst auf dem Hradschin auf, der Weine und Bratenplatten kredenzte. – Um nicht mit Lawinia allein zu sein? War eine solche Partnerschaft nicht auch eine Formel zum Erfolg? – Daher meine Reisewut? Ich lebte bald als eine Art Häftling von Lawinias Bereitschaft zu allem, unter Hausarrest meiner eigenen Wünsche und Lüste, denn schon am Morgen bestellte ich übers Telephon die besten Gerichte für den Abend, meist für Gäste, die auch kurzfristig gerne kamen. – War ich ein verwunschener Prinz? Es wurde immer schwieriger auszubrechen. Ich war der Sklave meines Hausprunks und meiner Gaumenlüste. Und Lawinia kaschierte meine Pleite, denn die Erbschaft war verbraucht, die Hypothek verbaut. Aber Lawinia gab ihr Geld noch so gern für mich aus. Für wen sonst? Existierte denn diese stille, fügsame Lawinia überhaupt? Es wurde alles wie ein chinesisches (bald japanisches!) Schattentheater. Ich war immer mit ihr, und doch allein. Oder zu zweit? Diese Frau war ebenfalls ein Film, ein Firnis geworden, der sich über alles breitete. Der alles langsam verdarb? Oder eine duftlose Essenz, die mir das Alleinsein und meine Arbeit erst ermöglichte? Wurde ich frei durch sie? Frei von allen Schicksen und Ficksen, denen ich sonst nachgerannt wäre? Mir graute vor einem neuen Fotzenzirkus! Ich dachte nicht daran, wieder einen aufzubauen. Rutschte ich langsam in eine Abhängigkeit von Lawinia hinein, die sich mit Hannes oder Mikels Situation deckte? Lawinia erfüllte mir alle Wünsche, und trotzdem drohte ich zum Arrangeur ihrer freien Zeit, ihres Lebens, das sich nur im Dienen erfüllte, zu werden.

Mit dem bohrenden Gedanken an Jacinta und eine Erlösung aus diesem seltsamen Traum reiste ich nach Rom, nach Beau-

ne, nach Tours, nach Vulpera, nach Brixen. Lawinia wusste das. In Autun sagte sie im von Reben überwachsenen Hotel de la Poste: »Hier könntest du einmal mit Jacinta absteigen, wenn du mit ihr nach Spanien zurückfährst . . .«

Jacinta dagegen kam nicht mehr ins Plinius mit. Sie war misstrauisch, ich könnte mit ihr überall im gleichen Hotel absteigen. In Rom ruinierten wir uns im Hotel Forum mit seinen frechen Restaurant-Kellnern auf dem Dach, nur um das Napoleon zu vermeiden. Sie hatte gemerkt, dass ich kürzlich dort gewesen war, weil ich zögerte, nach einem Zimmer zu fragen. Im Petersdom fragte sie: »Warum weisst du denn alles so genau über diese Kirche? Lernt ihr Schweizer das so perfekt in euren Schulen, um gebildete Papst-Gardisten stellen zu können? . . . Haha!« Die Gewölbe lachten mit. Christus blickte mit verstehendem Blick aus den Augen der Pietà, denn er wusste, dass diese Weiberschmarotzerei kein Vergnügen war. Tivoli, die Katakomben. Jacinta entfaltete sich voll. Sie schwang ein in die ganze Atmosphäre dieser kirchlichen Innigkeit . . . und doch wollte ich weg von ihr, aus Madrid, ich achtete peinlich darauf, es sie nicht merken zu lassen, liess Socken, Hemden, Bücher, eine Schreibmaschine dort . . . alles verlorene Güter . . . unauslösbare Pfänder . . .«

Der Ordner war leer. Der Leib dieser Geschichte? – Aufgefahren in meinem letzten Buch, das plötzlich wie vom Himmel gefallen war. Neben der stillen Lisa. Jetzt lag es geschunden, erhängt, zur Unkenntlichkeit verstümmelt . . . träumte ich? Es war schon früh in der Osternacht.

Doch es rührte sich nichts in der Gruft. Auch ich war allein in meinem Grab. Sicher lag Lisa ebenfalls wach. Sie glaubte an die Auferstehung. Was so viele Menschen über so viele Jahrhunderte beschäftigt hatte – da musste etwas Wahres dran sein. Ein so grosser Irrtum war nicht möglich. – Und auch Taiko wartete auf die Auferstehung. Es schlug drei Uhr vom Kirchturm, dem lästigen Zeitamboss.

Fuhr der denn noch nicht in die Luft, dieser Grabskerl? Wurde der von den Gerichtsbullen bewacht? Die schnarchten aber fest unter den Blutbuchen! Ob die elf Terroristen wiederkämen? Unser Mitlebensschicksal aufzulösen?

Der ist hin, sagte einer zu sich selber, im Traum. Oder nur im tiefen Koma vom hohen Kreuz? Nie würde man den wieder beleben. Nicht mit Indienwasser. Da nützte kein gesalbtes Weib, nicht mal in Wasservögelstellung.

Jesus wusste von nichts, als man ihn aus dem Grab zerrte, wo er in Gräser gewickelt lag und bereits den Weg der Verwesentlichung begonnen hatte. Da spannte man ihn plötzlich nochmals in den Bogen der Zukunft ein, zum letzten Betrug. Vergeblich protestierte er: Ich habe genug geschwärmt! Doch man brauchte ihn für den Bildschirm des kompliziert gewordenen Römerreiches, allein der Lizenzen wegen. Als Medium, als Mittelsmann nährte man ihn, als Schlange am Busen des Heidentums.

Jetzt ging's los! Auf Cap Sardanapal netzte Nabokadonosor sein Messer, um das Osterei zu schneiden. Der lechzte danach, diesen kühnen Nudisten heute nacht über den Himmel fliegen zu sehen. Durfte man die Zeit schon nach dem neuen Tarif berechnen? Das Grab qualmte ja noch in Dunkelheit, in stickigem Todesgestank!

Seit kurzem flogen auch Scheintote mit in der Osterfrühe: Jesusschwirrlinge! Mit Hilfe von Kappastrahlen segelten sie, bis Piz Dorn. Auch mir hatte diese alte Äronautik einen Platz freigehalten. Ich rüstete mich als der Ehebrecher ohne Ehe, aber mit zwei Frauen. – Wenn nun dieser B-Bub, der schon nicht mehr oben war, nicht kam? Jedenfalls hörte ich sein Brüllen nicht mehr. Oder war der schon aufgefahren? Allein durch Schmerz? Klammheimlich hatte man ihm ein neues Herz eingepflanzt. Man stellte seinen Schritt etwas langsamer ein, um ihn als ein Politikum über längere Zeiträume zu verteilen. Der hatte zu konzentriert, zu demonstrativ gelebt. Jetzt segelte er fern über die Welt. Man berief sich immer noch auf ihn, aber er hörte nichts. Er war ein Abstraktum geworden und konnte sich nicht dagegen wehren. Auch nicht, als sie den Jesusbengel in Salz und Säure auflösten. Man verdeckte fortan diesen in Kirchen unwillkommenen Benvenuto mit einem Stück Gaze.

Schaut, jetzt wirft er sich doch noch aus seiner Felsspalte heraus! Ein Wunder! Lisa lag in ihrem Bett, horchte, ob in ihrer Brust die Welt noch atmete. Auch ich lag wach. Es schlug vier Uhr. War sein Countdown geplatzt? Taikos Gänsblümchen standen in meinem Keller bereit, um ihm heimzuzünden. Wann ging der Vorhang auf? Jetzt oder nie! Noch nicht. Seine Reifen blieben ja platt, obwohl man ihm die Scheiben geputzt hatte. Statt den Scharlachpolstern sah man seine Rippen. Wo sollten die spitzgeärschten Neapolitanerinnen sitzen: auf seinen harten Knochen statt auf Schaumstoff? –

Das A war da, doch das O legte sich nur als die Morgenröte einer kaum verhüllten Enttäuschung über die Bucht von Neapel. Ein falscher Trost!

Nein, auch um sechs fuhr der nicht aus der Felsengarage hervor. Kein Aufschwung. Wie schrecklich traurig! Und all die Hopp-Hopp-Rufe der Jahrhunderte? Die Frühjahrsblätter wuchsen nur, um diese Blamage zu verhüllen. Wie hatte man gehofft! Und nichts! Nicht mal Schmerzensgeld für das gelebte Leben! – Der Alfa musste sich selber "Auguri" auf die Stirne schreiben. So eine Schlappe! Und diese Vorsehung dankte nicht ab!

Bald würden die Osterchoräle der Kirche und der Kanäle einsetzen, um der Welt das Weiterleben zu lehren. Als ob alles eine Freude wäre! Als ob nichts gewesen wäre! Als ob er auferstanden wäre! Man schuf die Resonanz der Lobes- und Siegeslieder auch ohne ihn. Bald fassten alle den Musak als ihre Osterkantate auf. Raffiniert! Gemein!

Und Ostern stieg auf. Die Gänseblümchen liessen sich nicht halten. Von allen Wiesen eilten sie herbei, mit kleiner, unverschämt roter Fotz. Zutraulich. Denn jeder Mensch entstand aus Trieb. Terumi fuhr nach Paris zurück. Taiko brachte sie zum Bahnhof; nachher kam sie zu mir, um sieben Uhr, nachdem sie die ganze Nacht an eine Trennung gedacht hatte, an ein Ende der Doppelzeit.

Doch wir konstruierten die Ezechiel-Flugmaschine mit den ineinanderlaufenden Rädern, eine alte Masche.

Ich sah die Japaninseln auf ihrer Rückenhaut, den Schimmer und das Glanzerz ihrer Schultern. Sie drehte sich um: Da lag sie, ein bauchgeglättetes Kupfer, mit den beiden wilden Erdbeeren auf ihrer Brust, Feuer im Mund, die Füsse hoch am Fuji-Firmament gegen den mit Lisa montierten Siffi-San-Marco-Leuchter.

Von oben, aus der Luft, sah ich ihre kleinen Hüften. Sie hängte sich in meine Waden, sogar ihre Fussohlen liebte ich. Aus dieser Ferne! Oft wischte ich mir daran den Schweiss von der Stirn, ich Pythagoras dieser Japan-Agora von Cazzoponte. Wir glichen vier Wesen, die lebten, in Potenza? Zwei Doppelmenschen, Doppelräder, Mann und Frau. Jeder sah, wie der andere es erlebte, und erlebte es für den andern. Ihre Waden auf meinen Schultern, flogen wir durch die Luft. Das war es, was Hesekiel gesichtet hatte, mit seinem Kiel, den er als Perspektiv, als Berényis Fernrohr vor seinen Leib hielt, wie ich, ein Gott Min, um Taiko zu ergattern. Die Luft war die Liebe, nach einer aramäischen Lautverschiebung. Jesu Mund entsprossen Argonauten, die neuen Gefilde und Reiche zu erschürfen.

So kam die Osterbotschaft, ein Schimmer von Chrysolith, der uns erleuchtete; und ich lief, ohne beim Laufen eine Wendung vorzunehmen, höher, höher, ein Ganymed-Gangster auf einer Palladio-Säule, der über Rosenhecken in den Rasen verschämter Villen hineinschwebte. Das ganze Heergelage von Pförtnern strotzte, Fackeln tobten. Ein Adler, hockte ich auf ihrem Bauch; und gegen die goldenen Kissen des Dralonbetts von Barkers of Kensington gelehnt, hielt sie meine Kralle mit ihren Lippen. Ich stiess sie, aber sie starb nicht daran, sondern empfand es als Wonne. Wir wogten, über Hügel, Kissen und Küsten zwischen Erde und Himmel, flogen, bis wir wieder sackten, unsere Flügel schlaff herunterhingen.

»Glaubst du, dass jemand diese Stellungen kennt?«

»Ja, die Ostermenschen.«

Sie schlief ein. Und auch ich versank als ein masttoller Schiffer in den Strudeln des Schlafs an ihrer säuglingsähnlichen Leibeswärme.

Ostermontag. Höhepunkt der Verwirrung. Alles andere als ein Freudentag. Kein Tag der Befreiung. Im Gegenteil: die Kulmination der Leiden! – Vor Pfingsten werde ich mich erhängen, um keine solchen Feiertage mehr zu erleben; mich nicht einmal mehr auf dem Lorenberg kreuzigen lassen.

Ich fahre nach Solothurn, der Stadt meiner Mutter. Marius Mol, der niederländische Zeitungskorrespondent, mein Freund aus Madrid, kommt nach Solothurn. Wir haben schon in Madrid über die "Possentage" gestritten. Marius Mol, selber eine Art Anarchist, meinte, ich hätte ein wirklich anarchistisches Buch über einen Terroristen schreiben müssen. Wenn schon keinen Politbericht, dann doch ein echt anarchistisches Buch.

Mol will grosse Worte, Schreie, tiefe, mächtige Wahrheitsströme über die ganze Schweinerei dieser Schöpfung. Der Erlösungsversuch von der Seite der Anarchie sollte besser dargestellt werden. Mit Gesängen auf die Natur? Aber ich habe ja die Sache am Schwanz aufgezäumt und dem scheinbaren Freiheitskämpen einen freien, apolitischen Intellektuellen gegenübergestellt. Irritierend für Marius, der in einem Roman von mir nur ketzerische Bekenntnisse sucht. Seine ganze Liebe gilt der Poésie maudite.

Vor allem war er von der nüchternen Prozessberichterstattung mitten in diesem Possenbuch enttäuscht. Auch ihm leuchtete der plötzliche Wechsel von der ironischen zur sachlichen Sprache nicht ein, mit der das Prozessgeschehen geschildert wurde.

Ausgerechnet an diesem Ostersamstag war eine Rezension in der "Solothurner Zeitung" erschienen, worin genau die Dinge kritisiert wurden, welche Marius Mol, wenn auch aus ganz anderen Gründen, in diesem Buch beanstandete. Ich *musste* Mol besuchen. Ich wollte ihm das halbe Dutzend Briefe von Freunden und Lesern zeigen, die mir *gerade* für die Prozess-Berichterstattung gratulierten, die auch ihnen nach den vielen komischen Abschweifungen richtig erschien. Dieser Kontrast mache die "Possentage" zu einem Roman, der über die Perspektive der zur Genüge vorhandenen Zeitungsberichte hinausreiche. Aber auch dieser Solothurner Rezensent glaubte, ich habe einen normalen, epischen Roman schreiben wollen und sei damit gescheitert.

Marius machte nun also mit seinem Familientross in Solothurn Station, wo er seinen Bruder besuchte. Ich musste hin! Ich war richtig fiebrig, mit ihm zu sprechen, wie ich immer alle Leute, die mich missverstanden, sprechen wollte, um mit ihnen zu diskutieren und zu streiten. Wie wenige lassen sich dazu herbei! Der langweilige Ostermontag und die friedliche Stadt Solothurn waren gerade die richtige Gelegenheit zu einem solchen Strauss.

Aber mit welcher sollte ich denn hinfahren? Jede fand, ich möge doch einmal allein fahren, das tue mir gut. Jede fürchtete zugleich, ich könnte doch mit der anderen hinfahren. – Kann man sich das Leben so verpesten? Lisa wollte mein Haus putzen, das Telephon hüten, denn die Wolfs sollten sich anmelden. Und die Wolfs würde ich sonst verpassen; denn wenn niemand das Telephon abnahm, fuhren sie von ihrem Skiurlaub im Bündnerland direkt nach Dortmund zurück. Übrigens waren auch die Mols zu einem Skiurlaub in die Schweiz gekommen. Der Schnee schaffte mir meine fernen Freunde herbei.

Zuerst denke ich, ich fahre mit Taiko, die den Ostermontag mit mir verbringen möchte, nachdem ich gestern mit Lisa zusammengewesen war. Sie wartet, immer noch die Lilie auf dem Tisch. Sie hat Mühe, wieder in die Malerei hineinzukommen. »Willst du mitfahren?« – »Soll ich?« Sie lacht, verschmitzt, aber dann wird sie traurig. Sie sieht, dass es mir nicht ernst ist. Nur ein Wortreiz. Nochmals frage ich: »Willst du mitkommen?« – »Ich weiss nicht«, sagt sie schelmisch. Es ist wirklich deprimierend, sie diese ganzen Ostertage alleinzulassen. »Nein, ich bleibe hier. Ich habe zu tun.« – Die Auswegslosigkeit! Dann: »Ich komme vielleicht doch mit. Soll ich?« Aber sie merkt, dass es nicht geht. Draussen bei der Tür fragt sie nochmals: »Soll ich kommen?« Ich sehe es wie eine wahnsinnige Gefahr, sie mitzunehmen. Im letzten Moment sage ich: »Es ist besser, nicht. Es wäre einfach respektlos gegenüber Juliana, denn die Mols sind sehr mit ihr befreundet.«

Tatsächlich. Juliana bekam damals fast einen Nervenzusammenbruch, als sie von den Mols erfuhr, dass ich für sie mit Lisa unter der Terrasse eine Grillparty veranstaltet hatte. Auch diesmal werden sie es ihr erzählen. Sie sind ganz auf ihrer Seite. Sie verbergen ihr nichts. Eigentlich ist Mol, der "Anarchist", bis über die Ohren konservativ. Wenn ich nun noch mit Taiko komme, dann ist die Komplikation perfekt. Taiko darf also erstens nicht mitkommen, damit Juliana nicht merkt, dass sie mitgekommen ist; zweitens, weil ich dieser Solothurnerin, Marius' Schwägerin, nicht schon wieder eine neue Frau vorstellen kann. Letztes Jahr war ich mit Lisa dort, diesmal sagte ich Lisa, ich wolle allein fahren, um mit Marius über mein Buch zu sprechen. Aber Lisa ist immer bereit, zurückzustehen, natürlich nur, wenn ich nicht mit Taiko hinfahre. Und so habe ich ihr versprochen, nicht mit Taiko hinzufahren. Sie wird sicher Taiko einmal anrufen und dann gleich wieder auflegen, ohne sich zu melden, um zu sehen, ob Taiko zu Hause geblieben ist. Wenn nicht, wird sie irgendwie herausfinden, ob ich Taiko doch mitgenommen habe.

Drittens darf Taiko also Lisas wegen nicht mitfahren. Dieses Durcheinander! Denn von Taiko aus gibt es gar keinen Grund, warum ich nicht mit ihr fahre, wenn ich schon nicht mit Lisa fahre. Wenn ich sie nicht mitnehmen will, dann kann der Grund nur Lisa sein. – Ich bin aber inzwischen auf der Autobahn.

In Kemptthal fahre ich zur BP-Tankstelle hinauf, um Taiko anzurufen, sie solle sich bereitmachen, ich kehre zurück und hole sie ab. Aber dann, wie ich oben bin, denke ich: Gas geben, und das Problem ist gelöst! –

Brüttisellen. Beim Rastplatz biege ich wieder aus. Ich gehe jetzt aber zur Zelle und rufe zuerst Lisa an. Sie ist nicht zu Hause. Dann muss sie in meinem Haus sein. Ich rufe meine Nummer an, aber niemand meldet sich. Hat Lisa vielleicht zuerst noch ein Fährtchen an Taikos Haus vorbei gemacht und gesehen, dass mein Auto dort stand? Geht sie jetzt nicht putzen, weil sie annimmt, ich fahre mit Taiko nach Solothurn, weil sie sich plötzlich als Dienstmagd vorkommt? Fährt sie später nochmals vorbei, um zu sehen, ob mein Auto weg ist? Aber dann wüsste sie ja immer noch nicht, ob Taiko mitgekommen ist. Doch! Wenn Taikos Auto vor ihrem Hause steht, meines weg ist und Taiko dann das Telephon nicht abnimmt, kann Lisa annehmen, ich habe Taiko mitgenommen. Aber warum sollte Taiko das Telephon nicht abnehmen? Falls Lisa trotzdem annimmt, ich fahre mit Taiko, und nicht in mein Haus geht, werde ich die Wolfs verpassen. Soll ich jetzt Taiko bitten, in mein Haus malen zu gehen?

Ich rufe jetzt Taiko an, aber wie ihr Telephon läutet, denke ich, am besten lege ich wieder auf. Genug der Komplikationen. Jetzt mal an mich gedacht! Aber es deprimiert mich wieder, dass Taiko nun auch am zweiten Ostertag allein bleiben soll. Das ist Sünde. Undank gegen die Natur, die mir eine neue Erfüllung gewährt hat.

Taiko hebt den Hörer ab. Ich sage: »Nimm den Mantel und mach dich bereit. Ich hole dich ab!« – »Meinst du?« minelt sie glücklich. Ich habe mich doch für sie entschieden. Ich lege wieder auf. Sie lässt sich so leicht beeinflussen. Sie ist blütenhaft. »Du darfst mich nicht immer so verführen!« sagt sie. »Gut, ich komme, also holst du mich?« hat sie gesagt. Ihre Freude ist noch in meinem Ohr. Sie fühlt sich plötzlich für alles entschädigt. Ihr ganzes Glück, auf das sie schon immer gewartet hat, beginnt, wie ich ihr erkläre, ich hole sie ab. Im entscheidenden Moment steht er doch zu mir! Er wird zu mir rüberkommen, er wird mich in einen von zwei Löwen gezogenen goldenen Wagen heben und die Lorenbergstrasse hinaufführen. (Warum eigentlich immer von Löwen, statt einmal von Eseln, Gänsen oder Affen gezogen?) Wir werden uns auf den Rosapfühlen küssen. Seine greise Tante wird uns auf der Lorenbergstrasse Feuersteine zuwerfen. Sie, in ihrem greisen Hochzeitsfeuer. Beim Hochzeitsessen wird sie uns von den Schiffsreisen erzählen, die sie früher mit der "Frau Professor" und der "Frau Direktor" unternommen hat . . . Und dann wird er hier einziehen, als mein Gemahl!

Mit wird ganz schummerig. Ich realisiere, dass ich sie unmöglich mitnehmen kann. Ich rufe nochmals an. Taiko hat schon mit meinem neuen Sinneswandel gerechnet. »Bitte, Taiko, versteh! Es wäre eine Gemeinheit gegenüber Juliana. Sie hat in letzter Zeit schon soviele Schläge gekriegt. Ich kann ihr das jetzt nicht auch noch antun. Die Mols reisen morgen nach Madrid zurück, wahrscheinlich kommen sie nicht so schnell wieder. Diesen einen Tag möchte ich doch auf Juliana Rücksicht nehmen.« – »Du nimmst ja immer auf die anderen Rücksicht.« – »Nein, Taiko, versteh das doch!« – »Ich verstehe. Gut, dass du mich nochmals angerufen hast! Ist es sicher nicht wegen Lisa?« – »Nein, absolut nicht. Nur wegen Juliana.«

Plötzlich lacht Taiko auf: »Stell dir vor, ich hätte auch noch drei Männer. Das gäbe ein hexagonales Verhältnis! Schade, nicht?« – Aber sie begreift. Ich fahre los. Die Autobahn. Richtung Solothurn. Wird diese Stadt mit ihrer verschlafenen Atmosphäre mich retten? Die Nönnlein, die Glöcklein, das Loretokapellchen . . .

An diesem Ostermontag brach ein als Kotbub getarnter Prosaverbrecher aus seinen Papieren aus und eilte in eine an die Aare geschmiegte Stadt, die in ihm wie eine schöne Barke ruhte. Als kleiner Junge war er hier oft bei seiner Tante in den Ferien gewesen, welche eine Villa Siesta, das Haus der ledigen Schwester Fanny des Essig- und Senffabrikanten Adam, verwaltete. Ganze Solothurn-Welten warteten auf Verwertung: Seine elf Solothurner Vettern hätten eine Epopöe ergeben! Doch heute kam er in Essig getränkt, als ein falscher Adam.

Vor zwei Jahren war er mit seiner Freundin Lisa und mit Beatrix hier gewesen. Beatrix war wegen ihren anhaltenden Eheproblemen so verzweifelt, dass Kotbub und Lisa befürchten mussten, sie könnte sich aus ihrer Krise in die wirbelreiche Aare stürzen. »Brauchst nicht auf mich achtzugeben«, hatte sie gesagt. »Ich springe sicher nicht, wenn du mir nachspringen könntest, um mich zu retten.« War Kotbub heute so dran wie sie? – Die Mol-Kinder musizierten, als er ankam. Dixyland. Eine spielte Flöte, einer Klavier, der Grössere Saxophon. Man hatte mit dem Essen gewartet. Kotbub setzte sich oben an den Tisch zwischen die beiden Mol-Brüder. Er hatte zuviel Zeit mit seinen Weibern vertrödelt, die er beide besser auf dem Trödlermarkt verkauft hätte, eine als Sonntags-Putzteufelin, die andere als düftereiche Asiatin mit Kunstverstand.

Die weichbehaarte Schwiegermutter sass auf der anderen Seite oben am Tisch. Sie kannte aber erstaunlicherweise keinen einzigen von Kotbubs Verwandten, nicht mal den Probst im Attisholz, bei dem seine Mutter ledig als Saaltochter gewirkt und dabei Kotbubs Vater kennengelernt hatte, welcher in der Zellulosefabrik Attisholz eine Kesselreparatur ausführte. Nicht mal den Esel, den Kotbubs Grossvater von einer seiner somnambulen Fernwanderungen bis nach Sfax, wo seine Schwester ein Hotel betrieb, nach Bellach zurückbrachte, von wo dieser Esel aus unerfundenen Gründen später ebenfalls in jenes Attisholz gelangte und noch viele Jahre zur Ergötzung vieler Kinder und Gäste seine "Eselstage" zu Ende führte. Nicht mal den Bläsi-Leo, den Aktuar oder Präsidenten von mindestens fünfzehn Vereinen, nicht Tante Olga, dessen Frau, geschweige denn jenen Flückiger-Walter mit dem grossen Ford, in dem der seine Freunde auf den Weissenstein oder nach Gänsbrunnen, nach Kriegsstetten oder nach Gerlafingen fuhr, wo er seine Kotletten und Bohnen, glücklicher als der König jener Ambassadoren, oft gleich zwei hintereinander – er wog hundertzwanzig Kilo und rauchte Brissago-Zigarren, deren Aschen beim Abtippen aus dem Autofenster immer auf seine Jackenschultern fielen – zu verschlingen, mit dem Auto zurückzuschlingern, seine Gemahlin, Kotbubs Tante Elsbeth, ermahnte ihn unentwegt – sie sass stets hinten –, sich mehr rechts zu halten. Er vergalt's ihr mit einer Salve Flüchen, darunter das "Nom de

Dieu" abgewonnene "Nundedie" und das abschliessende: »Jetzt halts 'Leff!«, ihr Mundwerk, ansonst er grad in den Graben fahre . . .

Nach dem Löwenzahnsalat – Kotbub dachte an den gleichzeitigen Stiftzahn der Löwin Lisa und an Frosch – und dem Eis gingen sie in der Stadt spazieren. Zwei ganze Familien schlenderten durch die an diesem Feiertag ausgestorbenen Gassen. Konnte man die Solothurner aus ihrem Feiertage-Elend retten? Reffen, rippen? Ein Wundervölkchen! Sie erholten sich ja jeden Montag (ausser morgen) davon. Wuchsen wieder aus ihren Pflastersteinen heraus, vermarkteten und verkauften ihre Gemüse und Löwen-, Esel-und Ganssalate. Sie fühlten sich besser an ihrer Aare als sie sich je am Tigris oder am Euphrat gefühlt hätten. Ihre Stadt war längst ihr Zentrum der Welt, der Ordnung, der Sitten und Bräuche, wie einst Babel, aber gebessert.

Wie hiess bloss der italienische Architekt der St. Ursenkirche? Und die Jesuitenkirche mit der neurenovierten Fassade! – Ja, die Madonna auf dem Giebel blickte Richtung Paris. Sah man, dass sie die Augen geschlossen hatte, um die Pariser Kokotten nicht sehen zu müssen? Auch sie hatte jener Franzenkönig, mit der Kirche, bezahlt. Wenn seine Ambassadoren in diesen Beichtstühlen nur nicht zuviel beichteten! Niemand aus dieser spazierenden Doppelfamilie wusste genau, in welchen Jahren Solothurn tatsächlich Ambassadorenstadt gewesen war.

Man stand vor dem Zeitglockenturm, der mit seiner Ordnung gegen das Turmdebakel von Babel wirkte. Das Zeughaus hatte man längst hinter sich gelassen, wie auch den Bischofspalast. Kotbub erzählte Marius' Frau Maria Antonia, der kleinen Katalanin, seine Nöte mit den beiden Weibern, die er zurückgelassen. Die übrigen fragten sich, was denn eigentlich eine Ambassadorenstadt sei, wie diese, in der sie sich heute die Füsse vertraten. Maria Antonia amüsierte sich sehr über Kotbubs Weiberdilemma: Wie die eine sehen konnte, wenn er mit der anderen auf der Terrasse sass und speiste! Die nächtlichen Kontrollfahrten der beiden, um herauszufinden, wo der Wagen der anderen stand, wo der Kotbubs! Das, fand sie, gehöre eigentlich in eine spanische Eifersuchtskomödie. Warum er keine solche schreibe? Kotbub hoffte, alles werde als ein Lustspiel enden, denn als Lustspiele hatten alle seine Weibergeschichten begonnen.

»Klar, dass du bei der bleiben musst, die das Geld hat, solange du nichts verdienst. Mach dich finanziell selbständig! Das löst die Situation von selber. Solange du keine eigenen Batzen hast, kannst du natürlich nicht mit der gehen, mit der du wirklich gehen möchtest. Hahaha...« Die Zwergin lachte sich halb tot. »Da führt einer ein Leben wie im Schlaraffenland und fühlt sich dabei wie in der Hölle! Klar, du hast keine Kraft, beiden ihren Bett-Tribut zu entrichten! Hahaha... So ist immer eine die Betrogene. Hahaha ... Und meist wahrscheinlich die, welche das Ganze noch bezahlen muss! Hahaha ... !«

Echt spanisch, ernste Probleme lachend zu analysieren! Maria Antonia sah den Prosaverbrecher realistisch, sexualmechanisch. Typisch katalanisch.

Sie schritten über die Aarebrücke, verabschiedeten die Mutter, die allein in ihre Wohnung zurückkehren musste. Sie küsste alle, auch Kotbub, und ging dann weg, ohne sich nochmals umzudrehen.

Kotbub kam sich in dieser Familie immer seltsamer vor. Aber die Mols fanden Kotbubs Besuch absolut nicht seltsam. »Bleib noch einen Moment!« bat ihn Marius. – »Ja, trinken wir noch einen Kaffee!« bekräftigte Maria Antonia, die auf mehr Details aus Kotbubs Liebesleben hoffte. Aber Kotbub ging. Marius begleitete ihn zum Wagen. Er versprach ihm, die “Possentage” nochmals zu lesen. Kotbub fand das fair, wenn er auch nicht glaubte, dass Marius seine Ansicht ändern würde.

Auf dem Bahnhof rief er Lisa an. Sie war noch in seinem Haus. Sie erklärte, sie sei den ganzen Nachmittag hier gewesen und eben jetzt mit Putzen fertig geworden. Frosch habe ihr zuerst den Stiftzahn eingesetzt. (Deshalb war sie nicht zu Hause gewesen!) Aber Frosch hatte ihr offenbar nicht verraten, dass am Morgen der grüne Citroën Ami vor Kotbubs Haus gestanden hatte.

Er rief Taiko an. »Bist du nicht schon lang zu Hause?« fragte sie. – »Nein, ich rufe aus Solothurn an.« – »Lüg doch nicht!« – »Warum sollte ich denn lügen?« – »Ich sehe seit zwei Stunden das Licht in deinem Haus.« – »Lisa ist dort. Sie putzt.« – »Ach so«, sagte jetzt Taiko mit kleiner Stimme. Damit hatte sie zum erstenmal zugegeben, dass sie auch abends an den Lichtern in seinem Haus genau erkennen konnte, ob er da war oder nicht. Es gab kein Entweichen.

Er rollte über die Sonntagabendautobahn. Sie kam ihm vor wie eine Ameisenstrasse. Er traf Lisa noch bei sich zu Hause. Als sie spät in der Nacht wegfuhr, besuchte er Taiko in seinem Königsmantel, dem Morgenrock über seinem Pyjama. Sie kosten ein wenig, aber es passierte nichts, was eine Eintragung in das Ficktagebuch gerechtfertigt hätte. Dann fuhr er zurück. Ganz vorsichtig, wie eine Statue aus einem Museum, transportierte er sich wieder nach Hause. Da war alles auf Hochglanz poliert. Das letzte Stäubchen war zu Alabaster geworden. Er legte sich ins Estrichbett, um die frischbezogenen Betten für die Wolfs, die sich am Nachmittag tatsächlich für morgen angemeldet hatten, nicht zu benützen. Lisa hatte den Anruf entgegengenommen.

Am Osterdienstag kommt Taiko zum Frühstück. In der Küche sagt sie plötzlich: »Du darfst mich nicht anlügen, auch nicht mit kleinen Dingen. Du musst mir die Wahrheit sagen. Sonst komme ich mir mies vor.«

»Was meinst du damit?« Aber ich weiss schon, was sie meint. Aus Konstanz habe ich mit ihr nur eine einzige Dreiviertelliterflasche Schweppes mitgenommen. Jetzt stehen plötzlich drei Flaschen da. Ich hatte sie angelogen, indem ich sagte, ich hätte sie im Waro-Discount bekommen, als sie sie sah, um nicht zugeben zu müssen, dass ich am Gründonnerstag mit Lisa nochmals in Konstanz gewesen war. Aber Taiko hatte dann im Waro-Discount die Dreiviertelliterflaschen selber vergeblich gesucht und alles begriffen. Das fiel ihr jetzt wieder ein, als sie die Schweppes-Flaschen wieder sah. Sie merkte, dass ich genau das, was ich mit ihr unternehme, am nächsten Tag mit Lisa mache oder umgekehrt. Es galt also, bei allem, was ich mit ihr unternahm, rauszufinden, ob sie dabei die erste oder die zweite war. Die Krankheit dauert an.

Ich gestehe ihr, weil sie mich auffordert, ehrlicher zu sein, dass sich auf den frühen Nachmittag die Wolfs angemeldet haben, dass sie eine Nacht hier schlafen werden. Sie begreift sofort: sie ist wieder ausgeschlossen! Sie sagt aber nichts. Ihre Kinder sind ja auch wieder da. Sie könnte unmöglich kommen. Ich schweige ebenfalls. Aber sie macht noch eine

Bemerkung: »Ich habe jetzt jedesmal mehr Mühe, zu dir zu kommen.« – »Das rührt daher, dass wir nie was zusammen unternehmen«, erkläre ich. Sie geht. Welche Energie! Wie sie in den Wagen steigt, wie sie am Ganghebel ruckt, wie der Motor aufheult, bis sie wegfährt. Eine Schande! Ich mache diese Frau, die Glück verdiente, kaputt.

Klaus Wolf war der typische grossgewachsene, wenn auch nicht blonde Deutsche, nicht hart, denn er hatte viel Mildes, wenn ernst, so doch schalkhaft, mit einer Kopfstimme für das Lachen über die Spiessigkeit Deutschlands, wenn auch schlank, so doch mit einem kleinen Bauch voll Wohlstandslangeweile, von grosszügiger Art, Sozialdemokrat, Sohn des einstigen sozialdemokratischen Bürgermeisters einer deutschen Stadt, die er selber als mitteldeutsch bezeichnete, die Kotbub aber immer als norddeutsch empfunden hatte. Klaus besass einen älteren Bruder, dessen Höhe von eins achtundneunzig er mit Respekt um fünf Zentimeter über sich gipfeln liess und der eine Mischung von Handel und diplomatischem Wandel in zentral- und südafrikanischen Ländern betrieb, sich gut mit den jeweiligen Potentaten und Majestäten stellte und damit sowohl Klaus' Neid wie Familienstolz nährte. Kotbub verstand diesen Wolfsbruder als einen Abkömmling der hanseatischen Tradition, die er übrigens auch in Klausens Art bemerkte, was ihn seit dem Tag, als er Klaus kennengelernt, faszinierte – vor allem die Art, deutsche Wörter auszuwählen und aneinanderzureihen, auch wie er sie aussprach und zu welchen Gelegenheiten und Gegenständen er welche gebrauchte, die Kotbub ohne Klaus so nie verwendet hätte; das war ein Kommen und Gehen von Vokabeln wie von Schiffen und Wagen, Karren und Kutschen, ein Handel mit Bezeichnungen und Ausdrücken, welche die Welt verwandelten.

Jung Wolf hatte einst Jung Kotbubs Fragen im Tübinger Proseminar nach gewissen Bedingungen des Studierens mit Korrektheit gegenüber einem Ausländer beantwortet, mit Kotbub dann in eine Tasse Kaffee bei Bechtle den Grundstein zu einer Freundschaft gelegt, die sie schliesslich als die zweier Freunde verstanden, von denen jeder dem anderen der beste Freund, den er je gehabt, ward. Bei einem Abendspaziergang auf dem Schlossberg nach einigen Wochen bestätigten sie dies einander, allerdings ohne auch noch Blutsbruderschaft zu schliessen. Denn wenn Kotbub gegenüber Wolf das "Französische" oder "Südliche" im Schilde führte, so prunkte Klaus Wolf mit flachlandigen, endlos weiten Gesten, die bis ins gar nicht so ferne Holland hinüberreichten und sich auch von der Grenze zum Osten nicht aufhalten liessen, denn alles Nördliche war Klaus soviel näher, dass Kotbub, sobald er mit Klaus darüber sprach, in eine tiefe, je nach Laune und Wetter tiefere oder weniger tiefe Traurigkeit verfiel, weil er dort oben in seinem geliebten, gelobten Land nie richtig mithalten konnte. Denn eigentlich war Klaus Wolf Kotbubs grosser, einziger Bruder, eigentlich Deutschland selber, eine Art Germanicus, seine Germania, die Wunsch- und Sehnsuchtsheimat, die Kotbub mehrmals zu erlangen versucht hatte und die Klaus täglich die Seine nannte, die er atmete, täglich verfluchte, abends jedoch, bei Thüringer-, Mett- und Leberwurst und etwas Bier wieder an seinen Busen drückte als das einzige Land, wo man als Deutscher leben könne und wo er wirklich leben wollte. Anderseits empfand auch Klaus eine Sehnsucht, eine Minderbefindlichkeit gegenüber Kotbubs in seinem Beisein sofort etwas forciert "welscher" oder einfach andersartiger Art. Er bezeichnete es als eine Allüre Kotbubs, dass dieser deutsche Würste und Hausmannskost nicht vollauf gelten lasse, wo doch auch Kotbub zu den Vögeln germanischer Zungenschläge gehörte und nur nach Norden zu blicken brauche, statt fremdländisch herumzuflattern und sich nach Süden abzusondern.

Was doch Kotbub gar nach Babel an der Aare greifen musste, um die "französische" Abkunft seiner Frau Mamma zu beweisen! Wusste Klaus nicht, dass Kotbubs Tanten am Aaren-Euphrat mit biederem, frischem, deutschen Dialekten entsprungenem Jurawaser kochten, Kotbub schon damals nur ein Vexierspiel mit Zirkusnummern und Attitüden der leicht ärgerlichen Art betrieb? –

Die beiden verloren sich für Jahre aus den Augen, bis Klaus eines Tages Kotbubs Suleikenroman angezeigt fand und las und ob soviel Liebesfarben und Kräften, Farcen und Säften sich beglückt zeigte, als er Kotbubs fremde Federn im Sinne von Pop und von Auslüften deutscher Klamotten zu fassen bekam. Die beiden rückten einander wieder näher, wenn auch Kotbub in den damaligen guten Jahren einen Stolz entwickelte, der Klaus' Neid umso mehr erweckte, als dieser sein Ziel, ein deutscher Professor mit einem eigenen Katheder zu werden, sich immer weiter aus der Hand schwimmen sah.

Klaus hatte sich im Gegensatz zu Kotbub längst vernünftig verehelicht, mit einer Studienfreundin aus Stuttgart, die ihn trefflich ergänzte. Sie war praktisch und klug. Wenn er gescheit, so sie nicht weniger. Wenn er schlau, so lachte sie mit ihm über seine Finten. Und so hatten sie ihre Examina und Referendarien Hand in Hand durchstanden, bestanden und überstanden. Kinder spriessten unter ihren unkorrigieten Heften hervor, sie wechselten ständig Stadt und Schule, grössere Autos folgten einander, meist direkt ab Fabrik, nur französische, schliesslich ein Nissan Prairie; denn Klaus pflegte seinen Durst nach dem Ausland als sein besseres, typisches Teil eines besseren, typischen Deutschen, das ihn an Kotbub auch immer gefesselt hatte – eine unabkühlbare

Neugierde nach Nachbarländern, die sich nie erschöpfte.

Anfänglich hatte Kotbub Wolfs schwäbische Rose mit Reserve zur Kenntnis genommen, denn sie war ein vernünftiges, unter ihrer Brille hervor gesund und heiter blühendes Nektarambrosia-Neckarkind, keine Tigrisdame wie Kotbubs spätere Suleika, dafür mit einer amüsant-spitzen Art, die auf Kotbub zurückecken konnte, Tochter eines christdemokratischen Studiendirektors, die sich jedoch leicht in Klaus' grosse Sozialdemokratie des freien deutschen Nordens eingliederte.

Kotbub musste sie bald nicht mehr nur ertragen, weil sie als Klaus' Frau nicht mehr zu umgehen war. Er freute sich sogar, mit ihr allein zu sprechen, wenn Klaus, beispielsweise auf Kotbubs früheren Hamburgfahrten, als er jeweils bei den Wolfs einen Halt einlegte, eine oder zwei Stunden später kam. Klaus und Rose waren für ihn eine hanseatisch-schwäbisch-panto-germanische Resteinheit geworden. Rose hatte etwas Erheiterndes, spontan Witzigeres als Klaus, der gelegentlich mehr bitter-humorvoll, dann mit girrendem Lachen sein Leben belachte, aber auch mit einem bleibenden Ton von Melancholie, weil den Deutschen ihr Goethe nun wirklich abhanden gekommen war.

So wären Klaus und Rose die richtigen Pfauen für Kotbubs Tintenzirkus gewesen. Für eine lange Erzählung aus dem Tempetal von Niedersachsen. Wenn Klaus des Abends aus seiner Schule kam, im Auto über Land fuhr, in die Stadt, sich seine Zigarren besorgen, Tochter Heidel neben ihm von ihren Rechenarbeiten berichtete, sie fuhr gern mit, fragte ihn aber plötzlich, warum diese Frau dort an der Kreuzung beim Waldrand stehe, Klaus ihr gelassen erklärte, das sei eine von denen, die zu fremden Männern ins Auto stiegen, sich gegen Geld begucken, betasten, kneifen und sogar küssen liessen, so lachten beide.

Die steife Ehre mit einer kleinen Neigung zum Verworfenen war die Tinte, in die Kotbub seinen lieben Wolf im Schulpelz tauchen wollte. Aber Kotbub war ja selber nach dem mann-baren Lübeck gefahren, um sich dort ein Paar Schuhe auszutreten! Er schlug seine Zehen ein, wo Thomas Mann aufgewachsen war, malte sich seine eigenen Zappelfiguren aus, die er eines Tages erfinden würde, wenn er dann diesen Norden auf sein Papier bannen könnte. Reihen von Zetteln hingen schon an seinen Wänden, über Apotheker, Richter, Pastoren, Musikusse, Versicherungsmänner, Professoren, Profose, Kaufgäule und Karrenknechte, Schöffen, Schossdiener und Matronen mit Kissen unter den Hintern, wenn sie sich vermehrten, wenn sie sich der Hansestadt zum Gebrauch und zu deren Erweiterung reichten.

Kotbub sah die Masten der Kutter und Schoner an der Trave in seinen Füllfederampullen im Mondlicht glänzen, die verfallenen Speicher, die inzwischen unter dem Altstadtsanierungsplan wieder erstanden waren, er sah Fässer rollen, hörte dumpfes und grelles Lachen von schwerbehuteten Männern, die im Regen Schiffe beluden, dann auf einem Weibchen in der Beckergrube einen Seufzer fahren liessen.

Aber nein, er befand sich ja in einem edlen Viertel Lübecks, Hamburgs, Bremens, mit Vorwerken, bei einem Teich, im Kabinett des Herrn Professors Wolf, unter dessen grüner Schreibtischlampe, der gerade sein Kolleg für morgen vorbereitete, noch einen Band Kant oder Hegel wälzte, oder Nietzsche, um einen Gedanken nachzuprüfen, über Einblikke ins metaphysische Räderwerk gebeugt, während die fröhliche Rose einen neuen amerikanischen Roman weglegte und in die Küche ging, Klaus bald zum Verzehr eines Brombeerkuchens oder einer Gemüsepastete rief. Er litt unter chronologischer Vietelstundenverspätung, auch wenn man sie schon miteinberechnete. Rose hätte den Slangausdruck ruhig noch nachschlagen können . . .

Andertags schritt Klaus mit steifem Nacken über Schnee und Eis und bestieg mit seiner dunklen Ledertasche den Stadtbus, von mehreren Bürgern mit einem diskreten "Guten Morgen Herr Professor!" begrüsst, der einzige Dozent mit Krawatte in den Revolutionsgeschicken des Landes, in die er sich gern schickte, der sich gehalten hatte, weil er geistig immer in Bewegung war und so den neuen Lukas kräftig mithaute, den man sich als den letzten Luxus hielt, statt ihn mit den alten Büchern, die er selber noch studiert hatte, auf den Kehricht zu werfen.

Unterdessen verschmerzte Kotbub den Verlust des nördlichen Prosateichs und fühlte sich mit seinen glyzinien- und pfeifenblütlerbewachsenen Terrassen an den Kommarken und Syrthen, über die man in die Berge, in den Süden fuhr, als ein in den Liban zurückgekehrten Tetrarch.

Damals in Tübingen. In der Neckarmöllerei. Im Schlatterhaus. Der SDS. Die drei verschiedenen Richtungen der Revolution. Die Versammlungen. Wolf stolziert jetzt in meinem Garten herum. Dieser Dienstag hängt sich noch an die Ostertage an. Ich war ziemlich ratlos, als sie ankamen. Einfach überwältigt. Letztes Jahr hatte ich mich geschämt mit meinem grossen Haus. Aber Klaus Wolf war jetzt ebenfalls Hausbesitzer, Rose Hausbesitzerin, wenn auch eines Reihenhauses. Ihre älteste Tochter flog schon aus, wollte nichts mehr von ihren Eltern wissen.

So stakten wir denn zu viert, die jüngere Tochter Edith dabei, durch meine Räume. »Wo wollen wir sitzen, im Estrich?« – Nein, gehen wir zuerst in den Garten. Diese Sträucher hattest du schon. Aber kleiner. Dann gingen wir wieder ins Wohnzimmer hinauf. Wollen wir hier Kaffee trinken? Nein, doch lieber oben, oder im Esszimmer? Wisst ihr was, wir trinken einen Kaffee in meinem Arbeitszimmer, wo ich den ganzen Winter gesessen habe. Hast du *noch* einen Arbeitsraum? Ja, noch zwei. Das ist ja unvorstellbar. Nein, nicht angenehm. Man wird in seinem eigenen Haus zum Nomaden, zieht ständig um mit seinen Siebensachen.

Lisa kam. Sie legte Egons Ratlosigkeit völlig verkehrt aus. Sie meinte, er sei so verlegen, weil vorher Taiko dagewesen sei und die Wolfs sie jetzt als die zweite begrüssen müssten. Dabei war Egon einfach von der Situation überfallen worden. Mit seinen beiden Weibern steckte er zeitweise in einer Art Trance, ein Doppelpetrarca zwischen zwei lauernden Lauren.

Das Essen. Auf einem Tischtuch meiner Mutter, mit Stoffservietten. Silber meiner verstorbenen Schwester. Ich bin eine Art Familienvampir. Schon Hanne hatte damals gesagt: Man kriegt in Deutschland die Waren und die Zutaten für solche Gerichte einfach nicht. Es liege nicht nur an der Kochkunst; ein Land, das gar keinen Essgeschmack mehr haben kann . . .

Aber man vergass den Essgeschmack der anderen Länder, wenn man lange in Deutschland war. Klaus kommt jetzt in Fahrt. Er redet, die Worte eilen ihm davon, er fängt sie mit seinem Mund wieder ein: Für diejenigen, die damals etwas Neues machen wollten, in der Schule, im Unterricht. Die total beschäftigten (beschädigten) Studienräte. Er und sie. Klaus: Ich ging damals auf eine Gesamtschule, weil ich es richtig fand, dass man diese Experimente durchführte. Jetzt möchte ich da wieder raus. Die experimentelle Zeit ist vorbei; die Schulexperimente sind vergessen. Man lässt sie so weiterlaufen, bis sie sich totgelaufen haben.

Wir sitzen am runden Tisch. Rose findet die Form des Tisches praktisch, leicht oval, reicht gerade für fünf. Edith ist mürrisch. Das hier ist alles langweilig für sie.

Auf einem der mitternächtlichen Spaziergänge im poetisch-protestantisch-studentischen Tübingen, um das Haus der greisen Frau Stecher herum, deren Mann im Krieg . . . , mit dem verwilderten Wald, der zum Bachbett gewordenen Zufahrtstrasse. Klaus und ich. Er war stolz, als ich erklärte, ich verstehe erst jetzt, was die deutsche Romantik sei. Das war aber nicht ganz ehrlich, denn ich kannte die Romantik längst. Schon jahrelang war ich ein messianischer Schumann-Messdiener gewesen, der mit seinen Fingerkerzen das Klavier anzündete. Deutschland hatte dann durch Klaus und Tübingen nur eine Art Nachgärung der Romantik (die Nachromantik!) bewirkt, die mich tränend durch Büsche und Heine-Bände rennen liess, erhobener Ohren.

Klaus Wolf hatte sein Studium in Göttingen begonnen. Seine Erzählungen von Göttinger Professoren. Der alte Heimpel. Plessner. Und der Romanist Kayser. Und dann Hans Mayer, der schon damals die marxistische Literaturlehre mit einbezog. Was der arbeitete! Mensch, der machte überhaupt nie eine Pause. Übrigens alle. Einmal im Jahr tranken die Bier und wurden wieder deutsche Menschen; sonst nur deutsche Geister. Schon immer beschäftigte sich Klaus mit Politik. Ich nicht. Das war der wichtigste Unterschied zwischen uns, gar nicht das Südliche und das Romanische. Wolfs politische Sicht aller Dinge, auch der Literatur, das war für Kotbub damals ganz neu. Er musste es ablegen, als er in die Schweiz zurückkehrte. Hier ging das nicht.

Klaus Wolfs Freunde. Klaus durchdringt die Menschen mit seinem beobachtenden Geist, aber freundlich, mit einer begeisternden Essenz, der Lebensfreude des Nordens. So erwachsen in seinen Erzählungen, unter leichtem Stottern, wenn er getrunken hat, ganze imaginäre Konvolute von Figuren. Für Thomas oder Heinrich Mann? Für einen Mann dazwischen! Das war das Problem mit Klaus Wolf: dass er sich nicht zwischen Thomas und Heinrich Mann entscheiden konnte. Er blieb zwischen ihnen hängen. Überhaupt litten wir damals alle an einer Mann-Neurose. Die Manns: Brüder, die einer ganzen Nation eine Neurose eingeimpft hatten. Üble Brüder! Die zerstörten ganze Studentengeschlechter. Pfählten sie auf ihre Sprache und zogen so ihr ganzes Denkvermögen ein. Das Hellenistisch-Helle an den Mannen aus Lübingen und Thübeck, von den Triften des Skagerraks, der Züchter und Fischer von Schillerlocken. Und die Haferflokken, die sie assen, wenn sie sich schon frühmorgens hinter ihre Manuskripte setzten! Ein homogenes, autonomes Prosareich, aber schon halbautomatisch. Dann schnitt man diesem Reich den freien Zugang zu seiner Hauptstadt ab. Doch es war darauf vorbereitet, dass man diese durch einen Computer ersetzte. Klaus und Egon hatten die einstige Hauptstadt gemieden. Trotzdem. »Wären wir damals nicht besser nach Berlin gegangen? Was meinst du, Klaus? Wären wir anders geworden?« – Klaus hatte ja das Weite, das Weltmännische, das Universale, brauchte Berlin gar nicht. Er redete druckreif. Warum nahm ich ihn nicht auf Tonband auf? Das hätte auch ein Buch gegeben! Der hätte Kotbub übertroffen. Nur durch Sprechen! Da sass dieser Statthalter eines bestatteten Deutschlands. Aber er vertrat die neue Zeit. Obwohl er aus dem Wachs des alten war, hatte er längst den Schritt aus dem deutschen Kabinett getan. “Klaus Wolfs Reden auf das bestattete Deutschland”. In welchem Verlag? Eine Auftragsarbeit? Was? Gefälscht? Von einem Schweizer?

Weisst du noch, wie wir damals unsere Gedichte austauschten? Wir fanden sie gegenseitig schlecht. Ich deine noch schlechter als du meine, sagte Klaus. Gedichte, das war so etwas wie Opium. Aber viel wichtiger. Der Lebenssaft. Gedichte konnten die Zukunft einer Nation ausmachen. – Weisst du noch, im Hotel Lamm? Heute ganz runtergekommen. Du wohntest bei einer steinalten Frau, Klaus, einer

Zahnarztwitwe mit Glatze, die sich Frau Doktor nennen liess. Du lachtest schon damals so hämisch. Natürlich, Frau Doktor, wir machen schon etwas leiser. Kotbub war der einzige Schweizer in Tübingen. Man verstand seine südliche Art nicht so ganz. Warum musste er denn mit seinem Wagen so wahnsinnig durch die Lindenallee rasen? Warum musste er denn diese blonde Silke kennenlernen? Ein Wundermädchen! Die erste Frau, die ihn ganz erfüllte. Schon am ersten Abend nach dem Jazzkonzert liess sie ihn auf dem Österberg ihren Pinuparsch betasten. Nur wenig. Beim Eingang zu ihrem Wohnblock fragte er sie: Wann kann ich dich wieder sehen? Sie überlegte eine Sekunde: Sagen wir morgen abend. Da wusste er, dass er Deutschland gewonnen hatte! Ein wahnsinniges Gefühl. Aber sie erklärte ihm später, sie habe gleich morgen abend vorgeschlagen, weil es ihr dann an den nächsten Tagen nicht mehr gepasst hätte. Silke hatte ein so warmes, anhängliches Gemüt hinter einem Sexykörper, der Kotbub hypnotisierte. Ostdeutsch. Von den Weiten der Oder. Heute fehlten diese Oder-Alternativgebiete. Sie waren zu Wedernochstreifen geworden. All das begann jetzt Kotbub auf die Tränendrüsen zu wirken. Er strengte sich an, nicht plötzlich zu weinen. Weil er Deutschland verlassen, verloren hatte. Lächerlich! Deshalb lachte er.

Aber Tübingen war auch etwas ganz Besonderes gewesen. Dieser Lerneifer! Dieser deutsche Geist in der Neckarlandschaft, mitten im grünen Schwaben! Wir wollten diesen Geist erklimmen. Wir wollten alles wissen. Wir eroberten die Philosophen und Dichter einzeln. Früher waren sie noch befestigte Städte und Plätze, Burgen, die sich nicht so leicht auslieferten.

Und die Seminarien, weisst du noch? Wir studierten vorwiegend Philosophie bei Schulz, aber auch Literatur bei Beissner. Das Seminar über Hölderlin, nein, im Hölderlinhaus. – Gibt es nicht. – Nein, weisst du, in jenem Riegelbau über dem Neckar. – Du meinst das Deutsche Seminar. Ja. Nein, ein Vorlesungssaal, gross, modern. Bei Heidegger wussten wir einfach nichts zu sagen. Nichts! Plötzlich fährt mich Schulz an, ich solle auch mal was beitragen. »Jetzt Sie mal!« Ich sitze da, bringe einfach kein Wort heraus. Über "Sein und Zeit". Dann stotterte ich, ich sei Schweizer. »Na, wie gefällt es Ihnen hier?« Der ganze Hörsaal drehte sich um.

Klaus macht nochmals seinen Schrank mit den vielen Personen auf. Der kannte ganze Hekatomben von Studenten; das kam vom SDS, Myriaden, während für mich jeder einzelne ein Ereignis war. Aber Wolf, dieser norddeutsche Grossbürger, verdaute viele. Ich hatte immer das Gefühl, bei mir sei kein Platz mehr. – Stimmt nicht. Du warst zu stolz, um jeden zu kennen! – Das kam vom Unterschied der sozialdemokratischen Parteien in Deutschland und der Schweiz. Wir gingen, späten Nachts, noch zu einem Freund, der nur reine Philosophie studierte, ganz reine. Der war auf Kant spezialisiert, sagtest du. Oder auf Sartre? Jedenfalls war es ungeheuer schwierig, mit dem zu reden, weil er niemanden akzeptierte, der auf seinem Gebiet nicht Bescheid wusste. Gerade deshalb wollte ich dich mit ihm zusammenbringen. Aber es funktionierte nicht. Oder war er Marxist? Damals noch etwas Besonderes. Jedenfalls bewohnte der ein Zimmer ohne Zugang zu einer Toilette, wenn die Familie schlief. Da musste man draussen vor der Tür in einen Kübel pinkeln und den dann wieder zudecken. Er entschuldigte sich, aber er wolle kein Geld ausgeben für ein besseres Zimmer. Hatte wohl keins. Ja, du bemühtest dich rührend, mich überall einzuführen. Du hattest irgendeine Funktion beim SDS. Ich nahm auch an den Versammlungen teil, als Gast; ich durfte nicht mit abstimmen.

Auch ich habe in den letzten Jahren schwere Schläge bekommen. Sagt Klaus. Ich habe mich für die Lehrerausbildung gemeldet. Da waren fünf Kandidaten. Fünfzig Leute, bei denen man sich persönlich vorstellen musste, fünf Minuten Zeit hatte jeder dazu. Ich sprach ungeheuer schnell, weil ich in diesen fünf Minuten einen Lebensabriss, meine pädagogischen Ziele und meine politisch-philosophische Stellungnahme reinbringen wollte. Das Hoffnungslose an Klaus, dachte Kotbub. Dann fragten die mich eine Viertelstunde lang. Ich bekam immer wieder Fragen zu Dingen, die ich schon gesagt hatte. Aber ich hatte zu schnell gesprochen, so dass die das gar nicht verstanden hatten. Ich rang nach Worten, weil ich immer etwas Neues glaubte sagen zu müssen. Aber die wollten eigentlich nur nochmals dasselbe hören. So wurde die ganze Vorstellung sehr unbefriedigend. Ich bekam nicht eine einzige Stimme. Stell dir das vor! Keine einzige von den fünfzig! Auch der Direktor meiner Schule war darunter. Nicht mal der hat mir seine Stimme gegeben. Das war ein Erlebnis! Das hat mich restlos zusammengehauen.

Aber jetzt lebt Klaus sein zweites Leben: die Ferien; und er schwelgt in der wunderbaren Schweiz. Der herrliche Reis! Das Roastbeef. Der Burgunder. Die vielen Salate. Dann der Zwetschgenschnaps vom eigenen Baum. Flambierte Birnen mit Eis. Das Flambiergerät beeindruckt ihn, dabei kostet es weniger als ein Paar Skier. Und der Eschenburg. Wie der uns das Grundgesetz erklärte. Das war ein staatsrechtlich-humanistisches Vermächtnis. "Verfassungsrecht und Verfassungswirklichkeit", hiess die Vorlesung. Alles voll. Wurde in andere Hörsäle übertragen. Für Hörer aller Fakultäten. Und der alte Bollnow mit seinem dichterischen Existenzialismus. Sozusagen ein weicher Philosoph. Weisst du noch, wie der gelegentlich auf dem Katheder weinte? Als er seinen Assistenten ausschimpfte, der zum zweitenmal irrtümlicherweise seine Vorlesung abgesagt hatte. Da schluchzte der Bollnow vor allen Studenten. Unter Tränen nannte er seinen Assistenten einen Vollidioten. So ein Mann sei einfach ein Vollidiot. – Das nächstemal entschuldigte er sich. Er sagte, er könne natürlich das, was er das letztemal über seinen Assistenten gesagt habe, nicht in der Form aufrechterhalten. Aber es sei schon traurig . . . Innerlich kaputt. Der wollte ein neues Deutschland aufbauen. Ein Pädagoge. Der verband die Psychologie mit der Literatur und der Philosophie. Aber das Pädagogische war für den etwas Allgemeines, nicht das, was heute als die grosse Saat aufgegangen ist, als die Pest, die den Unterricht zur Hölle werden lässt. Du meinst das Didaktische. Nein, auch das Pädagogische. Bollnows Ideen gälten heute als reaktionär, vermerkte ich.

Und wie hiess doch jener Assistent aus München? Der hatte bei einer Frau studiert und betrieb Übungen zur Husserlschen Phänomenologie. Wir machten auch Ausflüge, spazierten auf den umliegenden Hügeln und setzten uns ins Gras. Ich bekam Heuschnupfen. Aber da wurde geredet, von der phänomenologischen Verwesentlichung eines Baums zum Beispiel, eines Abhangs, der Eidetik eines Bauernhauses, einer Blume. Der Baum erschien als das Stämmige, das Blättrige, Schattige, Verästelte, Verwurzelte, Früchteversprechende . . . fürchterliches Geschwätz. Assistentenphänomenologie. Daran ist dann die deutsche Philosophie auch zugrunde gegangen. Vielleicht auch an ihren Assistenten, die automatisch zu Professoren wurden. Dann kam plötzlich die Wendung zu Marx und fegte alles andere raus. Zum Schluss auch sich selber.

Aber auch in der katholisch-theologischen Fakultät wurden Heideggerseminare gehalten. Möller, ein Priester, war der beste überhaupt. Der war ein Genie in Sachen Heidegger, ein Genie auf einem anderen Genie. Sein Seminar: geschlossene Sitzungen. Verschiedene Priester in schwarzen

Gewändern. Auch protestantische Theologen. Ich wurde da drin immer so frauenhungrig, dass ich am Abend jeweils mit meinem Citroën noch nach Reutlingen raste, wo ich eine Freundin hatte, aus dem Freibad. Vor Silke. Mit einem dieser protestantischen Studenten fuhr ich dann mit Silke zu den umliegenden Kirchen und Klöstern, Maulbronn, auch auf Burgen. Silke immer zwischen uns auf dem Vordersitz. Bis der Silke eines Tages plötzlich auf der Strasse traf und beleidigte. Sie kleide sich so unverschämt, und überhaupt gehe sie mit mir, ohne dass wir an eine baldige Heirat dächten. Silke war völlig zerstört. Sie kam in die Bibliothek gerannt, wo ich arbeitete. Wir sahen diesen Pfaffenschössling in Gewissenskonflikten nie wieder. Er hatte die meisten Kirchen der Gegend auch gesehen, und mein Citroën ging bald kaputt. – Klar, das weiss ich noch. Du liessest dir ein Getriebe aus einem Citroën der französischen Besatzung einbauen.

Und der Beissner, weisst du noch, seine Vorlesung über den Göttinger Hain. Er sagt immer "Haayyn", mit einer näselnden, elenden Stimme. Dann rezitierte er diese traurigen Gedichte, voller Schwermut. Seine Hölderlinausgabe? Wuchs ganz langsam. Da kam jahrelang kein Band. Der sprach von Hölty. Einmal über Kafka. Er vertrat die Theorie der missglückten Ankunft in Kafkas Romanen, kam dann auch auf seinen ehemaligen Assistenten Martin Walser zu sprechen, der eine Kafkadiss geschrieben und eben seinen ersten Roman, Flugzeug überm Haus, veröffentlicht hatte.

Unsere Kollegen? Ja, der Kurt Wienker, der sich später erhängt hat. Wollte in unserem Alter noch Maler werden. Eigentlich haben sich eine ganze Menge Leute umgebracht. Einer, den kanntest du aber nicht, glaube ich. Der kehrte plötzlich zu seiner Mutter zurück, isolierte sich völlig, nahm nur das Essen, das sie ihm vor die Tür stellte. Nach einigen Wochen erhängte er sich. – Und dann noch einer, der aus dem Osten geflüchtet war. Der konnte sich nicht einfinden, glaube ich. Auch der hat sich das Leben genommen, ein Medizinstudent. Mit einer Ampulle Blausäure. Der war in deine Silke verliebt. Aber sie wollte ihn nicht. Du warst noch zu nah. Ich war damals überzeugt, es sei alles deine Unmoral. Ich habe dir wirklich Vorwürfe gemacht. Unsere Freundschaft ist an dieser Geschichte beinahe zugrundegegangen. Weisst du noch? In Bebenhausen, im Gasthaus Hirsch, wir assen Rehpfeffer an einem Sonntag. Mensch, wie haben wir das eigentlich damals bezahlt? Silke war ganz aufgelöst. Dann seid ihr weggegangen, weil ich dir soviele Vorwürfe machte. Das mit Silke war schon ein Drama. Als du weggingst (Jacinta!). Wir hatten immer das Gefühl, du hättest dieses Mädchen verdorben. Blödsinn. Das war doch nur, weil sie so auffallend hübsch und reizend war. Wir konnten dich nicht verstehen, als du sie zurückliessest.

Wusste Wolf etwas von Kotbubs späteren Rasereien nach Tübingen, um Silke zu besuchen, zu holen, mit letztem Geld, die dann ein Unfall mit Blechschaden beendet hatte?

Klaus Wolf begann den Burgunder zu loben. So einen Wein habe ich noch nie getrunken. Auch Silke hatte die breiten Backenknochen. Sie war Halbrussin.

Wir setzen uns in die bequemeren Sessel im Wohnzimmer. Ganz leise läuft Carissimi auf der Loudness-Taste, welche die Klangfrequenz erweitert. Und was habt ihr so für Pläne in den nächsten Jahren? – Ich versuche, so allmählich in ein Gymnasium zurückzukommen. Ich gebe noch in einer fünften Klasse Unterricht, gewöhnliche Schüler, einfach, weil ich denke, dass man die mal wieder unterrichten muss. Aber eigentlich ist es eine Qual. Die Stunden sind die absolute Hölle. Ich könnte die Kinder nehmen und einzeln an die Wand schmeissen. Aber wir lieben uns. Normales Verhältnis. Die unterschwellige Totschlagszene. Jeden Moment.

In Deutschland wird zurzeit nur noch verwaltet. Es geht nur darum, ob eine Sache verwaltbar ist. Anderes zählt nicht mehr. Jeder geistige Aufbruch ist vorbei. Neue Ideen? Nicht gefragt. Nur wenn sie verwaltbar wären. Wir haben so einen Schulvorsteher. Wenn man mit dem spricht, ihm etwas vorschlägt, geht es ihm nur darum, wie er es verwalten könnte. Und der ganze Video-Unterricht. Wir vermeiden ihn. Ich halte es noch mit den engagierten jungen Lehrern, aber wir werden auch reingelegt. Da haben wir einen angestellt, auf mein Betreiben, mit langen Haaren, unkonventionellem Aussehen, eine Art Stadtindianer. Der hat uns sehr enttäuscht. Zeigt nur noch Filme. Kommt rein, fragt die Schüler, was für einen Film sie heute sehen wollen. Dann geht er erst hinunter, spult den Film auf die Rolle der zentralen Vorführanlage. Damit vergehen die ersten zwanzig Minuten der Stunde, und nachher sind die Schüler unzufrieden, weil sie natürlich nur den halben Film zu sehen bekommen. Die klagen sehr, aber es ist nicht meine Sache, einzugreifen. – Und wir schuften uns zu Tode.

»Nein«, sagt Rose. Ihr Stuttgarterisch klingt noch durch. »Ich glaube nicht, dass wieder einmal eine literarische Epoche kommen wird. Ehrlich nicht!« Sie lacht. »Die Textanalysen sind so unglaublich simpel. Wir gehen immer mehr auf das Einfache. Das ist die Krise. Man kann sich einfach nichts mehr leisten. Es liegt nichts mehr drin. Das sind die Japaner und weiss ich was. Europa ist fertig. Die Sozialisten ebenfalls. Die Revolution, längst vorbei. Vertiefung in die Literatur? In der Schule jedenfalls nicht . . .«

Es war jetzt Mitternacht. Edith ist schon im Bett. Trotzig ist sie schlafen gegangen. Klaus kommt nochmals in Fahrt. Er erzählt banale Episoden aus Berlin. Berlin, eine schreckliche Stadt, sagt er. So eine falsche Euphorie! Die Stadt ist doch tot! Wie wir damals noch naiv waren, alles bewältigen, ändern wollten. – Und Zürich? Kein Vergleich! Die Zürcher Krawalle haben uns auf Berlin gebracht. »Unglaublich niedlich«, sagt Rose. »Das ist doch genau das, was wir vor zehn Jahren in Berlin gehabt haben. Wie die das hier noch so ernst nehmen können!« Ich denke, ich habe es wohl auch zu ernst genommen in meinem Essay. Rose studiert einige Kritiken der "Possentage". Plötzlich lacht sie hell auf: »Also sowas! Hör mal, Klaus, da schreibt einer, Egon habe mit diesem Buch seiner Stadt ein Denkmal gesetzt, dessen Bedeutung man wohl erst später erkennen werde. – Was nützt dir denn das, Egon?«

Dabei war Kotbub auf diesen Satz besonders stolz gewesen. Aber die Deutschen wollten alles sofort haben. Sie waren nicht mehr bereit, sich auf später vertrösten zu lassen. Das war auch das Glückliche an Deutschland. Kotbub dachte, er selber habe noch die Schweizer Sparmentalität. Er kam sich naiv vor.

»Wir haben soviele Schulden auf unserem Haus, dass wir überhaupt nicht dran denken können, jemals mit Unterrichten aufzuhören. Dabei ist diese Arbeit in ihrer gegenwärtigen Form unerträglich. Wird sich auch nie ändern. So wursteln wir eben weiter, einfach so vor uns hin. Diese Schulwelt tötet alles ab. Wie eine Infektionskrankheit. Die totale Trokkenheit. Das trifft jeden. Da gibt es kein Entrinnen. Ohne Urlaubsreisen würden wir es überhaupt nicht mehr aushalten. Ja, viele sind Lehrerausbildner geworden. Klar. Viele dieser Ausschreibungen sind allerdings nur Scheinkandidaturen, bei denen schon im voraus bestimmt ist, wer die Stelle bekommt. Aber auch dann hätte mindestens einer für mich stimmen müssen. Auch Klenzel ist in der Lehrerausbildung, irgendwo in Westfalen. Weisst du noch, damals hatte der immer einen so abgewetzten Hosenboden. Der lachte sich krumm, als du deine Pantoffeln einmal "Finken" nanntest.

Klenzel war der ärmste. Heute geht es ihm besser als mir. Ist auch nicht interessiert, uns wieder mal zu sehen.

Am nächsten Morgen. Klaus sagt, er habe noch nie in einem breiten Bett mit durchgehender Matratze geschlafen. Erst jetzt versteht er, wie bequem ein französisches Bett ist. Er hatte da Vorurteile. Hat er die wohl auch bei Rose abgebaut? Edith will nicht mehr in die Stadt fahren, um die ein wenig zu begucken. Ich zeige ihnen den Weg Richtung Basel. Sie winken. Klaus hupt. Sie geben Gas und fahren in ihre Schulhölle zurück. Ich biege rechts ein, zurück in meine Weiberhölle, ertappe mich aber in einem illusorischen Feiertagsglück. Nein, aus den Pfützen auf der Strasse glänzt nichts Feiertägliches mehr auf. Die Ausschüttung des Nazareth-Narkotikums ist vorbei. Aber das deutsche Schulelend ist mir erspart geblieben. Damals, als ich in Hamburg meinen Wagen nahm und einfach wegfuhr, auf die Elbchaussee, schnell zu Hanne hinaus. In ihren Garten . . . Sie las mein neues Manuskript. Der ständige Antrieb, der von ihr ausging . . .

DRITTES BUCH: FRÜHSOMMERBLÜTEN UND -DEPRESSIONEN

Jedenfalls kam eine Woche drauf Lisa an. In einer überraschenden nach-österlichen Passion, als Christus ein Seefahrer geworden war und mit seinem Vaporetto schon Kurs auf die Seelen des ganzen Römerreichs nahm. – Sie hatte noch Ferien, Passionsurlaub. Kotbub hatte sie nicht angerufen. Sie nahm an, er stecke den ganzen Tag bei Taiko. Sie wohne schon bei ihm, damit er ihr jederzeit beiwohnen könne. Sie warf ihm einen Brief und den Hausschlüssel in seinen Kasten.

In ihren Zeilen verabschiedete sie sich von ihm; sie halte das nicht mehr aus. Sie wolle sich für ein anderes Leben freihalten, sie habe sicher noch eine Chance. Mit Kotbub verpasse sie alles. Er denke ja nur an sich; er sei ein Fehlpartner für sie. Sie sehe das jetzt klar.

War es mit Lisa zu Ende? Glaubte er das? War das die Lösung? Gab es eine Lösung? Wenigstens auf Raten? Jedenfalls war ein Wunder geschehen: Er fühlte sich neu, wie der Mai, wenn auch noch im April, wahrscheinlich am einundzwanzigsten, wie er in seinem Kalender ermittelte. Er begann an die Tatsächlichkeit der Abfolge von Ereignissen in diesem Jahr zu glauben, die er als den Ausdruck des Mysteriums dieser Schöpfung betrachtete: So, wie sie ihm in den Schoss geworfen wurden (weitgehend von ihm selber). So breitete er seine Schürze für die Rossäpfel aus, die noch von seinem Lebensbaum fallen würden. Schöpfte er mit, indem er erlebte? Er nahm sich vor, in Heiligen Büchern nachzuschlagen (vorzugsweise in seinen eigenen, ungedruckten Manus-Krypten), ob Gott selber auch zur Schöpfung gehöre oder nicht.

Dieses Buch einfach "Rosatage" nennen? Aber er zweifelte an allen Titeln und Namen. Als Pfeiler dieser Welt versagten sie. Nur seinen Weibern gab er immer neue Namen, wenn auch falsche. – Diesem Roman würde er wohl am Ende jeden Titel versagen.

Ich glaube nicht an die Endgültigkeit dieser Trennung von Lisa. – Den Donnerstag verbringe ich am Galgen. Raben hacken in meinen Kotaugen herum. Ich rieche nach Lisas Absage, obwohl ich sie nicht ernst nehme. Mal warten.

Am Freitag hat sie immer noch frei. Warum? Himmel, mein Gedächtnis schwindet! Einem Raben ist eben die Trepanation meines Schädels gelungen, und er zieht es heraus. Auf einer Rolle steht: "Freitage einziehen nach Ostern!" Und all die ebenfalls unschuldigen Nichtjesusse, die man vergessen hat, von den Kreuzen abzunehmen? Ich rufe Lisa an. Sie will eben ihr Kreuz (den Kehrichtsack) aus der Wohnung tragen: »Lisa, hauen wir ab nach München! In die spanische Ausstellung. Wir kommen noch heute abend zurück.« – »Nein, ich mache nicht mehr mit.« Dreimal rufe ich an. Schliesslich sagt sie: »Also gut.«

In unserer üblichen Hochkatastropheneile machen wir uns startklar. Wir fahren noch auf den Bahnhof, zur Post, dann parke ich vor der neuen Kantonalbank, wo Lisa Geld wechselt, auf der verbotenen Parkfläche, nur eine Minute. Eben geht der Literaturexperte Niehans vorbei, in einem neuen Wolljäckchen, offensichtlich mit seiner Freundin. Ich wusste nicht, dass dieser Musen-Messdiener eine Freundin hat. Seine tiefe Seligkeit ruht also auf partnerschaftlichen

Schultern. Ich glaubte, der lebe allein. In der Schulstube verdient der mächtige Piepen. So schöne, wie sie einer allein gar nicht ausgeben kann. In einem Monat so viele wie einer wie ich kaum in einem Jahr.

Ich hatte diesen staatlichen Beauftragten schon vor dieser Possenaffäre ein- oder zweimal angerufen, um die Angelegenheiten dieser Stadt und ihrer Unkultur zu wenden. Aber er kam nie zu einem Bier oder einem Gespräch. Die Niehanse finden es verächtlich, mit einem wie mir zu tun zu haben. Weil ich schreibe, bin ich mit meinen Vorschlägen ohnehin nicht glaubwürdig. Das Selbstgenügsame dieser Leute! Sie verkehren nur in ihren Kreisen, wo die Welt so aussieht, wie sie es sich wünschen, nicht mit einem verjagten Mönch. Eine paranoide Pharao-Situation, mit Priesterkasten, Sklaven, Ordenssitten, paradoxen Ochsen und Schwänzen, verseucht von lieben Konservatoren verblasster Kulturvorstellungen, die sich zu heimlichen Erstickungssessionen treffen, auf denen sie alles Spontane und Lustvolle abwürgen. Ihre Mordtaten tarnen sie dann mit einem feinfühligen Lächeln.

»Schau Lisa, dort schwebt der Niehans am Arm seiner Freundin dahin! Ja, der, welcher uns dann die viertausend Franken gekostet hat.«

Wir brausen los. Lisa fährt. Ich lese die Zeitung. Es kommt auf Minuten an, wenn wir noch rechtzeitig in die Ausstellung reinkommen wollen. Vier Jahrhunderte spanische Malerei. Wir sind die Strecke, eine sehr gefährliche, ständig diese langgezogenen Kurven, vor kurzem zu meiner Lesung in einer Münchner Buchhandlung gefahren, aber auch letzten November zweimal, als wir den Fotosatz nach München brachten und zehn Tage drauf das fertige Buch abholten. Ich zündete zwei Kerzen an, als ich das Buch, sieben Jahre nach dem letzten, in die Hände bekam. Die Weinbergers waren ganz betroffen.

Ich dirigiere Lisa hinter Bregenz falsch, in den Tunnel hinein. Sie wünscht nachher, dass ich selber weiterfahre. Wieviele Jahre spanische Malerei sind uns durch diese siebzehn Minuten Zeitverlust entronnen? Vierhundert Jahre, in zwei Stunden betrachtet, das macht drei Komma drei,drei Jahre in einer Minute. Siebzehn Minuten entsprechen sechsundfünfzig Jahren. Welche sechsundfünfzig Jahre sollen wir nun übergehen?

Nach drei Stunden rollen wir durch München. So ganz traumdeuterisch-schlafwandlerisch. Wenn wir den Weg verpassen, ist die ganze Ausstellung hin. Zufälligerweise fragen wir an einer Kreuzung. »Gleich hier links!« – Da hängen ja schon die Fahnen und die Plakate.

München ist ein katholisches Pflaster, günstig für spanische Bilder. Die Quasten, das Rostrot im "Haus der Kunst", das sie auf Spanisch getrimmt haben. Wie meine schweren spanischen Vorhänge, von denen ich einige schon abgeschnitten habe, weil die Radiatoren darunter nicht funktionieren. Die thermischen Ventile schalten aus. Sie meinen, es sei schon spanische Wärme erreicht ... Natürlich packt mich wieder meine Spaniensehnsucht. Aber die Säle sind so mit Besuchern überfüllt, dass man die Bilder nicht richtig betrachten kann. Und ich wollte Lisa Vorträge halten, was sie fürs Leben liebt. Trotzdem spüre ich die süsse, spleenhafte Wüstenstimmung der Madrider Nachmittage. Sie waren noch stiller zu Francos Zeiten. Meine Spaziergänge im einsamen Prado, Abmagerungstritte während meiner Diätkur bei Dr. Jimenez. Selten hat jemand eine so erlesene Strecke für seinen täglichen Pflichtspaziergang gehabt. Sicher fünfzig mal war ich im Prado, immer kurz nach zwei Uhr, bevor die Gruppen kamen. Jeden Tag blieb ich längere Zeit vor einem Gemälde stehen und studierte es ganz genau. Die Beschreibung in meinem Führer war bald zu wenig detailliert, aber ich konnte kein grösseres Buch mitschleppen. –

Wir gehen hinaus, setzen uns auf die Mauer vor dem "Haus der Kunst". Durch den Park fliesst ein Kanal. Oder ist das die Isar? Sicher nicht. Plötzlich ist das Museum fast leer. Die halbe Stunde, bevor geschlossen wird. Wir gehen nochmals hinein. »Lisa, schau, diesen Korb!« Ich gerate in helle Begeisterung. Auch Lisa. Sie sitzt ja mit mir drin in diesem Korb, auf dem Stilleben eines Malers, der Francisco de Palacios heisst. Er wirkt so frisch, als ob die Farbe noch nass wäre. Genau wie auf den beiden Zurbaran-Stilleben von Mikel Corn, die ich damals für ihn in der Schweiz verkaufen wollte. Wir haben Mikel einige Jahre nicht gesehen. Er besass eine kostbare Bildersammlung, die er vor dem möglichen Zugriff einer sozialistischen Regierung in Spanien retten wollte. Aber alle Händler und sogenannten Experten, denen ich hier Fotos von den Gemälden zeigte, sagten, diese Bilder seien falsch. Auch die Hämmerleins, die in Bern als spanische Kunstspezialisten gelten, bezeichneten Mikels Zurbaran-Stilleben als "zweifellos falsch". Der Korb sei "viel zu glänzend" für ein altes Bild. Was das für Früchte seien? Äpfel? – Dabei waren es Granatäpfel, die Äpfel der Bibel! – »Malt der immer so mit Licht und Schatten?«

Aber ich erfuhr wenigstens von ihnen, dass man Bilder aus Spanien seit eh und je undeklariert hatte aus- und hier einführen müssen. Nur ja nichts angeben! Heute kommt auch der spanische Konsul ins Museum und betrachtet stolz die Bilder, die seinerzeit geschmuggelt worden sind.

Der Korb, viel zu glänzend für ein Bild aus dem siebzehnten Jahrhundert! Mikel griff sich an den Kopf. Dann sagte er stoisch: »Ignoranten!« Er hatte mir vorher erklärt, dass gerade diese Frische ein Merkmal echter Bilder sei, sobald sie fachgemäss gereinigt wären. – Wir finden in München noch mehr solche Körbe. Einen auf Murillos "Obsthändler".

Zu Mikels Sammlung gehörte auch ein später Tiepolo, von dem er vermutete, es handle sich dabei um einen Teil jener Altarbilder von Toledo, die nach dem Tode des Meisters in Madrid auf Betreiben der Anhänger des Münchner Malers Mengs zerschnitten wurden, der damals in der Gunst des spanischen Hofs gestanden hatte und ebenfalls in Madrid lebte. Mengs war eifersüchtig auf den greisen Tiepolo, der mit seinem neuen Stil die Madrider Auftraggeber plötzlich für sich gewonnen hatte.

Mit Lisa war ich in jenem Sommer zu einer Tiepolofahrt gestartet, die uns zuerst nach Venedig führte, um auf der Tiepolo-Jubiläumsausstellung . . . "Jubiläumstage" . . . müsste man . . . Fotos von Mikels Bild mit den Originalen zu vergleichen. Dann ging es plötzlich weiter nach Udine, wo mehrere Tiepolo-Altarbilder hängen, und schliesslich schwebten wir fröhlich über Klagenfurt und Graz bis nach Budapest, eine unserer verrückten Sommerreisen, ebenfalls ungeplant. Budapest hat eine ausgezeichnete Sammlung von Spaniern, die jetzt natürlich auch hier, in München, prangte. Wir kannten sie bereits. Sanches Coëllo, der Sevillianer. Oder ist es Claudio Coëllo? Man kennt Claudio vor allem wieder von der nach ihm benannten Strasse in Madrid, auf der Francos Premierminister Carrero Blanco in seiner Limousine von baskischen Terroristen in den Hof des Jesuitenklosters und ins Jenseits befördert worden ist. – Diese Mikel-Bilder-Reisepest! Ihr Höhepunkt war das alte Café "New York" gewesen, das heute "Hungaria" heisst. Es diente früher den Künstlern sogar als Briefadresse. Die Gänseleber und die Weissweine! Heute bloss noch Schaufensterpolitik des Ostens für Westtouristen . . . Lassen wir das "Hungaria". – Und dann kam eines Tages ein Schwachkopf von Christie's zu mir, ein gewisser Mr. Norman, der sich als Experte für alte Italiener und Spanier ausgab, und bezeichnete in seiner englischen Blasiertheit Mikels Bilder alle als “definitely false”. Mein Haus war ihm zu bescheiden für unentdeckte Originale dieser Güteklasse . . .

Das “Weisse Bräuhaus”. Sollten wir die Nacht in München bleiben? Nein, zurück! Aber Lisa vermutet, ich müsse wegen Taiko nachts zurück sein. Wir bekommen auch keine Weisswürste mehr, es ist schon viel zu spät. Aber dafür ist Lisa längst wiedergewonnen. Nur steht jetzt schon wieder ein Wochenende vor der Tür.

Eintagsfahrten sind doch Eintagsfliegen. Zwei Tage sind quastiger, samtener. Die Reisekordel umfängt dann auch gleich den anderen Tag. Drei Tage machen schon fast eine Reisegirlande aus.

Um zehn Uhr sind wir zurück. Wir fahren über den Heiligberg. Der Rechenzentrumsinhaber Schönholzer steht noch auf der Strasse, im Gespräch mit einem anderen Mann. Wir halten an, um ihn zu begrüssen. Der andere geht schnell weg. Warum? Wie wenig natürlichen Umgang die Leute hier doch haben! – Schönholzer sieht nur mich im Audi. Er fragt mich, wer denn neben mir im Wagen sitze. Er hätte lieber Taiko gesehen, die er auch kennt. Zum Glück hat er sich wenigstens vorsichtig ausgedrückt. Er kann sich nicht vorstellen, dass ich trotz Lisas Audi und meinem Haus kein Geld habe. Er vermutet da irgendeine faule Tour, betrachtet meinen Versuch, möglichst ohne Ausgaben durchzukommen, als einen Betrug an der westlichen Gesellschaft. Wir treten noch schnell ein bei ihm. Seine scheusslichen Stilvorhänge. Seine abscheulichen “Louis”-Abart-Sessel. – Der Münchner Spanien-Schwung ist vorbei. Warum haben wir bei Schönholzer angehalten? Alles endet damit, dass ich Schönholzer in einer Art Katz- und Mausspiel dazu bringen will, die “Possentage” zu kaufen, während er glaubt, ich schenke sie ihm.

Ich unternehme einen neuen Versuch: Für beide gleiche Zeiten. – Der Spaziergang im Sonntagswald mit Taiko. Dieser Sonntag gehört ihr, als Entschädigung für den Freitag mit Lisa. Die sterbenden Ulmen an der Oberen Vogelsangstrasse. Die Förrlibuckstrasse. Das Bächlein am Wegrand. Stehende Wasser. "Charcos" heisst das auf spanisch. Taikos Feinsinn: Wie ich die Blätter vom letzten Herbst im Wasser betrachte, sagt sie: »Du träumst von deiner Kindheit. Als kleiner Junge bist du hier gelaufen und hast damals schon die Farben der Blätter im Wasser bewundert. Sie sehen aus wie unter Glas.«

Es ist Mittagszeit. Noch keine Spaziergänger. Aber gerade jetzt kommen die Kummers um die Ecke. Er, ein neugieriger pensionierter Esel und ehemaliger Streber mit bleichem Gesicht, Bekannte meiner Eltern. Sie sehen mich mit dieser Japanerin. Ich schäme mich wie ein kleiner Junge, weil sie natürlich auch Lisas Wagen kennen. Sollen wir in den Wald hinein ausweichen? Nein, die Förrlibuckstrasse ist unentrinnbar, ich gehe auf mein Verhängnis zu . . .

Taiko eilt zum Mittagessen nach Hause.

Sonntagnachmittag: »Ich finde, du solltest jetzt schon in meinen magischen Garten kommen. Ich kann nicht warten bis im Mai.« Sie kommt gern zurück. – Die ständigen Fehlvorstellungen dieser Frauen! Beide denken immer an das

Verkehrte. Jeder wäre es egal, auf mich zu verzichten (wenigstens für einige Stunden), wenn sie nur nicht annehmen müsste, ich sei mit der anderen zusammen. Aber zu wissen, dass jetzt die andere bei ihm hockt: das ist das Bittere (Bitterblumen). »Blumen muss ich noch setzen! Oder sagt man pflanzen?« Die Frühlingsblumensetzerei: Immer noch Handsatz. Taiko pflanzt einjährige Blumen im alten Garten ihres Hauses. Lisa pflegt hier die Rosen. Der Reiz der Frühlingsgartengestaltung und die reizende asiatische Gestalt der Gestalterin. Hanne hatte meinen Garten mit einer asiatischen Note versehen. Jetzt war eine Asiatin drin. Hanne hatte auch asiatische Töpfe heiss geliebt. Sie war selber Töpferin. Aus ihren Töpfen sprossen seitlich, aus lippenförmigen Öffnungen, Blumen. Die Töpfe wurden zu Schalen von ganzen Blumeneiern. Vögel in Pluderhosen schwebten drüber. Interstellare Bienen rüsselten den Blütenstaub vom Himmel herunter: Hannes Geist!

Taiko ist hochschick in ihrem schwarzen Mantel. »Wie eine Florentinerin!« – »Möchtest du denn eine Florentinerin?« Ihre neckischen Antworten! Sie ist ein Edelmädchen. Nur will sie immer mit mir zusammensein: ihr "snag". Was für eine Gemeinheit, sie zu ficken! So einer wie ich gehört eingeklagt. Von Dr. Bertschi. Die Rechte der Frau: auf einen Fick, oder unter einen? – Taiko ist wieder gegangen. Die kühle Kullerigkeit des Sonntagabends. Sie ruft nochmals an: »Ich möcht dich hassen, wenn ich könnte! – Aber ich lege dir den Schlüssel. Doch! – Oh, ich habe zuviel getrunken. Wir haben hier eine so lustige Party . . .«

Lisa hat nur die innere Fröhlichkeit. Aber Taiko lacht immer. Gleichzeitig ist sie traurig. Die Geschichte von einem der . . . Liebte er die eine? Und die andere? Oder die andere? Die mit dem schwarzen Mantel? Die mit den klaren Farben? Oder die unter Glas?

Zürich. Das Alleinsein hilft. Ich erlebe den Pfauen wie eine exotische Wiese. Die lustigen Leute! Eine sympathische Gegend. Vielleicht die sympathischste der westlichen Welt! Täglich begangen. Der Herr Rektor als ein hochbürgerlich dressiertes Zugpferd. Der von der Promenadenschule. Promeniert der? Nein, er schlurft in Pantoffeln. Der geht ganz elend auf der anderen Seite, mit einem blauen Auge. Mir aus dem Weg. Vor zehn Jahren wollte ich ihn ermorden, als er mir eine Absage mit impertinenten Formulierungen schrieb. Heute lache ich darüber. Meine freie Brust als Journalist: ein Schild. Nein, den Journalismus überwinden, ja nicht durch Schule! Meine Komplexe als freier Schriftsteller sind absolut spinnig. Warum diese Angst? Ist die nötig? Ist das Brei, eine Depression? Gut, durch Telephonieren kann man sie überwinden. Früher telephonierte er wie wild herum. Täglich eine Stunde, das war Telepathie, Teletherapie! Auch Telemann half, auf Tonband. – Aber was ist denn los? Ist er krank? Was hat er denn? Es war ja gar nichts passiert.

»Nichts passiert!« dröhnte es über die Dächer des Theaters hinweg. Ja, Sie dürfen dieses Leben einfach vor sich hinleben. Statt Kotbub können Sie ja Tischhauser beschreiben. Aber ihm lag die Welt der Einmannwerbefirma nicht. Überhaupt Werbung: kein Thema mehr. Tischhauser wollte gestern mit ihm eine Lesung im Neuwiesen-Einkaufszentrum veranstalten, dessen Werbung er machte. Kotbub bezeichnete das als einen geplanten Misserfolg. Aber Tischhauser glaubte an noch unausgeschöpfte Möglickeiten der Verbreitung von Literatur. Aber bei Tischhausers Werbestil fürchtete Kotbub für die Reinheit seiner Botschaft. Tischhauser blieb bis morgens um eins. Zwölf geschlagene Stunden war Kotbub mit Tischhauser geschlagen: der Ur-Naturzustand der Freundschaft.

Unbedachten Schrittes setzte Kotbub seine Füsse diesem Pfauen auf die Stirn. Warum mache ich denn schlapp? Sollen diese Staats-Esel doch meine "Protesttage" wieder ablehnen! Wie alle seine Bücher. Dafür wollten alle mit ihm zusammen zechen. Seine freie Zeit kaputtreden, kaputtfeiern. All diese Geldverdiener wollten einen Happen "freien Künstler" erlangen. Der attavistische Zeittotschlagdrang der Salärempfänger.

Das Kunsthausrestaurant haben sie jetzt auch kaputtgemacht. Mit Korbstühlen und leichter Musik. Warum? Das war doch ein gutes Stück Zürich gewesen! Und dahinter der Neumarkt. Der Hirschengraben. Er empfand ihn als einen Pappelhain. Da, sein Parkplatz. Eine Oase. Die Negerin mit Bananenbrüsten reichte ihm nochmals ihre Kokosnuss: Er steckte ihr fünfzig Rappen in den Schlitz und erhielt für eine Stunde Befriedigung. So erlebte er diesen Zürcher Nachmittag als einen mehrmaligen stündlichen Bordellbesuch.

Abends fuhr er über Schwamendingen zurück. Das scheussliche Postgebäude! In seiner Scheusslichkeit eigentlich ganz romantisch. Damals, als er sich hier verdungen hatte. Als Marktforschungsbub. Er ruft Myriam an, die sich Miryam nennt und schreibt. Anfang Jahr hatte er sie auf die "Protesttage" hingewiesen. Sie war begeistert, wieder von ihm zu hören, und wollte ihn gleich besuchen. Er hatte auf Buchverkäufe an all die Hausfrauen von ihrer Siedlung gehofft, die er seinerzeit als Waschmittel-Forscher exploriert hatte, als der “Herr Girsberger”, der für eine ganze Stunde kam und zehn Franken bezahlte, dessen Name sich dann als ein Pseudonym entpuppte, zwangsläufig, als das Suleikenbuch unter seinem richtigen Namen erschien. Das fanden die Hausfrauen besonders skandalhaft. Aber gerade deshalb kauften viele dieses Buch. Seither war seine Popularität in Schwamendingen längst vorbei. Die Solidarität von Myriams Freundinnen dauerte nicht über drei Bücher hinweg an. Aber Kotbub schrieb nicht für die Blocksfrauen. Jetzt ruft er trotzdem Myriam an. Warum? Sie sagt trocken, sie komme “dann schon mal”. Aber er wollte ja gar nicht, dass sie kam, er wollte sie jetzt schnell besuchen, ihre proletische Umgebung schmecken, die ihm Kraft gab.

Offensichtlich war Myriams Freund da. Der schneuzte sich ostentativ. Wie der “Eifersüchtige von Ostia”. – »Dein Freund sitzt neben dir auf dem Sofa. Ich weiss noch, wo du das Telephon hast. Stimmt's?« – »Ja, genau!« – Diese Schwamendinger Absage: Dank, Himmel Dank! Warum immer zurückkehren wollen? Zeiten lassen sich nicht zurückerobern. Die mystische Epoche seiner Marktanalysen. Die Figuren von damals lebten alle noch, nur waren es Unberührbare geworden.

Schwamendingen, der Sonnenabend, die alte Strasse, die sich nach Dübendorf hinzog. Es ist doch phantastisch, dass er nicht mehr existiert, dieser Krummweg, der dort durchlief. Jetzt eine riesige Autobahnschleife. Das entblockt. Alleinsein. Auf der damaligen Zeit nur leicht auftreten, das geht, aber sie nicht trotzig nochmals aus dem Boden stampfen wollen. – Seine Krankheit wich.

Er nimmt die Autobahn Richtung Flughafen. Etwas Flughafenluft atmen. Oder suchte er nur die grossen Schweppes-Flaschen bei Marinello? Die würden ihm helfen! Nur ein

Vorwand. Die Rosabrise dieses Flughafenabends. Die technischen Gebäude. Der Beton. War der wirklich hässlich? Die schwere Romantik der Moderne. Die Arschwärme zwischen diesen Betonbauten. Die Wälder sind doch so nah, aber krank! Beton entblockt. Angst? Er war entsetzt über die eigene Unentschlossenheit, gerade inbezug auf Beton. Die Leute dieser Flughafenwelt hatten gelegentlich einen Bestseller in der Tasche. Diese modernen Menschen, die sich schlank in den Lift turnten, genau wussten, in welches Stockwerk des Parkhauses sie gehörten. Terminal B. Der modernere. Der sich entvölkernde Flughafen: eine moderne Kirche, mit Geschäften, einem Bazar. Alles noch offen! Aber nicht mehr lang. Der mysteriöse Gespensterhauch vor Geschäftsschluss: Wie ein Gangster ging er zu Marinello. Aber als Kotbub war er doch ein Einzelwesen! Das Kilo Orangen: für ihn allein! Von den besten. Der Verkäufer mit dem Bündner Dialekt, der täglich zwischen Chur und dem Flughafen hin- und herfährt. Was passierte, wenn der hier seine Stelle verlor? »Die da sind besser.« Zwei Stewardessen kauften noch einen Drink. Die hätten gern noch einen dicken Fick gehabt. Zuerst einen dicken Frass in einem dicken Restaurant. Quatsch. Veraltete Vorstellungen von der Stewardesse. Die eine lechzte nach Cembaloklängen in ihrer Wohnung, die andere nach Südamerika. Aber Egon macht schlapp. Matt ist er. Dieses computerisierte Publikum: alle hatten Geld, wussten, wohin gehen. Nur er nicht. War er krank? Lisa anrufen! Weil sie die Ältere war? Nur jetzt niemandem zur Last fallen. Merkte man es ihm an? Es war jetzt Zeit zu kuschen! Wieder ganz klein anfangen. Dann ging es. Durch die Lautsprecher des Flughafens kam ein letzter Aufruf: »Zeit zu kuschen! Möge sich Kotbub, der letzte Einzelpassagier, an den Check-Out-Counter begeben! Der Flughafen wird geschlossen. Morgen wieder! Sie kommen zur falschen Zeit. Sie wollen wohl noch mit den alten Modellflugzeugen, Entschuldigung: Flugzeugmodellen durch die Flughafengebäude paddeln? Auch wir dürfen nicht mehr frei in dieser Luft herumschwirren. Schauen Sie, die hängen an Fäden. Es sind nur Larven. Sie auch. Gestorbene Larven. Wollen Sie eigentlich das Flugbrevet auf Ihren zwei Weibern machen? Sie Fledermäuserich! Soviel haben wir überhaupt noch nie für einen einzigen Passagier durch diesen Lautsprecher gesprochen. Aber es ist zu spät zum Umbuchen.« Ja, es schlug sich längst nicht mehr zu Buche, irgendeiner Sache (oder Person?) zuviel Bedeutung zuzumessen. »Hier, Ihre Quittung!« sagte der Bündner. Für diese computerisierte Welt?

Er kurvte wieder die Parkhausspirale hinunter. Er hatte nur ein Parkhaus gesucht, ein Schneckenhaus. Jetzt aber nur weiter! Das einstige Dorf Kloten, die veränderte Welt darüber. Kaputt? Eine neue Welt! Er fuhr nach Brütten. Er fragte nach Konrad Schwarz. Er verspricht sich Kraft von Konrad, wie an jenem Abend im Salmen. Einen Lebens-, wie damals den Reiseplan. Ein Mistknecht gibt ihm Auskunft, aber erst, als er überlaut aus dem Wagen ruft. Der Mistkerl hat rotunterlaufene Augen. Ein Charon, eine apostolisch-apokalyptische Kalypso-Diebsfigur, zu verwenden auf agogischen Dörfern ohne Bushaltestellen. Der Mistknecht wusste nichts von Konrad. Da fragte Egon noch zwei andere Mistlinge. Auch die wussten nichts. Und Egon merkte, dass er erst in Wintenberg, gar noch nicht in Brütten war. Was änderte das? So ein Konrad müsste doch überall bekannt sein!

Dann aber kannte man ihn in Brütten. Beim Gemeindehausanschlag zeigte ihm einer den Bauernhof, den Konrad bewohnte. Um sich in der Rolle des Gutsherrn von seinem Industriejob zu erholen? Konrad ist ein Fabrikmanager, kerngesund. Oder labil? Egon wartete. Konrad war irgendwo in diesem Haus. Es brannte Licht. Eine Schreibmaschine am

Fenster. Da schrieb Konrads Tochter ihr Tagebuch: »Wie die Blumen wieder spriessen werden! Und die Gäule, wie sie sich strecken, wenn sie wiehern!« Warum hatte er Konrad so lang nicht besucht? Er sollte ihn wochenlang besuchen, alles mit Konrad machen. Da stand ja noch ein Baum, ein absolut intakter Baum! Am Waldrand in der Wiese. Aber diese Wiese war doch gedüngt. Nein, ebenfalls gedungen. Wie die Mistknechte. Rot unterlaufen. Gab es Philosophen unter diesen Wiesen? Propheten von hier? Zwingli? Und Zoroasters Lehre? Wotan? Die Religion der Helvetier? Kotbub zog eine seiner Pistolen und feuerte. Verschiedene Gockhähne auf Kirchtürmen mussten den Tod erleiden. Andere liessen ihr hiesiges Leben fahren und flackerten nach Afrika. Um ihn mit ihrem Gekrächz nicht aus seiner Weibertrance zu wecken. Er schlich sich um Konrads Haus herum und stahl: den Geruch vom Konradleben. Diese Konradluft: aschfahl. Da schnaubten die Rosse ihm fast die Ohren ab. Aber er fuhr ja schon weiter. Konrad ritt hinter ihm her. Konrads Rosskoppe schwabbte über. Mit der Hundepeitsche trieb er ihn in den Abgrund, den Brüttener Steilhang hinunter. Die Peinlichkeit der gemeinsamen Jugend! Schwere reziproke Milieuschäden. In derselben Primar- und Sekundarschulklasse. Ein Verbrechen. Zwei schon früh Benachteiligte! Ein Schicksal, das nur mit einem Mord enden konnte.

Aber jetzt durchfuhr ihn plötzlich eine herrliche Brise: Er war angelangt. Er hatte sein Ziel erreicht. Er war befreit, hier beim Pistolenschiessstand, den sein Vater noch erbaut hatte, an freien Samstagnachmittagen. Da wurden gerade Lisa und Taiko erschossen. Mehrmals kamen sie wieder herauf, aus Pappe, und dann donnerten Schüsse in ihre Fratzen. Taiko versuchte es noch ein letztes Mal: Da kriegte sie eine ganze Salve in ihre Schlitzaugen. Es floss nicht mal Blut. Kotbub schluchzte auf. Aber die Feldschützen lachten nur und sagten, die sei bloss tot zum Schein. Aber jetzt konnte er tatsächlich allein nach Hause fahren. Er machte erste Schritte. Wie ein Genesender. Wie eine nicht mehr gestopfte Gans. Was war denn das für eine Panik gewesen? Taiko war doch viel zu konventionell. Und die vier Japanerinnen bei Marinello waren nicht mal hübsch gewesen. Aber die Orangen lösten sich tatsächlich von den Schalen! So ein Bündner: Verlässlich.

War er tatsächlich jene Schneise des alten Römerwegs hinuntergerast? Was führe Cäsar heute für einen Wagen?Die Flughafenlandschaft beruhigte sich in seinem Innern: ein Trost, eine Art Zukunftswelt en miniature. Es gab schon Reisebüros, wo man während dem Urlaub seinen Bekanntenkreis gegen einen anderen austauschen konnte.

Vor dem Einschlafen dachte er, das Ficktagebuch der erschossenen Taiko weiterzuführen. Als eine Art posthumen Auftrag. Um die Katastrophe der beiden entpimperten Weiber im Jenseits wenigstens zu 50% zu mildern. Kopf runter, Fräulein! rief er. Ich finde Sie so nett. So adrett. Bitte bücken Sie sich! Gleich hier, auf der Rolltreppe. Da träumte er schon.

Dann läutete das Telephon. Taiko hatte einen ihrer Anfälle. »Abends bin ich ja nie bei dir! Die Kinder stören dich!« Sie zieht Bilanzen. Plötzlich sagt sie: »Aber du darfst mich beschreiben. Ich weiss, wie es enden wird: Ich werde Lisa umbringen!«

Ja, die beiden Weiber sollen die Sache untereinander beschliessen! Ich bin dann fein raus. Taiko geht auf die Pirsch. Ich sehe sie in meinem schintoistischen Badezimmerspiegel. Der Mord muss gemein sein. In japanischen Farben. Vielleicht mit Bartóks “Wildem Mandarin” dazu, falls der sich von den Platten lösen lässt. Jedenfalls nach asiatisch-ritueller Tradition. Mit Gekreisch? Gegenseitigem?

Ich entschliesse mich, nach Madrid zu fliegen. Vielleicht entblockt das die Situation. Es ist die Reise eines Kranken, eines Ratsuchenden. Lisa bezahlt mir das Ticket. Ich nehme den Abendkurs über Genf, weil ich, wie immer, zu spät bin für den Flug am Mittag. »Nimm den PEX-Tarif, damit du in Madrid acht Tage festgebunden bist!« – Doch der PEX-Tarif ist mir zu riskiert. – »Aber flieg dann nicht gleich wieder zurück, wenn in Julianas Wohnung irgendeine Kleinigkeit nicht klappt . . .« – Wie Lisa weggeht! Sie dreht sich nochmals um, schaut zurück, ob ich mich ebenfalls nochmals umdrehe und ihr winke. In Genf hat die Maschine eine halbe Stunde Aufenthalt. Ich steige aus, gehe in den Pavillon und rufe von der Telephonzelle im Soussol zuerst Lisa an, bis ein Frankenstück verbraucht ist. Dann Taiko, die ich nicht mehr benachrichtigen konnte. »Ich fliege nach Madrid.« Sie gibt sich Mühe, es gelassen zu nehmen.

Der Abendflug. Die seltsamen Stimmungen am Himmel. Dann ist es plötzlich Nacht. Madrid-Barajas. Juliana steht hinter der Scheibe. Wir können nicht miteinander sprechen. Endlich kommt mein Koffer. Ich schliesse sie in die Arme: »Dass es dich noch gibt!« Wirklich, da steht sie, unverändert. Aber sie hat jetzt graues Haar. In ein paar Jahren ist sie eine dieser Frauen über fünfzig, für die sich niemand mehr interessiert. Aber Juliana arrangiert sich mit jedem Alter. Noch nie sind wir so lang getrennt gewesen. – »Dass es dich noch gibt!« sage ich unentwegt. Sie sitzt jetzt neben mir in ihrem SEAT. Ich betrachte sie von der Seite. Wie ein Vogel sieht sie aus. Sie sagt, es sei ihr plötzlich zu blöd geworden, ihr Haar ständig zu färben. Der Frisör verlange zu viel. »Und dann, wozu?« – Ich schaue sie an, voller Hoffnung, sie gebe mir gleich den entscheidenden Rat. Ich dürste nach dem richtigen Wort für meine Situation. Wird sie es aussprechen? Seit Hanne nicht mehr lebt, fühle ich mich verloren. Ich habe sklavisch auf Hannes Ratschläge gehört. Aber ich muss diese Ratlosigkeit jetzt ertragen. Juliana sitzt lachend neben mir. Wie intelligent sie ist. Sie schlägt alle. Sie wird mir helfen. Sie weiss genau, worin meine Hölle besteht, aber sie fühlt sich erniedrigt, dass ich sie als Ratgeberin für meine Weiberaffären missbrauche. Trotzdem! Meine Not ist so gross, das ich sie nicht schonen kann. Ich lege gleich los mit meinem Problem.

Wir befinden uns am Serrano, einem der alten Madrider Boulevards mit den teuersten Geschäften und vielen Bars. Vielleicht sind wir sogar im "Harris Pub", den ich vor Jahren in einem übermütigen Kapitel beschrieben habe. »Klar«, sagt Juliana, »diese beiden Frauen sitzen in ihrem letzten Zug. Da braucht es viel, bis eine aussteigt. – Und wenn dann plötzlich eine aufgibt, sozusagen aus Versehen dir die Schlüssel auf den Tisch knallt, weil sie den Kopf verliert, läuft sie bald wieder mit hängender Zunge hinterher und hofft, dass du sie wieder einzusteigen bittest. Sie deliriert davon, dass du sie anflehst, zurückzukommen.« Ich habe ihr Lisas gescheiterten Ausstieg erzählt. »Und du? Statt so zu tun, als ob nichts wäre, lässt du dich ins Bockshorn jagen.« – »Aber ich habe kein Geld.« – »Nimm doch von meinem Konto!« – »Nein, das reicht ohnehin nirgends hin, und das, was noch drauf ist, gehört dir.«

Diese Bar wirkt heute so seltsam uninspiriert. Zur Zeit Francos hatte man ständig irgendwie Angst. Zugleich fühlte man sich aber sicher. Die Angst schuf eine gewisse Atmosphäre. Aber jetzt? Alles riecht nach Krise. Die Krise zerstört die Stimmung in den Bars. »Früher hatten wir einen einzigen, der raubte. Jetzt aber sind es sechzig Millionen, die sich gegenseitig ausrauben«, sagt Juliana. Das sind die Phrasen, die man hier häufig zu hören bekommt, voller Vorurteile gegen die Demokratie, die sozusagen ein Synonym für Verfall und Kommunismus ist. Die Demokraten sind die "Roten", die rauben und alles zerstören. Das Volk fürchtet sich vor der Demokratie. – Aber ich kümmere mich nur noch wenig um die politischen Dinge in Spanien. Ich denke über das nach, was mir Juliana zu meiner Situation erklärt hat. Tatsächlich, es ist unglaublich, wie ich mich kaputtmachen lasse. Aber gleich fange ich wieder an: »Lisa wird dieses Jahr fünfzig!« – »So? Dann wird sie eben fünfzig. Ist das vielleicht deine Schuld?«

Wir gehen ins Lokal nebenan. »Die Drinks sind sündteuer geworden in diesem Pub«, sage ich. Aber auch Juliana ist der Ansicht, ich müsse wieder etwas verdienen. »Du riechst nach Armut«, meint sie. Sie sieht, dass ich wütend werde, wie der Kellner die Fischeier, die uns nicht schmecken, weil sie nicht frisch sind, stehen lässt. Das war früher anders gewesen. Der Kellner hätte sie sofort weggenommen. Jetzt lässt er sie absichtlich stehen. Ich würde jetzt hier auch Krach schlagen in Kneipen. – Aber was soll denn das heissen? Es war doch in Madrid, wo ich zuerst diese Szenen machte, und zwar viel schlimmere. Es war damals eine Art Befreiung vom ängstlichen Anstand in Europa. Man spürte hier einen grösseren persönlichen Spielraum, trotz der Diktatur. Ich tummelte mich in diesem mir bislang unbekannten Respekt, den der unzufriedene Gast genoss, führte mich schlecht auf, bis an die Grenze der Lächerlichkeit, nur um zu sehen, wie die Spanier reagierten. Juliana erlebte damals fürchterliche Dinge mit mir. »Machst du immer noch deine Szenen?« fragt sie mich jetzt, wie sie sieht, dass ich mich wegen den Fischeiern, die wir bezahlen müssen, ärgere. Es war immer eine Kleinigkeit, die mich reizte. »Ja, mehr denn je«, sage ich. – »Die arme Lisa!« – Das ist das einzige Mal, dass ich eine Spur von Menschlichkeit Julianas gegenüber Lisa verspüre.

Warum eigentlich mache ich nur mit Juliana und mit Lisa solche Szenen? Nicht mit Taiko? Taiko diskutiert die Dinge aus. Sie beanstandet alles, aber mit diplomatischer Ironie, ohne sich über die andern hinwegzusetzen wie ich.

Wir fahren nach Hause. Juliana achtete darauf, dass wir nicht von den kleinen Vorspeisen, den Tapas, in ein richtiges Abendessen hinübergeraten. Das wäre heute viel zu teuer für uns. Wie die Zeiten sich geändert haben! – Auch die traulichen Madrider Strassen sind gefährlich geworden. Abends sieht man kaum noch einzelne Leute. Allein zu gehen ist riskant. Es gibt Banden, oft Jugendliche, die Fussgänger überfallen, mit Messern und Schlagringen. Die Polizei ist machtlos oder will nichts machen. Soll das Volk mal sehen, was es heisst, ohne Polizei in einer Grossstadt zu leben. Der Groll der Guardia Civil und der Policia Armada über den schlechten Ruf, der ihnen von der Francozeit her anhaftet, hat Folgen.

Mein Arbeitszimmer ist unverändert. Juliana behandelt es wie einen priesterlichen Raum. Der kastilische Tisch mit dem schweren Schmiedeeisen und der dicken Holzplatte, den gedrechselten Beinen. Nur das Glas mit dem Satyr, der die Nymphe entführt, ist zerbrochen. Ein Zeichen? Ich werde abergläubisch. – Auf dem Sims steht ein Gefäss mit Wüstensand. »Nach Nubien solltest du gehen. In Assuan würdest du deine Ruhe finden. Die Nubier sind weniger Neger als die eigentlichen Neger. Die Wüste! Der Sand ändert seine Farbe bei jedem Tageslicht...« Juliana sieht sich selber gern als ein Kind der Wüste. Sie fühlt sich als Afrikanerin. Daraus schöpft sie in ihrer Einsamkeit Trost. Die Einsamkeit der Wüste erlebt sie als eine Art Mysterium wie ihre eigene Einsamkeit. Plötzlich komme ich dann wieder im Flugzeug an: als ihre Oase. Manchmal ist es nur eine Fata Morgana, wenn ich zwar verspreche, bald wiederzukommen, aber wochen- und monatelang nicht zurückkehren kann.

»Die Nubier sind gross, schlank und haben lange Augenwimpern. Wie ein Wald stehen sie vor ihren Augen, um sie vor Staub und Sandstürmen zu schützen. Es gibt viele Blinde mit weissen Augen in diesem Land. Die Wolken kommen einzeln, wie Eremiten am Himmel. Sie bringen Regen, ohne eine ganze Decke zu bilden. Man muss das gesehen haben!« – Juliana hat sich mit ihren Jetreisen abgefunden. Ihr Koffer mit den Rädern, den sie durch die langen Flughafenkorridore zieht... Dazu ist Lisa unfähig, obwohl sie es sich heute viel besser leisten könnte als Juliana...

Am folgenden Nachmittag besuche ich Olimpia. Sie kann es kaum erwarten, bis ich komme. Ich bin ebenso gespannt, was sie zu meiner Situation sagen wird. »Wie geht es dir? Wie lebst du?« Ich spreche sogleich von den beiden Frauen. Sie meint, ich solle sie beide fernhalten, Geld verdienen, die üblichen Phrasen. Olimpia ist etwas älter geworden. Ihre Wangen leicht ölig. Sie hat ihren Balkon durch Fensterscheiben geschlossen. Blumentöpfe und Pflanzen stehen jetzt drin. Dadurch wird ihre Wohnung noch grösser. Wir setzen uns auf das grüne Seidensofa. Wir sind ganz allein, wie immer bei unseren nachmittäglichen Plauderstündchen. Olimpia ist eigentlich meine beste Freundin, denke ich. Sie denkt wohl dasselbe, denn sie sagt plötzlich: »Mit dir habe ich die engste Beziehung.« Dann kommt sie wieder auf Tejero zu sprechen:

»Sie haben ihn zu dreissig Jahren Haft verurteilt. Eine Schande für Spanien!« Sie meint wieder, ich solle diesen Fall zum Thema eines Buches nehmen. Sie hofft immer, in mir den Chronisten für ihre konservativen Auffassungen zu finden. Ich entgegne: »Der Fall Tejero ist uninteressant, eine völlig gestorbene Sache.« – »Das glaubst du wohl!« sagt sie herablassend. »Tejero wird noch Karriere machen in diesem Land!« – »Als Sträfling?« – »Er gründet jetzt eine Partei! Du kennst Spanien nicht!« – »Du noch weniger. Spanien ist anders als deine Wunschträume. Du klammerst dich an lauter hoffnungslose Affären.«

Vielleicht hat sie mich nur deshalb so gern, weil ich ihr ständig widerspreche. Ihre Natur ist katzenhaft. »Als Schweizer verstehst du ohnehin nichts von Politik. Du bist ein Ignorant. Aber charmant, und zudem nützlich. Weisst du, bald werden wir nicht mehr das Recht haben, allein in unserer grossen Wohnung zu leben. Dann bringst du eine deiner Schreibmaschinen her, und wir sagen, du hättest drei Zimmer und ein Bad gemietet . . .«

Wir fahren zum Supermarkt. Olimpia kauft Strümpfe, genau die roten der Göre von Neapel. Man sieht sie auch hier immer häufiger. Olimpia erzählt mir von ihren Bemühungen, Tejero die Haft zu erleichtern. Wir sitzen in ihrem alten, wackeligen Volkswagen Kombi. Ich muss, wie immer, ans Steuer. Es gibt für Olimpia kein grösseres Vergnügen, als sich von mir durch Madrid chauffieren zu lassen. – »Wir hätten heiraten sollen«, sage ich probeweise. Aber Olimpia schaut mich verächtlich an: »Bist du verrückt? Zwei ausgekochte Egoisten wie wir? Das gäbe eine Katastrophe!«

Sie erzählt mir, was aus ihren Freunden, die ich auch kenne, geworden sei. Auch Ramón mit der schönen Amerikanerin zur Frau hat seine Fabriken eingebüsst und die lächerliche Summe, die er dafür gelöst hat, bereits vertan. Er wohnt jetzt in einem Landhaus ausserhalb von Madrid, hat kaum Benzin, um in die Stadt zu fahren, und versucht, seine Misere vor seiner Frau zu verbergen, die natürlich längst alles begriffen hat und droht, nach Amerika zurückzukehren. Er behauptet, dann bringe er sich um, aber Olimpia fürchtet, dass er dann seine Frau umbringt. – »Und Rocio, die schöne, blonde Rocio, weisst du, was aus ihr geworden ist?« – »Ihr Freund hat sie "betrogen". Er sagte, er habe es satt, mit ihr auszugehen ohne richtig mit ihr zu schlafen. Darauf wollte sie ihn nicht mehr sehen. Er hat sie zum Schluss noch geschlagen. Jetzt hat sie sich wirklich von ihm getrennt. Sie lief mit einem verbundenen Auge herum. Sie ist völlig verändert. Du würdest sie nicht mehr erkennen.« Und dem kleinen, lustigen Juan, der stundenlang klassische Verse rezitiert, haben sie in sein Büro eine Bombe gelegt. Nur durch ein Wunder ist er dem Attentat entgangen. Er hat seinen Alteisengrosshandel aufgegeben ... All diesen reichen Leuten geht es schlecht. Die wenigsten haben noch Reserven. So sehr hat sich das Blatt gewendet. Aber Olimpia ist schlau. Sie erzählt, sie habe jetzt eine Fincha mit einem grossen Stück Land in ihrem Heimatdorf bei Cuenca gekauft, für alle Fälle. Sie will ein Haus mit einem einzigen grossen Raum und einem Bad bauen. Das Bauernhaus ihrer Eltern ist eingestürzt.

»Dorthin kannst du gehen und einen neuen Roman schreiben.« – »Auf einem einsamen Landgut im Innern Spaniens? Du kennst mich doch. Nach dem ersten Abend nehme ich das Auto und kehre in die Stadt zurück. – Übrigens, hast du nicht gesagt, das Haus sei eine Ruine?« – »Für dich gibt es immer noch einen Stall ... Aber wenn du nicht willst, geht Javier nächsten Monat hin, um eine wissenschaftliche Arbeit abzuschliessen. Seine Familie macht ihn verrückt.« –

»Wirklich? Was ist aus ihm geworden?«

– »Auch er ist ein armer Kerl. Du weisst, dass er praktisch Professor war und überall Vorträge hielt. Jetzt ist einer der Studenten, der bei ihm die Examina nicht bestanden hat, ein wichtiges Tier im Ministerium. Er versuchte, Javier zu rügen und herumzukommandieren. Javier schlug Krach und ist jetzt beinahe rausgeflogen.«

Der Sonntagnachmittag in Julianas Wohnung. Wir haben meinen Fall durchdiskutiert. Sie liegt auf meinem pompösen Sofa mit dem vergoldeten Rand, dem Bastgeflecht und den Seidenkissen, einem Prunkmöbelstück aus dem Palast von Andujar in Andalusien. Ich habe es hier gelassen, weil es für einen Transport viel zu gross war. Zudem passt es ausgezeichnet in ihren Salon.

Sie beurteilt meine Situation nicht neutral. Plötzlich flammt ihre Eifersucht auf, und bei mir der Ärger. Einmal rufe ich: »Jetzt nehme ich meine Sachen und fahre zurück!« Aber dann realisiere ich, dass ich ja nicht mehr hier, sondern zu Hause in der Falle sitze und hierher geflohen bin, um zu entrinnen. Vor fünf Jahren war es genau umgekehrt, als ich vor Juliana in die Schweiz floh . . . Wir beruhigen uns. Sie meint, ich stehe zwischen zwei Feuern. Es sei nicht eine Frage der Entscheidung. Sie führt wieder aus, dass keine der beiden Frauen gut sei für mich. »Die Japanerin ist hysterisch, eine Unsichere, die dir nie die nötige Ruhe geben wird. Und zu Lisa wird immer nur dieses unehrliche Verhältnis bestehen, bei dem du dich in der Rolle des Trinkgeldempfängers fühlst, der zudem so tut, als ob er niemals ein Trinkgeld annehmen würde.« Wieder erklärt sie, die Lösung könne nur meine finanzielle Unabhängigkeit bringen. Aber mir wird jetzt plötzlich der Grundaspekt der ganzen Angelegenheit klar: das Gefühl, dass ich mich in einer beruflich aussichtslosen Situation befinde. Die Angst, nie mehr etwas zu verdienen, die heraufkommende Wirtschaftskrise am Welthorizont . . . Bin ich bereits in die Vierte Welt abgesegelt?

Dann macht Juliana einen lustigen Vergleich. Sie sieht mich wie einen Drachen über Lisas Kopf fliegen. Lisa brüstet sich mit diesem Drachen und seinen kühnen Bewegungen im Wind und vor der Sonne. Aber plötzlich zieht sie mich an der Schnur zurück. "Un cometo", heisst ein Drachen auf spanisch. So schwebe ich voll von Illusionen von einer frei schwebenden Existenz. Ich zeige Lisa, wie ich den Wind auszunützen verstehe, meine Farben leuchten, es ist eine Freude, meine Schwünge zu verfolgen. Lisa schaut zu mir in die Luft hinauf und kann es kaum fassen, dass eine wie sie ein so ungewöhnliches Spielzeug hat. – Übrigens ist der Drache eine japanische Erfindung.

Die Bitterkeit, die in mein Verhältnis zu Juliana gekommen ist, seit ich Spanien verlassen habe, bricht immer wieder durch. Juliana hat mir im Grunde nie verziehen, dass ich sie nicht in die Schweiz mitgenommen habe. Ich gebe ihr wieder hundert Gründe an, die alle richtig sind, von denen aber jeder eine Beleidigung für eine Frau darstellt, der man sagt, man liebe sie. Ihr Sohn sei hier, sie habe hier ihre Stelle, ihre Wohnung, ihre Sprache, ihre Heimat. Sie meint, es wäre leicht gewesen, in einem Schweizer Spital für sie eine Stelle zu finden. Das stimmt aber nicht, denn schon vor vier Jahren waren die Stellen kontingentiert, und sie hätte wohl höchstens eine niedrige Beschäftigung erhalten. Doch der eigentliche Grund war ein anderer: Meine Rückkehr war ein eleganter Abschluss. Ich wollte in der Schweiz meine alte Freiheit wieder erlangen. Juliana hatte mich gestört.

Unsere Diskussion droht in Streit auszuarten. »Gehen wir in die Sonne, um auf andere Gedanken zu kommen!« schlage ich vor. Heute ist der 1. Mai. Aber wir rasen nicht wie früher über Land. Wir wollen Madrid nicht verlassen. Wir setzen uns an einen Tisch der Dehesa de la Villa, dem "Stadtrain", mit einem Restaurant unter Pinien. Plötzlich glauben wir, die Tatsache, dass wir heute nicht zusammen wegfahren wollen, sei ein Anzeichen dafür, dass unser Verhältnis nichts mehr tauge. Irgendwohin rasen, das hiess früher irrsinnig glücklich sein. Aber Juliana ist todmüde. Und abends müssten wir wieder zurück sein, weil sie morgen arbeitet. Ich empfinde eine grosse Beklemmung. Alles ist wie verwunschen. Meine berufliche Situation, meine Weiberklemme . . .: alle Verhältnisse mit Frauen gegen fünfzig arten derart aus. Wenn es einen plötzlich nicht mehr interessiert, wie sie nackt dastehen und sie das merken. Wie sie sich dann scheinbar damit abfinden. Dann die Krankheiten und Gebresten, die sich zu melden beginnen. Juliana hat ein angeschlagenes Rückgrat, von zwei Autounfällen her. Sie leidet neuerdings auch oft unter Schmerzen im Hüftgelenk, die man mit Radar behandelt. Aber sie kämpft weiter. Unsäglich traurig, dass ich ihr kein Geld schicken kann! Es brennt mich in der Kehle, auf der Brust. Wir schauen uns schweigend an. Ich denke: Nur wieder weg von hier! Aber wenn ich mir den Abschied vorstelle, packt mich schon wieder der Trennungsschmerz. Ich stecke in einem Labyrinth.

Wir fahren über den Universitätskampus zurück. Ich drehe noch eine romantische Runde auf dem Platz vor der Philosophisch-Literarischen Fakultät, wo ich damals Vertragsprofessor war. Ich schlage vor, nach Toledo zu fahren. Juliana ist schliesslich auch einverstanden. Aber bei der Santa-Maria-de-la-Florida-Kirche mit den berühmten Goya-Fresken halte ich an. Sie ist aber nicht offen am 1. Mai, da sie zu den Nationalen Museen gehört. Wenigstens ist nach diesem Halt die Idee, nach Toledo zu fahren, gewichen. Es wäre nur eine Kopie unserer Fahrten vor zehn Jahren gewesen, als es Toledo noch zu entdecken galt. Wir kehren nach Hause zurück. Juliana legt sich hin, macht das Fernsehen an, ihr bewährtestes Schlafmittel. Sie schnarcht aber nicht mehr, seit ich nicht mehr neben ihr schlafe. Ich setze mich in mein Arbeitszimmer an die Maschine. Olimpias Begeisterung von den "Possentagen" gibt mir Schwung. Mit strahlenden Augen hatte sie gestern erklärt: »Ich habe das Buch nochmals gelesen!« Juliana hat recht, wenn sie sagt: »Du bist nur glücklich, wenn du arbeitest.« Das erlösende Wort?

Am Dienstag will ich zurückfliegen. Ich habe keine Ruhe mehr in Madrid. Der Montagabend im "Cortes Inglés" an der Avenida de la Princesa, einem der grössten Madrider Warenhäuser. Das Nobelhotel Melià befindet sich im gleichen Gebäudekomplex. Etwas weiter unten hat Juliana ihren Abendjob, wo sie heute für etwa zwei Stunden hingehen muss. Über die zehn Jahre hat ihr Arbeitsplatz am Abend mehrmals gewechselt. Ich holte sie zuerst im alten Spital Santa Isabel aus dem 18. Jahrhundert ab, dann in einem neueingerichteten Labor in der schönen Prado-Gegend, und jetzt sitzt sie hier in einem nüchternen Büro und vertreibt sich die Zeit mit Fingerdrehen. Man gibt ihr absolut nichts zu tun. So will sie das Ministerium psychologisch "aushungern" und zu einem Verzicht auf ihren zweiten Arbeitsvertrag zwingen. Dazu gehören auch die ständigen Versetzungen in eine andere Abteilung. Schon wieder steht ein Wechsel bevor. Ihr jetziger Chef, Dr. Alvarez, ein junger Arzt, drückt ein Auge zu, wenn ich da bin, wie früher der dicke, alte Dr. Lopez. Ich warte kaum eine Stunde im "Corte Inglés", wo wir uns in der Plattenabteilung verabredet haben, bis sie kommt. Diese Abreisestimmung! Ich sollte überhaupt nicht mehr hierherkommen, um nicht in dieses Abschiedselend zu verfallen, das schon am Tag vor der Rückreise beginnt. Schon krampft sich mein Herz zusammen, wenn ich an unsere letzten Minuten auf dem Flughafen denke. Wir kaufen, um unsere geschundenen Gemüter mit Waren anzufüllen, Archivplatten zu lächerlichen Preisen. Alessandro Scarlattis Kantate "Endimione e Cintia". Ich höre einen Ausschnitt, unvorstellbare Musik! Mir kommt Asolo in den Sinn, Monteverdis Missa a quattro. Dann folgte Carissimi, und darauf Scarlatti. Wo sind die Engel, die diese Musik bevölkerten, sie möglich machten? Die Seligkeit der Kirche erstrahlte damals mitten aus dem Elend auf. Das heutige Elend ist industrieller, nüchterner Art. Schafft die Kirche noch eine karitative Seligkeit über ihr? – Die Arbeitslosenversicherungen und die ganze soziale Wohlfahrt hat diese Musik zerstört. Nach solchen Messen und Kantaten hat man früher Almosen verteilt. Die Backgroundmusik in diesem Warenhaus überdeckt die Krise. Sie tönt so breit aufgetragen aus Hunderten von Lautsprechern, dass einem beinahe schlecht wird. Wir fahren über mindestens sieben Parkebenen hinauf, die jede so gross ist, dass sie noch mit einzelnen Buchstaben unterteilt werden muss. Das harte, amerikanisierte, nie fertige neue Spanien mit seinen ruinierten Neubauten, den kleinen Rampen, die alle bereits beschädigt sind. Aber die Aktivität, die Härte, die den Madrider Liebreiz verdecken, sind ebenfalls von der Angst bestimmt. Draussen legt eine Kosmetikfirma französische Luxusprodukte aus. Das alles scheint niemanden mehr zu interessieren. Alle schränken sich ein. Die Welt ist kaputt. Man wartet auf ein Ende, das ganz sicher bald kommen wird; deshalb zählt der einzelne Tag mit seiner Sinnlosigkeit nicht mehr.

Aber plötzlich trifft Juliana einen grossen, gutangezogenen Chirurgen von La Paz. Er hat uns beide schon mehrmals in sein Haus in Asturien eingeladen, um mit ihm den ganzen Sommer zu verbringen. Hoch über dem Kantabrischen

Meer. Gäbe es Seeschlachten, die wir von dort filmen könnten? – Das Glück früherer Jahre steckt noch in diesem Angebot. Aber es ist nur eine Falle und würde mit einer langweiligen Reise enden.

»Sag mir jetzt, was ich mit Lisa machen soll!« fordere ich Juliana draussen plötzlich auf. – »Hart sein.« – Das Wort, um Pfingsten zu bewältigen?

Nach seiner Rückkehr beschloss Kotbub, sich nicht länger niederdrücken zu lassen. Er legte Lisa am Auffahrtstag einen Zettel in den Kasten: »Komme später, muss erst Taiko besuchen. Bringe Dir dann einen Fliederstrauss.«

So sollte alle Eifersucht durch offenes Spiel gebannt werden, und er hoffte, dass die beiden Frauen zu ihm als einem fairen Geist aufblicken würden. Das karge Golgatha war ja einem weidengrünenden Lorenberg gewichen, und an den Kreuzen spriessten Zwetschen-, Birnen- und Apfelblüten. Der Wind strich leise über die Lorenberghöhe und trug den Blütenstaub überall hin. Auch bei ihm zu Hause blühte alles, und alles war von Pollen bedeckt. Zuerst glaubte er, es sei die Asche vom Feuer, das er die halbe Nacht hatte brennen lassen, die Föhrenzweige mit frischen Nadeln. Aber die Asche vermischte sich mit den Pollen zu einer Schmiere, die auch an den Fensterläden klebte, welche er gestern mit Lisa frisch geölt hatte. Dieses Haus war gezeichnet: vom Feuer oder zum permanenten Blühen? – Jedenfalls gab es kein baldiges Entrinnen. – Juliana schrieb:

»Dein Arbeitsraum ist wieder verlassen, die Schreibmaschine zugedeckt. Ich habe die Blätter auf deinem Tisch geordnet und hingelegt. Du weisst, dass ich sie nicht lesen kann. Von der Botschaft ist ein Schreiben gekommen. Ich schicke es dir. Ein Mädchen hat angerufen, aber sie wollte nicht sagen, warum. Wann du zurückseist, hat sie gefragt. Das frage ich mich auch. Salve, Juliana.«

Am Nachmittag mit Taiko unter der Terrasse. Sie las einen japanischen Roman aus der Samuraizeit. »Wovon handelt er?« – »Schwer zu erklären.« – »Sag mir, wovon handelt das Buch?« – »Von Liebe und Freundestreue.« – Liebe und hohe Treue, das ist es, was Taiko sucht.

Der ganze Garten riecht nach Blüten. Wir sitzen halb betäubt. Auch auf Taikos Gesicht spielt sich Blühen ab. Glück. Wenigstens einige glückliche Stunden. Ein Nachmittag voller Illusionen! Er schaukelt in einem Kimono in der Hängematte. Er behielt Taiko hier, als Waffe gegen Lisa, die zu Hause sass. Taiko sagt so viele lustige Dinge. Schliesslich: »Jetzt gehe ich nach Hause und mache einen Salat. Ich schneide Blätter und Blüten von Büschen und Bäumen, je ein Stück, oder eine Nadel. Dann mache ich eine feine Sauce dazu.« – Einen Moment glaubte er, sie spreche im Ernst. Er merkte, wie er an Taikos transparentes Naturell gebunden war, nicht nur an ihre gelbliche Haut, an ihre scherzhaft-freundliche Kühle. Er staunte immer wieder, wie hübsch sie war, obwohl er sein Zerstörungswerk an ihr betrieb. – Und Lisa?

Mit ihr hatte er sich gestern abend so herrlich gefühlt. Er machte ihr Komplimente für ihren neuen Rock. »Eine tolle Frau bist du, Lisa! Wer dich besitzt, der hat eine starke Partnerin.«

Abends rief er sie an, eine tollkühne Handlung. Aber er wollte seine Unbewegtheit von diesem Problem weiterspielen und frei handeln, als ob nichts wäre. Lisa kämpfte, ihre ganze Natur bäumte sich gegen diese Erniedrigung auf. – Egal, egal! sagte er sich. Aber die ganze Nacht schmerzten ihn die Adern: Der Betrug war wieder in seinen Körper eingeschlichen. Es floss das Blut zweier drin.

Das eigentliche Pfingsttheater begann am Mittwoch vor Pfingsten. Mir graute vor dem herrlichen Blütenfest. Wie würde ich es bewältigen? Der erste Akt dieses neuen Passionsspiels dauerte bis in die Freitagnacht. Kann ich warten, die Glücksmomente mit Lisa zu beschreiben? Unübertrefflich! Eine Föhnnacht, warm, es regnet ganz leise. Wir sitzen unter der Terrasse, leicht betrunken. In Gottliebs Liegestuhl lasse ich mir den Regen in mein heisses Gesicht tröpfeln. Lisa flambiert noch die Brombeeren. Wir sind von den neuen Blättern des Pfeifenblütlers, der Glyzinie und des Zwetschgenbaums ganz eingehüllt. Hinter ihnen die unendlich gütige Nacht, die den leisen, heilsamen Regen spendet. Die alte Innigkeit mit Lisa. Das Mysteriöse, das Dunkel, nur die Flamme des Gasflambiergeräts, das Dickicht . . .

All die spanischen und biblischen Imperiumsversatzstücke im Gespräch mit den Gästen, die eben gegangen sind, bedeuten nichts mehr angesichts dieses Blätterparadieses unter der Terrasse. Ich könnte hier wirklich horazisch leben, zwar nicht von dem altmodischen "Mäcenas" auf der anderen Seite der Stadt und seinen braven Adlaten, die Leute wie mich nur beleidigen, aber dank Lisa. Dank ihrem Brombeerflambé. Dank der Sicherheit, die sie mir bietet. Dank den Blättern um mich herum. Und Zürich ist kaum weiter weg als Rom von Tusculum. Gleich unter mir sind Fabriken, die

Eisenbahnlinie und die Autobahn. Ich wohne genug entfernt, dass mich das nicht stört; es integriert mich sogar in die Gegenwart.

Dieser Moment des Stillstandes der Zeit in der Nacht ist vielleicht der höchste vom ganzen Sommer. – Er hängt mit Mabuse zusammen. Die Mabuses haben mir wieder Mut gemacht, mein eigentliches, altes Leben zu führen, mich darüber zu freuen und Verzweiflung und Depressionen als niedrige Chimären, die sich als Musen verkleidet präsentieren, zu vertreiben. »Weg mit euch!« will ich plötzlich schreien; aber die Chimären schreien und kreischen zurück. Es sind zwei Katzen, die sich unter meinen Büschen paaren. Sie lassen sich nicht stören, auch nicht durch Steinwürfe. Wieder ein unschöner Anfall von mir! Ich steige ins Haus hinauf, Lisa geht, und ich werfe mich in die Grube meines Betts. – Die Grube? Nein, in die himmlischen Pfühle! Wolken . . . Endimione e Cintia eilen Scarlattis damals neue Terzentreppen hinauf und hinab – wie wir auf den Parkhausrampen des Corte Inglés – die schliesslich bei Glucks Orfeo e Euridice enden: die Terze, der typischste Tonschritt der Klassik. Sie bedeutet die Anwesenheit des christlichen Erlösers. Vielleicht ist die Klassik der Höhepunkt des gesamten Christentums seit Jesu Geburt. In der Epoche der klassischen deutschen Musik hat der christliche Geist das ideale Mass an Ausbreitung in die Welt und an Vermischung mit Weltlichkeit erreicht. Endimione und Cintia schweben noch auf diesen Terzenbahnen, die Scarlatti erfunden hat, wie in einer Gondel auf der Achterbahn. »Sie drehen sich wie auf einem Sonnenstrahl«, sagt Juliana.

Ich erwache, ein neuer Mensch, in meinem Paradies. Am Morgen gehe ich, noch schlaftrunken, die Treppe mit den dicken Wollteppichen auf und ab, sogar auf der Kellertreppe liegen sie, was viele Gäste so sehr erstaunt. Dabei verdanke ich sie Fredi, dem Teppichhändler mit seiner Paula, der Piemonteserin. Er hat sie mir zu Spottpreisen verkauft... – Wie soll ich nun die Rolle des armen Dichters weiterspielen? Ein Dichterfürst, aber von der pikaresken Sorte, der es sich leisten will, eine ganze Stadt und deren Honoratioren hochzunehmen, von denen er dann wieder abhängig ist. Jetzt will ich mit der Siechenklapper durch die Hauptgasse ziehen und das Klagelied vom armen Poeten schnarren, das mir niemand glaubt oder über das sich diejenigen, die es hören, nur freuen. Nein, sie denken einfach: Soll er doch betteln gehen, wenn er glaubt, von der Feder leben zu können!

Mabuse wird auch von Lisas Kochkunst angezogen, und er schätzt meinen Weinkeller ebensosehr wie Gespräche mit mir über Literatur. Lisa hat diese Einladung wieder geschmissen wie in guten alten Zeiten. Ich redete mit Mabuse ununterbrochen. Ich konnte kaum schnell aufstehen, um eine neue Flasche Barolo zu holen, so intensiv diskutierten wir. Wir kämpfen gegeneinander, schneiden einander das Wort ab, um selber weiterzufahren. Wenn eine Diskussion hart und gut ist, besteht sie offenbar darin, dass die Gesprächspartner einander an den spannendsten Stellen unterbrechen. – Aber ich achte neuerdings darauf, einem Partner wie Mabuse das Wort wieder zu geben. Es ist hoffnungslos, zu warten, bis der andere fertig ist, wenn man etwas einfügen, einen Parallelfall anführen will. Wenn man den anderen weitersprechen lässt, muss man dann die Einschübe als Nachträge servieren, und so wirken sie langweilig wie Anmerkungen in einem Buch, die man hinten gesondert lesen muss.

So kämpfen wir am Tisch wie zwei Gladiatoren, während Lisa uns versorgt und Frau Mabuse mit liebevollem Lächeln zuhört. Mabuse ist als Rechtsanwalt das Streiten gewohnt. Er zieht alten Stils in die Redeschlacht, ein Vertreter der intellektuellen Opposition und Würde, vom bürgerlich-gebildeten Stand. Auch er gehörte früher zum Kreis der alten “Tat” und des Landesrings, hat also die gleichen Ursprünge wie ich. Nur ist er heute zur “Neuen Zürcher Zeitung” übergegangen, während ich auf den “Tages-Anzeiger” ausgewichen bin. Mabuse ist der Siegertyp. Wie mich dieser Mann befreit!

Wir schwatzen von Rechtsanwälten. Ich erzähle ihm meine Erfahrungen mit verschiedenen Rechtsanwälten Zürichs, die ich kannte und konsultierte, vom kleinen, jüdischen Ghettotyp ohne jede Kultur bis zum jüdischen Staranwalt. Mabuse ist ein Israel-Sympathisant. Zuerst glaubte ich, er sei selber Jude und ich müsse meine Vorstellung von der Physiognomie und vom “Typ” des Juden erweitern; aber Mabuse ist der klassische kämpferische Protestant, ein Kurfürst, der mit seinem ganzen Ideenheer siegesgewiss gegen die heutige Vermiesung der Welt durch die Halbgebildeten ins Feld zieht. Lachend, mit spritzigem Geist. Durch seinen Anwaltberuf lässt er sich nicht von kultureller Tätigkeit abbringen. Er schreibt Artikel und hält Vorträge. Seine Devise: täglich nur wenige Stunden arbeiten, die restliche Zeit studieren. Keine kleinen Fälle annehmen. Man muss sich freihalten für lohnende Aufträge. Nur dann verdient man gut. Er hat ein automatisches Telephon, das er auf “Raum” schalten kann. Dann tönt seine Stimme wie die vom echten Doktor Mabuse; daher der Übername. So spricht er mit sonorer Mörderstimme, wenn er sich ein Buch aus dem Büchergestell greift und mir daraus zitiert, meist Bücher von jüdischen Schriftstellern. Sein Interesse ist sehr auf das Jüdische ausgerichtet, wobei er natürlich auch die übrigen wichtigen Autoren alle kennt. Er sieht mich als einen Ausnahmefall unter den Schweizer Schriftstellern.

Mabuse ist aber ein ebenso guter Kenner der Musik, und er hat auch einen sicheren Kunstgeschmack. »Was für ein herrliches Aktbild!« ruft er plötzlich aus, als wir vom Esszimmer in die bequemen Sessel im Wohnzimmer gewechselt haben. Frau Mabuse liegt auf dem Sofa und schläft. Der italienische Wein war zu schwer für sie. Mabuse steht auf und betrachtet den Akt von Michel-Ange Houasse aus verschiedenen Perspektiven. Er lacht nur, als ich ihm erzähle, warum ich in Spanien, wo Männerakte noch schwerer zu verkaufen sind als hier, viel schwerer als Frauenakte, dieses Bild so günstig erhalten habe. Er findet das gerissen, betrachtet aber auch gleich das kleine Bild von Mikel Corn mit dem Schiff auf stürmischer See: »Ein schönes Meerbild«, kommentiert er. Ich erkläre ihm, dass der Baum am Ufer eine Steineiche sei, erzähle, wie ich die schönen englischen Blumenvorhänge, die Seidengardinen und die Galerien im alten Hauptgeschäft von Barasa in Atocha, einem Stadtteil von Madrid, dessen Name auf eine aus Antiochia stammende Jungfrau zurückgeht, erhalten habe, lauter Resten aus den Beständen zur Ausstattung alter Paläste. Dieses Geschäft ist inzwischen geschlossen worden, nur die Filiale am Velázquez existiert noch. Auch den Kirmanteppich übersieht Mabuse nicht. Ich weise ihn darauf hin, dass dieser Teppich tatsächlich ein Museumsstück ist, das einzige Fell, das mir mit Suleika nicht davonschwamm. Wie enttäuscht war doch damals mein Scheidungsanwalt, übrigens ein bekannter Zürcher Jude, als ich ihm klarmachte, unsere Vermögensverhältnisse hätten wir bereits durch einen privaten Kontrakt geregelt. Wir besassen nur Klamotten, aber dieser Teppich stammte noch aus Suleikas reichem Vaterhaus. Ich nahm ihn als Pfand für meine ersten in Suleikas “Kiosk” investierten Saläre. – Mabuse lacht. Ich brauche mich bei ihm gar nicht zu rechtfertigen, weil ich scheinbar wie ein Prinzkonsort lebe und mir zwei Geliebte halte. Mabuse hat längst alles durchschaut, aber es amüsiert ihn bloss.

Er nennt mein Wohnzimmer ein Büro, wohl wegen des

spanischen Schreibtisches. »Wenn einer ein so schönes Büro hat – kann er dann noch schreiben?« fragt Mabuse neckisch. Er habe einen Autor im Tessin mit einem wunderbaren Haus einmal gefragt, ob er mit einer so herrlichen Aussicht noch schreiben könne. Der sei dann über die Richtigkeit dieser Frage sehr erfreut gewesen. Die meisten Besucher meinten immer, habe er gesagt, es müsse ein leichtes sein, bei einer so prächtigen Aussicht auch gute Bücher zu schreiben. Dabei sei genau das Gegenteil der Fall. »Diese Frage verrät tatsächlich den literarisch Eingeweihten«, sage ich. Mabuse weist mich auf einen Artikel in der "Zürcher Woche" über die armseligen Interieurs in heutigen Romanen hin. Die meisten Autoren würden von Frauen ausgehalten, und der Titel dieser Recherche laute denn auch: "Cherchez la femme!" Vor allem Krankenschwestern und Primarlehrerinnen seien als Partnerinnen für "freie" Schriftsteller geeignet. Das deckt sich mit meinen Erfahrungen: Juliana ist eine medizinische Assistentin, und Lisa steht im staatlichen Dienst. Meine heimlichen und offenen Versuche, von wirklich reichen Gattinnen Geld zum Schreiben zu erlangen, endeten, wie bei Anna, in der lächerlichsten Sklaverei, und die Millionärinnen, die ich später noch kennenlernte, erwiesen sich als noch viel vertracktere Geizhälsinnen. Keine war in der Lage, meine Bücher zu verstehen. – Dieses Problem macht das heutige Mäzenatentum kaputt. Der Staat ist längst an die Stelle privater Kulturförderer gerückt und fördert mit seinen Kommissionen ebenfalls die Nivellierung.

Mabuse erzählt einige Geschichten von Bekannten und ungewöhnlichen Ereignissen. Er glaubt noch an die reale Grösse einer Geschichte, an deren stoffliche Attraktion. Eigentlich ist er noch fasziniert vom Typ der Frischschen Romanfigur, obwohl er Frisch selber nicht mag. Er erklärt, auch Frisch gehe auf die Vertristung dieser Welt aus. – Tatsächlich, Frischs “Blaubart”: alles andere als ein Possenbuch! Aber unsere Epoche hat sich längst eingeebnet. Die literarischen Figuren, die zurzeit im Kurs sind, müssen so gleichförmig sein wie der durchschnittliche Steuerzahler. Die grossen Vermögen werden getarnt. Reiche Romanhelden sind auf Bestsellerniveau herabgesunken, und vor allem gibt es keine Romanfiguren mit abartigen Charakteren mehr.

So lehrt mich Mabuse, die Welt wieder anders zu sehen. Ein Schriftsteller des gesamten gesellschaftlichen Spektrums wäre zwar heute willkommen, aber er wird von der Kritik nicht portiert. Am leichtesten haben es die sozialen Ankläger und die larmoyanten Frauen. – Als Romancier hat Mabuse selber viel Flair. Er schreibt flüssig und gewandt, heute eine Seltenheit. Er ist der einzige deutschschweizerische Anwalt, der einen Roman veröffentlicht hat. Eine schöne Auszeichnung für ihn, und ein jämmerliches Zeugnis für einen Berufsstand, der in anderen Ländern und Epochen häufig Romanciers hervorgebracht hat. Ich versuche ihn immer zu veranlassen, Fälle aus seiner Berufstätigkeit als Vorlage in Romanen zu verarbeiten. Aber er wehrt ab: das Berufsgeheimnis! Dazu ist er viel zu korrekt. »Ein Anwalt ist etwas zwischen einer Hure und einem Priester. Da gilt die absolute Schweigepflicht.« – Schade für die Schweizer Romaninterieurs!

Am Pfingstsamstagabend spaziere ich dann mit Taiko über den horazischen Brunnhöhenweg. Verschiedene Damen sind zu zweit auf der Piste. Sie schauen uns durchbohrend an. Gehen die vögeln? Nein, nur, weil Taiko, so ein butterhübsches japanisches Gesichtchen, einen so riesigen Dichterfürsten ausführt, den Adler und Seraphim umkreisen. Auch die Bäume sind ein Wunder. Einige strecken ihre Äste generös über den Hang hinaus, andere stehen verdorrt wie Mumien zwischen den lebenden. Wie wäre es, wenn unsere Toten neben uns weiterleben dürften? Eine Riesenbuche steht hart am Wegrand an der abschüssigen Halde. Wir schauen hinauf: alles hell, grün, die Abenddämmerung. Göttlich! Die Sonne ist eben untergegangen. Die Luft scheint noch matt hinter den Blättern durch, das Buchengrün breitet sich wie ein Schleier Endymions aus. Madrid? Neapel? Hier hausen doch die Götter! Da, auf dieser Brunnhöhe, die man mit keinem Flugzeug, mit keiner Autoreise erreicht. Kühe stehen im steilen Hang auf der Weide. Alle blicken in die gleiche Richtung. Taiko behauptet, das sei immer so. Aber wie wir zurückkommen, stimmt es nicht mehr. »Wie alles, woran man fest glaubt«, rechtfertigt sie sich lachend.

Die Buche ist ein Zelt des Fürsten, ein autonomes Reich. Hier und jetzt muss alles geschehen! denke ich. Auf nichts mehr warten. Pfingsten ist da! Der göttliche Geist strömt aus. Wer spürte ihn nicht an diesem Wiesenhang? Scarlatti hat solche Momente verewigt. Dank dem spanischen Vizekönig und den kunstliebenden Kardinälen in Rom? Wir sprechen vom heutigen Umgang des Staats mit seinen Künstlern. Scarlatti hat sich seinen Förderern aber auch zu Füssen geworfen, nach ihrem Geschmack geschrieben. Stimmt das? Nein. Die Künstler hatten eine ganz andere Stellung als heute. Im alten Spanien durften die Maler Seidenkleider tragen, wie die Adeligen, aber nur, wenn sie Gehilfen hatten, die ihnen die handwerklichen Arbeiten abnahmen, beispielsweise Schüler, die Farben mischten und Leinwände vorbereiteten. Sie mussten also notgedrungen reich sein. Aber sie waren auch gut bezahlt. Murillo erhielt für ein Altarbild umgerechnet rund zwanzigtausend Franken.

Aber ich bin schön naiv, die damaligen Ideen von Kunstförderung auf die heutigen Verhältnisse zu übertragen. Die Renaissancefürsten und Condottieri benützten die Kunst und die Künstler, um die Aufmerksamkeit des Volks von ihren Mordtaten abzulenken. Die Ärzte morden zwar, die Anwälte rauben und ziehen Vermögen ein, Geschäftsleute gehen über Leichen, aber sie haben dabei kein schlechtes Gewissen.

Taiko tröstet mich. Sie meint, es gehe wohl weniger um Literatur und Kunst als um die Plötzlichkeit, mit der alles auf die hiesigen Leute zugekommen sei. In den kleineren Städten fehlt der Schwung, um etwas Neues sogleich anzupakken. Solche Versuche kommen heute nur von links, und ich wende mich an die falschen Leute. Man hält mich deshalb auch für verrückt. –

Kurz vor der Dunkelheit fahren wir an den Ort, wo Taiko mit dem Mondfahrer gewohnt hat. Sie will mir einen Katalpabaum zeigen, den sie als junge Mutter gepflanzt hat. Ich bräuchte zur Abdeckung im Garten noch einen Baum. Taiko ist sogar neidisch auf meine Gartenarbeiten mit Lisa. Sie will mir beweisen, dass sie mich diesbezüglich ebensogut beraten kann; dabei wäre eine Katalpa im Blatt völlig falsch. Hanne hatte so sorgfältig auf die Blattgemeinschaft geachtet.

Taiko bekommt fast einen Schock, als sie sieht, wie die Bäume, die sie damals gepflanzt hat, inzwischen gewachsen sind. Dreizehn Jahre ist sie nicht mehr hier gewesen.

Wir steigen in unsere Schlafkammer im alten Lorenberg-Märchenhaus mit den von wilden Reben überwachsenen Mauern. Vor dem Einschlafen sagt Taiko, einer wie ich gehörte nach New York. In die erotischen Bars, wo man Frauen in engen Kleidern betasten könne. »Diese Umgebung täte dir gut.« – Doch Taiko ist es ja selber, die mir hier diese Atmosphäre ersetzt. Das Anglo-Asiatisch-Internationale. – Alle mögen sie. Überall ist sie gefragt. Gerade heute abend sind wir bei der Pappel zwei ehemaligen Freundinnen begegnet; die sie jetzt fast ein Jahr nicht mehr besucht hat. Auch ich könnte diese Leute leicht kennenlernen. Aber unser ungeklärtes Dreierverhältnis hindert uns, zusammen in Gesellschaft zu gehen, ausser im engeren Freundeskreis, der die Situation schon kennt. So isolieren wir uns, weil die bürgerliche Gesellschaft nur das Zweierverhältnis akzeptiert. – Stimmt das? Ist das nicht wieder eine Verschiebung des Problems auf "Verhältnisse", während sie in Wirklichkeit individuelleren Ursprungs sind? Ist es nicht einfach so, dass sich immer eine meiner Partnerinnen als die Betrogene fühlt, wenn ich mit der anderen irgendwohin gehe? Die "Gesellschaft" akzeptiert es ja, wenigstens zum Schein, wenn ich einmal mit Taiko, einmal mit Lisa komme.

Das intakte Zweierverhältnis ist eine Illusion. »Man kann nicht in die Zweierbeziehung hineinsehen«, sagt Taiko. Ich denke an jenes unergiebige Rowohlt-Buch über die Zweierbeziehung, das ich letzthin gelesen habe. Das Thema ist noch unerforscht, der Ansatz dieses Buches völlig verkehrt. – Auf der Brunnhöhe habe ich Taiko einige Parallel- und Abschneidegeschichten erzählt, für die ich mit Mabuse keine Zeit gefunden hatte. Sie fühlt sich dadurch sozusagen entschädigt für den gestrigen Abend. Wie schnell ist sie wieder getröstet! Auch Lisa. Beide wollen möglichst rasch wieder auf der Piste stehen, wenn sie ausgefallen sind, um der anderen keinen Vorsprung zu geben.

Kotbub erwachte in den Armen zweier anderer, der Sopranstimmen Endimiones und Cintias, die aus Taikos Schlafzimmerlautsprechern erklangen. Er hatte ihr die Platte geschenkt. »Hast du schon Blut?« fragte er sie. Sie ging ins Bad, um das zu prüfen. Es bestätigte sich, und so übten sie das fröhliche Lied auf eine der regel-rechten Arten, die es schwer machten, zwischen möglicher und nicht möglicher Liebe zu unterscheiden.

Wie Endimione Cintia, so schwor Kotbub Taiko, für sie allein schlage sein Herz. Aber Cintia glaubte dieser Platte nicht, weil Endimiones Antlitz zu schön sei, um ihr treu zu bleiben; und auch Taiko war überzeugt, Kotbub betreibe die Liebe mit Lisa weiter. Die beiden himmlischen Stimmen einigten sich in einem Schlussduett auf reziproke Exklusivität und erklärten in einer Verschwörung der Töne, das Herrlichste im Leben seien die Liebeserschütterungen im Menschenbusen – also “Passionstage” –, worauf sie zusammen als zwei Halbgötter in die Äonen entschwanden. – Kotbub stürzte sich in die Kleider.

Er hatte sich aber geirrt, wenn er glaubte, Taiko habe die Einladung der Mabuses mit Lisa nun stillschweigend verkraftet. Im Gegenteil. Sie wollte Kotbub endlich beweisen, dass sie genausogut imstande sei, eine solche Einladung zu schmeissen, und kam auf die Blitzidee, ein deutsches Ärztepaar aus dem Spital, mit dem sie befreundet war, einzuladen. Kotbub war es recht, denn dieser Chirurg, Dr. Ferdinand Schlag, würde vielleicht den Verkauf des in spanisches Leder gebundenen "Possen"-Manuskriptes an die Ärztegesellschaft vermitteln, als einen Beitrag privater Kulturförderung. Die Schlags nahmen die Einladung kurzfristig an und sagten mit dem Schwung der Deutschen zu.

Kotbub versuchte weiter an seinem "fair play" der offenen Karten festzuhalten, rief Lisa an und erklärte ihr, er sei heute abend mit Gästen geschlagen. Lisa spie Feuer ins Telephon, als ihr Kotbub trotzdem anbot, den Nachmittag musikhörend zu verbringen. Am Freitag hatte sie bei Musik Hug AG Glucks Orpheus und Euridice gekauft, ein neues Musikglück, das sie das Recht hatte, mit ihm zu teilen. Als sie nun erfuhr, dass er den Abend wieder mit der Japse, noch gar mit deren Freunden, verbringen wolle, hängte sie ihm das Telephon ein. So war sie auch heute abend wieder aus seinem Maigarten ausgeschlossen, dessen Blüten und Rosenknospen, Hecken und Blätter sowie neuermunterte Schnecken und wiedergefüllte Giessbrunnentröge, deren Wasserfläche bereits mit Weissdornblättern bedeckt waren, sie so gern genossen hätte, auch Kotbubs Geschlecht wegen, das er ihr so oft unter vielen Büschen hindurchgereicht hatte. Dies alles raubte ihr Taiko nun auch am Pfingsttag. Sie weigerte sich entschieden, am Nachmittag "schnell" zu kommen, weil sie dann gegen Abend, wenn sie die letzten Gräschen ausreisse, in Kotbubs Gesicht eine Ungeduld bemerke, bis sie sich endlich zu seinem Garten Eden hinaus und zum Teufel schere. – Er aber nahm sich vor, ihr nach Pfingsten trotz den psychomotorischen Repressalien gemeinsamer Italienglissandi und Asoloreprisen den Laufpass – oder gar den Stock? – zu geben.

Die Schlags sassen Schlag sieben in Kotbubs salmfarbenen Fauteuils, wo vorgestern die Mabuses gesessen hatten. Kotbub entkleidete sich noch oben seiner Seiden (denn er war ja ein Künstler mit zwei Bedienten), in denen er sich den letzten Purpur von seinem Schwert gerieben hatte.

Man ging unter die Terrasse. Die Schlags freuten sich, an diesem blütenbestückten Abend in Kotbubs Kunstgarten zu grillieren. Nur die Holzkohle wollte nicht brennen. Gretel Schlag, eine Pharmazeutin, brachte Fleisch aus ihrer Kühltruhe mit. Ferdinand Schlag zog das Gespräch gleich auf feuermechanische Physikalitäten und das heute fehlende Phlogiston, einen mysteriösen Stoff, der bis vor zweihundert Jahren brennbaren Körpern entwichen sei und den die Holzkohle heute nicht mehr abzugeben vermöge. Laut damaliger wissenschaftlicher Theorien, die Ferdinand, ein Liebhaber historischer Kulakerei, zur Würze des jetzt beginnenden Rauchs vortrug. Kotbub machte eine erste Anspielung und drohte nach Pfingsten seine sämtlichen Manuskripte, auch das in Spanienleder gebundene, in einem Feuergarben-Autodafé zu verbrennen, falls es niemand kaufe, auch kein Arzt.

Statt zu reagieren, liess Ferdinand Schlag seinem Mund nur weitere Phlogiston-Irrlehren entweichen. Kotbub wies darauf hin, was gewissen Staatsliteraten an vergilbtem Gestank im Schädel sitze, sei weder mit den überholten Methoden der Phrenologie noch durch Trepanation und Kinnhaken zu vertreiben, schwenkte aber auf den heimlichen Gedanken ab, statt der Experten doch die beiden Weiber zu ermorden, die ihn daran hinderten, in diesem Apollongarten ungestört seinen Musen zu leben. Aber er war es ja selber, der sich seine Musse immer wieder zerstören liess!

Der Feldscher Ferdinand zog nun einen Floh nach dem anderen aus seinem einstigen Geistesbildungswams hervor. Er frönte seiner Liebhaberei zu den Klassikern des alten, ungeteilten Deutschlands, die er seit seiner Pennälerzeit in Thüringen alle noch auswendig auf dem Leibe trug.

Kotbub schenkte ihm ein weiteres Glas kühlen Weines nach, aber Ferdinand hub nur mit einer neuen Schillerballade an. Kotbub erklärte rundheraus, er glaube nicht, dass man heutzutage mit den sprühenden Versfunken der Reimgeschütze aus der voratomaren Zeit in einem sündteuren Garten der Lüste – Frau Dr. Schlag blickte herüber – noch irgendwelche Schwänze heben könne. Schiller schmecke zu einem jäh der Tiefkühltruhe entrissenen Kuhprügel wie Sägemehl. Ferdinand möge seine klassische Bildung in bodybuilding umsetzen und sich durch Handstände in den Rosenstachelbeeten auf andere Gedanken bringen lassen. Sein heimatloser "Glocken"-Klöppel werde ihm dann vielleicht in der lehmigen, mit Torfmull und Rosendünger aufgeschütteten Erde – der von Lisa gepflegten, dachte Taiko – endlich anwachsen.

Ferdinand ging nun auf die Unverständlichkeit des Fallengelassenwordenseins durch die Alliierten ein, die den Russen Thüringen und Sachsen abgetreten hätten. Kotbub entgegnete, die Halbierung von Schiller und dessen Reimen sei doch schon auf der Jalta-Konferenz von 1945 abgekartet worden, der Esse unserer zweiten Jahrhunderthälfte, womit er den armen Ferdinand, dem seine abgeschnittene Heimat noch am Herzen hing, noch mehr niederdrückte.

Ferdinand war aus Verzweiflung über jenen Kahlschlag in Sachsen und Thüringen Arzt geworden. Er hätte lieber wie Kotbub Schiller nachgesetzt, wenn ihn nicht der plötzliche geistige Zwinger veranlasst hätte, sich auf objektivere Dinge wie die Medizinalien zu werfen. Er hatte schon lange vor, jene Ereignisse in den hiesigen Zeitungen, die ja damals frei gewesen seien – »Allerdings, im Unterschied zu heute!« rief Kotbub irrtümlich aus –, nachzulesen. Denn das alte, reine

Deutsche war ja nicht mehr gültig! Das merke Ferdinand ganz besonders in diesem Garten mit den vielen ausländischen Sträuchern.

Gretels Fleisch löste ihn von seiner Trübsal. Taiko röstete Salatblätter und dünstete Knoblauchzehen nach der Manier buddhistischer Sekten, die damit die wiedergeborenen Seelen ins Jenseits prasseln liessen. Mit solch entsubstanzialisiertem Kraut statt Kartoffeln auf dem Feuer dachte sie Lisas üppige Gerichte zu unterminieren; dieses Mahl sollte Kotbub nicht auf den Bauch schlagen! Aber alle lachten über dessen anhaltend dumme Witze, und Ferdinand schlug sich auf die Schenkel. Auch bei schlechten, wie dem, Taiko sehe aus wie ein mongolisches Wiener Dirndl, das jedes noch so trübe Gassen-Huhnrestaurant mit ihrem Buddha-Lächeln beleben könne. (Denn sie trug eine weisse Bluse und eine blauweisse Jupe, unter die ihr Kotbub vorher gegriffen hatte).

Die Fleischfetzen flogen hinter die Zähne. Kotbub erzählte von Spanien. Er könne in Asturien beim Feuern, wenn er im Sommer auf Villen von Freunden zu Gast geladen sei, im kantabrischen Ozean antike Seeschlachten zwischen Karthagern und Cartagenern beobachten. Auch laufe dort ohne weiteres gelegentlich ein Wildschwein vorbei, dem man mit dem alten Spiess des Cid sein Ferkel abjage und es gleich lebendig brate. (Taiko war nun überzeugt, es müssten diese taufrischen Spanferkel sein, mit denen Juliana Kotbub über Tausende von Kilometern und schon länger als ein Jahrzehnt am Gängelband führe.) Gretel schlug sich, auf einem rasenden Wildschwein reitend, von Spanien gleich in den thüringischen Wald zurück und erzählte, nach dem Krieg seien im Osten die Wildschweinferkelei und die Eberjagd mit jahrzehntelangen Gefängnisstrafen belegt gewesen. Auch das Waffentragen.

So hätten die Russen, die Besatzer, jeweils einen ihrer Dörfler geholt, wenn sie selber nichts mehr zu beissen hatten und einen Eber zwischen ihren Zähnen brechen wollten. Den nahmen sie dann als Schützen mit, und er steckte sich die Flinte in ein Hosenbein, worauf er, scheinbar steif, mit den Russen auf diese Nachtsauerei hinkte; denn das Sauwild kam vorwiegend nachts angeflogen. Der Steifbeinige wartete die halbe Nacht an einer Lichtung, gab aber genau im richtigen Moment, als nämlich die Sauen angedampft kamen, seinen Beinschuss ab. Die Russenhunde passten an einer anderen Waldecke, für den Fall, dass die Säue dort niederkämen. Nun liess aber der Dörfler noch einen zweiten Schuss aus seiner Büchse fahren und traf nochmals. Eine zweite Sau lag am Boden und streckte alle Viere von sich selber. Wie der Blitz zog nun der Dörfler sein anderes Bein und hoppelte zu den beiden Säuen – Kotbub dachte an seine beiden Weiber – zog der einen den Strick durch die Nasenlöcher und schleifte sie in die Büsche – (Kotbub dachte: mit Taiko oder Lisa unter den Weigelienbusch?) – und weidete sie aus. Als die Russen kamen, fragten sie ihn, warum er denn zwei Schüsse aus einem Fuss habe fahren lassen. Er aber, nicht steif, log, der erste Schuss sei ihm in die Luft gefahren (wie Jesus vor zehn Tagen! dachte Kotbub), und erst der zweite Schuss habe seinen Job getan (wann kam denn endlich ein verbesserter Jesus auf den Markt?).

Ferdinand erklärte, beim Sauschiessen sei es wie beim Phlogiston. Normale Jagdkugeln genügten nicht, um zuerst die Luft und dann noch eine Sau aufzuweichen. Man lade deshalb die Flinten mit Infanteriemunition, denn die Sauhäute seien so hart wie Schuhsohlen. Er schiesse gern hier unten im Garten einmal ein Loch in Kotbubs Schweinsledermanuskript, um das zu demonstrieren, wenn er dieses schon verbrennen wolle.

Taiko ballerte bereits den Dessert über den Löffel. »Am nächsten Tag«, sang Gretel weiter, »machten sich die Dörfler mit dem Steifbeinigen, der nun wieder mit zwei flektierbaren Knien gehen konnte, und mit Taschen und Plastiksäcken unter ihren Mänteln Richtung Sauwald auf. Im Untertannenholz trafen sie die dicke Sau an und zerlegten sie in Stücke. An Stricken hängten sie die an die jungen Bäume, auf dass das Wild sie nicht an sich reisse. Sie nahmen nur, was sich als Scheinbusen oder Scheinschwangerschaften unter den Kleidern verbergen liess. An mehreren Tagen gingen sie in den Wald und liessen sich von diesen Saustücken schwängern und bebusen, indem sie deren Portionen von den heimlichen Weihnachtsbäumen runterhängten und nach Hause trugen..« –

»Mitternacht!« schrie Kotbub vor Verzweiflung, um diese Sauflageoletten zu unterbrechen. Die Glut des Pfingstwunders glomm wütend in den Montag hinüber. Er reichte Gretel den Zwetschgenschnaps, um ihr die Zunge zu versengen, und rügte, ihre kantabrisch-thüringische Waldkantate entbehre der Pointe. Von Mabuse her hatte er noch kürzere und würzigere Geschichten im Ohr, auch sein Manuskript war ja noch nicht an den Arzt gebracht! Gretel lieferte, um den Vorwurf der Pointenlosigkeit zu parieren, eine zweite Nachkriegs-Nachtgeschichte aus Sachsen nach. In einem thüringischen See ging sie damals mit einigen Freundinnen nachts schwimmen, um den Russen, die so gern vergewaltigten, nicht aufzufallen. Doch plötzich sahen diese gewaltlosen Jungfrauen vor lauter Nebelbänken kein Ufer mehr. Wohin sollten sie sich nun wenden? Ihr frisches Fleisch schien plötzlich doch verloren! Aber da entdeckten sie einen Weidenbusch, der hell und klar auf dem Sumpf aufging. Sie kletterten auf dessen Äste und blieben bis zum grauen Morgen sitzen, stolz darauf, mit ihrem keuschen Fleisch, später, nach fast vier Jahrzehnten, in der freien Schweiz noch als Pointe und Entsprechung zu einer am Tannenbaum aufgehängten Sau einen Kotbuben zu befriedigen. Gretel hatte ihre Ehre als Erzählerin gerettet. Der Tag ging wie damals über der Weide bald auf. Und Kotbub sah den Herrn durch seinen Garten gehen, ein Wunder, ohne Fleisch zum Versengen oder Grillieren mitzubringen! Im Nebel fluchte und jesussirachte er aber über die vielen Petroleumlaternen, die hier seinen Heiligenschein unter den Scheffel stellten.

Kotbub suggerierte den Abschied, indem er den Gästen das Buch eines berühmten Freundes mit dem Titel “Die Kunst des wirkungsvollen Abgangs” herumreichte. Bald knatterten statt der Jesusraketen die Scheinwerfer eines Mercedesdiesel-“Erika”-Taxis vor die Tür. Die Schlags rollten unter Schrotfunkengeprassel im Gebührenzähler leise heimwärts, schweigend in die johlenden Polster vertieft. Die Taxe schlenkerte sie innerhalb von Minuten vor ihr Mietshaus.

Kotbub prüfte nochmals Taikos Rhododendronblüte auf Blut und zauberte Taiko und sich mit seinem Glückspilz auf ihrem porphyrenen Bäuchlein in den Schlaf hinüber. Im Traum sah er das schmerzerfüllte Dunkel, das Lisa aus den offenen Augen zu ihrer Zimmerdecke herausfuhr. Kein fremdes Gras zirpte sonst in seinem Garten. Sie zerschellten alle an den teuflischen Fratzen der Warzenspeier am Saiborstendach seiner Dämmerpagode, die alle bösen Geister in Ohnmacht fallen liess. Nur ein Kaninchen flog zwirbelnd über den Vorsommerrasen in seinen Korb und begann diesen zu nagen.

Gegen Mittag des Pfingstmontags rief er Taiko an, fand sie aber wütend über ihn, weil er sie gestern eine mongolische Serviererin genannt habe; die Schlags hätten sie entgeistert angeschaut. Sie mache jetzt endgültig Schluss. Lang genug habe sie dieses Verhältnis ertragen, nur aus Liebe! Aber jetzt sei alles zu Ende. Er halte sie immer nur am Rande der Stadt und ausserhalb der Gesellschaft, und wenn sie einmal Freunde einlade, beleidige er sie, um zu zeigen, dass er sie nicht ernst nehme. Nur eine Hiesige sei ihm wert, als die Seine zu gelten.

Kotbub war sprachlos über diese neuen Machenschaften böser Kobolde gegen sein Glück. Oder war ihm tatsächlich einer jener james-joyceschen Sprachteufel durch die Zunge geschlüpft? Im Lexikon hatte er vor der Ankunft der Schlags gestern den Artikel über die Mongolenfalte studiert. Er beteuerte, es sei alles ohne jede Absicht geschehen und er sei sicher, dass Ferdinand so wenig wie Gretel falsche Schlüsse gezogen hätten. Seine Saltomortali habe er nur gegen die lauernde Trockenheit des Abends unternommen. Aber Taiko war nicht zu trösten. Sie wolle nicht länger als "Fickmädchen" dienen. – Das sei Unsinn. Und die Schlags seien doch ihre Freunde und hätten nicht so schnell zugesagt, wenn sie ihr Verhältnis mit ihm unwürdig fänden.

Taiko erklärte, sie wären nur gekommen, weil sie die Absicht hätten, ein Haus zu mieten oder zu kaufen und ihnen Taiko einmal angedeutet habe, Kotbub vermiete seins vielleicht bald. Sie wollten sich diese Gelegenheit zu einer unauffälligen Besichtigung nicht entgehen lassen. Wenn einer schon sein Manuskript feilbiete, sei sein Haus sicher günstig zu bekommen.

Kotbub fand das alles eine periodisch-spinnige Umdeutung. Er fühlte sich wieder tot und geschunden und dachte, er habe sich in dieser Stadt zu lang aufgehalten. Es war ja alles verflucht. Er sah sich Taiko so hoffnungslos verfallen wie sie ihm. Die alte Familienschuld hatte freie Bahn, um sie beide zu zerstören. Seit seiner Jugend betrachtete ihn der Mondfahrer als einen Lump. Da wirkten verhexte Exkremente früherer Zeiten. Es sah so aus, als ob Kotbub dem Mondfahrer seine Frau nach ihren Jahren voller verrückter Parties geraubt habe, nur um sie in seinen Kot zu ziehen und auf ihr hocken zu bleiben wie ein Bub. Alles hing zäh ineinander. Warum wohnte Taiko gegenüber von ihm und sah gerade auf seine Terrasse? Das war eine Folterkammer, unentrinnbar.

Denn er war ja ein Feigling und wagte es nicht, mit Taiko die Hochzeit zu feiern, ohne Lisa einzuschliessen, oder umgekehrt. Die Silberpappel, deren Spitze auch Lisa von ihrer Wohnung aus sehen konnte, wirkte wie eine Antenne, durch welche die Betrogene alles vernahm. Und auch wenn er alles offen darlegte, was er bisher zu verbergen gesucht hatte, balgten sich immer die räudigen Knochen der beiden Weiber damit. Das Phlogiston fluoreszierte hinter seinen Como- und Antiochiagardinen, und seine Tetrarchengesten blieben wirkungslos in dieser kleinstädtischen Enge.

Am Abend ging er mit Lisa laufen, um den Veltliner von gestern auszudünsten. Cooparchitekt Küpfer sprang eben in sein Schwimmbassin an der Oberen Vogelsangstrasse mit den sterbenden Ulmen. Kotbub schuhte mit Lisa an dessen Prachtsbau vorbei und schlug sich in den Eschenberg-Hänsel-und-Gretelwald, der im Abendlicht wunderbar und geheimnisvoll erstrahlte. Füchse umtanzten die jungen Buchenblätter mit ihrem Grillen- und Mückengesang, Wildschweine suhlten auch hier aus Pfützen und feuchten Gräben, und plötzlich sah Kotbub den Esel stehen, der hier für ihn zuständig war; der riet ihm, einen anderen Pfad einzuschlagen. Dieser führe nur ins Dickicht und auf glitschigen Lehm.

Der Lauch und der Lattich. Die Grünblätterbedeckung seiner Scham, des Schmerzes, dass er Taiko verlor. Der Klee und der Waldmeister, das Efeu, die Nadeln. Keine Eichel hing hier an Jungtannen. Auch kein Trüffelschwein. Ostjapanische Säue hatten schon alles abgeebert. Erschreckt von der Überschwänglichkeit dieser Natur, der man so viel Böses nachsagte, schlichen sich Kotbub und Lisa zum "Bruderhaus". Diese Schenke war voll besetzt von vierschrötigen Bürgerflinten. Auf dem Spielplatz verschaukelten sie mit ihren Kindchen die letzten Stunden dieses freien Tages.

Hinauf über eine Höhe mit mächtigen Bäumen, durch Lichtungen zog er seine Gefährtin, die ihm von Klosterschulen erzählte. Wie es damals gewesen sei, als man ihr als einer Achtjährigen in der Kirche erklärte, sie müsse beichten. Sie wusste nicht, was das sein könnte. So etwas wie pissen? Sünde – was war das?

Durch kahle Böschungen mit mächtigen Wurzeln bis zu einem morschen Baumstrunkopferstock, einer geselligen Feuerstelle. Vor dieser Holzhackerhütte müsste man einmal mit seinen sämtlichen Freunden eine Nacht verfeuern, und dazu seine beiden Röschen in diesen Heissdornbüschen verbrennen?

Sie erreichten den Eschenberghof, an den geheimen Reservoirs vorbei. Aus den Luftschlitzen im Boden hörte man die gefangenen Dichter, die hier unter der Erde gehalten wurden. Sie wollten Passanten ihre Wunden zeigen, wurden aber vom Strahl gleich wieder weggeschoben, gurgelten, glucksten: die Ausgestossenen, die Versehrten!

Ein Wasserfall sprang über eine Felsnase; der Tümpel rief nach einer reinen Nymphe, einer Ophelia, die als schöne Tote schwamm. – Taiko oder Lisa? Sie balancierten über Holzstiegen durch einen sehr selten begangenen Forst: Da stand wieder der Esel, diesmal als Schimmel im Untertannengenadel, fletschte seine stumpfen Zähne, wieherte freundlich, knurrte dann plötzlich wie ein Gassenhund. Tränen liefen ihm über die Backen. Er gab zu, ein schuftiger Statthalter zu sein.

Auf der Höhe gegenüber prangte die stolze Kyburg, mit ihren Bollensteinmauern und den schmalen Fenstern, die in den bengalisch erleuchteten Buchenwald hinunterlugten, den Waffensälen und dem Ziehbrunnen bis in den Grundwasserspiegel des Flusses Töss, hundert Meter tief, der Folterkammer mit der Eisernen Jungfrau, die gefährlichen Sehern unter Türen- und Knochenknarren die Augen ausstach. Die Verwalter auf der Burg pipsten den Esel an, er solle schweigen.

Lisa und Kotbub stapften die Stufen in die Efeuhaine hinab, in die eibenbestandenen Hänge der Töss. Da war ein buddhistischer Waldbudentempel gewachsen, aus plötzlichen Rosawolken von asiatischen Dämpfen, die sich verbreiteten und auch Vögel gebaren, die trillierten, zwitscherten, sich mit den Flügeln schlugen, mit Klappergeräuschen. Sie umschwirrten Lisa und Kotbub, sahen sie aus ihren blöden Augen stechend an, spuckten ihnen Galle ins Gesicht.

Im Dunst über dem Tösslauf schwebten Fischer mit abgewandten Köpfen am Ufer. Kotbub wusste aus seinen Knabenjahren mit Guido Borsani, wie ungeheuerlich geil diese Holzgänge gegen Abend wurden. Ein lächelnder Mönch kam auf sie zu. Aus seinem Buchenstock spross eine giftige Blume, die sie so hell anstrahlte, dass es schmerzte. Der Mönch flüsterte in einer fremden Sprache, die Kotbub aber verstand: »Du gehst mit der Falschen in den Wald! Bete fünfzig Sekunden von diesem Jahr, dann wirst du die Richtige erkennen und mit ihr glücklich auf diesem Moos deiner Jugend schreiten, ohne abzustürzen. Schau die sanften Hügel: Taikos Haut!«

Die Dämpfe summten wie Vergammelte. Häher und Krächzer flogen hoch, Kiwifrüchte explodierten vor Wut über chauvinistische Wildgänse über dem Fluss, der auch für sie seine grünlichen Kupferwasser um die Ufer legte. Allerletzte freie Spaziergänger und nichtgeahndete Sonnenfrischler nahmen Bäuche und Badtücher auf, gingen über den feuchten Weg durch die Schlickgamaschen. Weiber lagen noch da und hatten ihre Brüste auf Farbkräuter geplatscht wie das gestrige Fleisch auf Taikos Salatblättern, bereit zum Grillieren.

Kotbub war endlich frei von Weibergier, die er früher hier mit Guido schier nicht gebändigt hatte. Er dachte, es lohne sich kaum, diese bestandenen Mütter anzuschleichen und ihnen im Unterholz beim Koten zuzuschauen. Auch Lisa erzählte die Mär von einem Vergewaltiger, der seit Ostern in der Gegend umgehe und die Frauen von hinten nehme, so dass keine ihn je gesehen habe; trotzdem sei er blond und spreche den Dialekt der Gegend. Vielleicht ein harmloser Koitusartist? Denn keine sei je von ihm schwanger geworden, nicht einmal bei Überfällen in Gemeinschaftsgaragen.

Sie gelangten zum Reitplatz, fast verendet. Der Mönch war ihnen auf der gegenüberliegenden Naturstrasse gefolgt, immer übler gelaunt. Seine sichtbare Bosheit quoll jetzt aus allen Nähten. Er wurde auf einem knorrigen Wagen gezogen, in seinem durchsichtigen Bauch sah man Tempelschlangen wühlen. Er befahl ihnen, auf ihren Flöten Bannmelodien zu spielen. »Bleib in meinem Geviert!« rief er. »Wir werden Lisa mit Taiko, aber mit schärferem Busen, eins werden lasen!«

Mit einem Ruck befreite sich Kotbub von diesem Kerl, der mit seinen scherbigen Fürzen die Lupenluft entzweiriss. Er entwand seine Lisa auch den Ahornen und den magischen Eichen, die gebeugt am Fluss standen, als ob sie Weiden wären. Sein Grossvater stärkte ihn, der vor fünfzig Jahren jeden Tag diesen Fluss lang in die Spinnerei gelaufen war, zweieinhalb Stunden ein Weg, und abends zurück zu seinem Weib.

Der ganze Tösshang war mit Brombeeren und leuchtendem Sommertang bestückt, mit Fischkraut und Sektenblättern, Scheissfliegenstengeln und Löwenzähnen. Beim Reitplatz erklommen sie das runde Brücklein. Es schwang sich für sie gleich wie ein Holzschnitzwunder in die Luft, von wo man die Kieselsteine unter den Fischchen blinzeln sah, auf dass sie diese verschluckten und mit auf ihre Reise nähmen, rheinabwärts, dem Meere zu. Mit der Liebe und Reinheit dieses Grunds, mit der Redlichkeit dieser Töss und ihrer Wälder war die ganze Umwelt vielleicht noch zu bewältigen!

Hinten, im Reitplatzbaumschatten, sassen die letzten Bratwurstsozietäten in Badanzügen, fast noch Italiener mit ihren Frauen. Einer hockte auf einem Klotz und zog die Harmonika am Arm, nicht so schrill, sondern mit den lustigen Melancholien des Südens, die sogar diesem schrecklichen Instrument entflossen, als der Diskant zur Wasserorgel, die sie oben bei der Kyburgbrücke im Lauchwald nicht gehört hatten, neben den Gebetsmühlen in den braunen Teuchelkanälen, wo sich Mönche ganz offen entblätterten. Junge

Italiener tanzten, die Hände schamlos erhoben. Ihre Kehrichtsäcke waren schon beiseitegestellt, damit sie die Stadtabfuhr morgen aufheben könne.

Sie gingen über den Reitplatz, wo noch die frühere Hornusserei in Kotbubs Ohren klang, den grossen Wegbuchen entlang. Die Italiener kamen jetzt einer nach dem andern in ihren stabilen Ford-Familienautos gefahren. Sie kehrten heim, an der offenen Waldschenke neben dem Schafstand vorbei.

Kotbub zog Lisa nochmals ins Holz hinein, um den Autos auszuweichen, in einen seltsam flachen Schrägwald, in dem man bis weithin sah, auch Rehe, die von heimlichen Panthern und Geparden lautlos ins Paradies hinübergerissen wurden. Ihr Fleisch hing wie an Plastikdärmen und wie in farbigen Bäumen. An einer Wegbiegung sahen sie nochmals den freien, noch nicht eingezonten Himmel durch wahnsinnig gewordene Baumäste hindurch. Sie zwirbelten sich in der Abenddämmerung in einem Tanz voll überbortender Freude, ein Lichtvergnügen auch für die Wächter, die Vögel, die nachsichtig ihre Pupillen senkten. Noch nicht genügend Mücken waren da, um eine kleine Nachtmusik zu formieren. Es war zu wenig lang warm gewesen, als dass sie sich bereits nackt hätten einfinden können, und im Frack ihrer Larven zu hexen lag ihnen nicht.

Auch hier hätte Kotbub das Saturnalienfest mit all seinen Frauen feiern können, auch mit Miryam! Aber es war ja Fahrverbot! Trotzdem standen die heute noch unangebrochenen Huren hinter Baumstämmen und guckten lüstern hervor, zeigten schon ein Stück von ihren Stiefeln und leckten an ihren Schenkeln, die aber erst im Dunkel vollvoltig phosphoreszieren würden.

Lisa strebte zum Truffsteinbrücklein, wo sie unter dem Schirm von Kotbub oft ganz schamlos geliebt worden war.

Aber jetzt schmolz hier ein allerletztes Scarlatti-Sonnenbündel unter den dunklen Blättern dahin. Es verzog sich nach oben, während sich Kotbub seiner Socken entledigte, der Fussblattern wegen. Lisa konnte kaum noch ihr Kreuz bewegen, denn auch sie war mit diesem lange nicht so weit gewallfahrtet. Beide beschäftigten sich nun mit ihren wunden Füssen mehr als mit den schönen Baumlandschaften im letzten Licht. Auch standen schon sachliche Eber am Weg, bereit, ihnen durch die geringelten Schwänze ganz offen in ihre verdutzten Gesichter zu scheissen. Doch duftete auch der wilde Moschus wie Aloe. Das muntere Phlogiston sprang überall aus dem Boden und brannte ihnen unter den Sohlen und Nägeln. Ihre grossen Zehen flammten voraus, um den Weg nach Hause freizufechten.

Kotbub war erleichtert, als sie endlich an der Bank vorbeikamen, wo ihn eine zum erstenmal in die Hand genommen hatte. Sie musste inzwischen morsch geworden sein. Es roch hier nach verbummelten Even. Das war immer eine teuflische Bachsenke gewesen, eine Freistatt der Unzucht, verrufen bei Vätern, die später hörten, was ihre Mädchen als Pfadfinderbienen auf Baumstrünken Honigsüsses getrieben hatten.

Doch Kotbub und Lisa waren entfernt von jeder Sünde ohne Lust. Die Fussblattern wollten nicht mehr vernarben und bedeckten bald auch ihre Gesichter. Trotzdem mussten sie noch die Baumschule durchlaufen. Die Nacht sank ihnen in die Arme, als sie zu Hause waren. Sie fühlten sich wie zwei heisere Solostimmen nach einer Terzenmotette zwei Stunden in der gleichen Plattenrille. Und der Mönch hockte schon bei der Feuerstelle und verwünschte Kotbub. Er drohte ihm, er wolle ihm morgen zeigen, was es heisse, seinen japanischen Kyburgpark mit einem hiesigen Wundertier zu durchziehen. Ob er die Wurzeln nicht gesehen habe? Die Nasen und Schultern versunkener Landsknechte, die der Gewalt der Samurais hatten entfliehen wollen und im Boden noch vergeblich ihre Knüppel gegen deren Knechte schwangen: tot.

Aber Kotbub traute seinen Augen nicht, als er plötzlich einen grünen Pfingstschein durch seine Büsche leuchten sah, der langsam herniederfuhr und dann stehen blieb. Kam Taiko, sein Herzleuchtkäfer, vom Lorenberg herübergeflogen? – Nein. Lisa hatte die portugiesische Schiffslaterne angezündet. Sie warf ein grelles Licht über den Garten und erleuchtete die ganze Verkehrtheit, in die er eine neue Ordnung werfen wollte, umflutete seinen Leib in der Decke, die er um sich schlug wie um einen Leichnam auf hoher See. Hatte Taiko diese portugiesische Jesuitenflamme denn nicht bemerkt? Warum konnten sie nicht zu dritt den Blättersalat dieser Büsche geniessen, ein räudiger Calvinist, eine sündige Katholikin und ein Japandirndl?

Frosch tat kein Maul auf, als er spät noch in seinen Wagen sprang. Nur knallte die Tür. Kotbub sass wie ein grantiger Eichbaum an seinem Feuer. Taikos Klagen stocherten wie Nadeln in den Kohlen, und auch Lisa traf der Schmerz, weil sie fühlte, dass er mit ihr allein nicht mehr glücklich war.

Laut Lady Shikibus Ficktagebuch musste er sich am Pfingstdienstag mit Taiko gegen die Regel wieder versöhnt haben. Wahrscheinlich rief sie ihn am Morgen an und sagte mit der Stimme einer Verendenden: »Egon, ich kann nicht leben ohne dich!« Jedenfalls lautete die Eintragung des Prinzen:

Die normalen, prosaischen Tage haben wieder begonnen. Taikos Kinder sind in der Schule; sie ist am Nachmittag allein. Ich gehe etwa um viertelvordrei zu ihr hinüber. Sie liest Goethes Iphigenie. »Endlich mal ein Drama ohne Liebesgeschichte!« Ich sage: »Und ich möchte endlich mal eine Liebesgeschichte ohne Drama erleben.« – Wie glücklich ich bin, sie wieder zu sehen. Ich betrachte ihr wunderbares, blasses Gesicht mit der flachen Nase, den freudig leuchtenden Augen. Alles strömt auf mich zu.

Ihre Wohnung ist unbeschreiblich inspirierend an diesem strahlenden Nachmittag. Man sieht von hier aus mein Viertel mit den kleinen Einfamilienhäusern. Die Zimmer bei ihr sind höher und grösser als bei mir. Wenn ich aus dem Fenster schaue, liegen die Gefilde meiner Jugend im Vogelsangquartier vor mir: die Häuser, an denen ich früher vorbeigegangen bin, um in die Stadt, auf den Bahnhof, wegzugelangen, durch den Wielandpark, der früher zum grossen Villengürtel um die Altstadt gehörte. Die Matossivilla ist jetzt mehreren recht geschmackvoll gebauten Einfamilienhäusern gewichen. Es war doch richtig, sie abzureissen. Auch das Elternhaus des Mondfahrers sieht man von hier.

Wir sind allein. Taiko wohnt in alten Möbeln, an die sie die Erinnerung an ihre Mutter bindet, mit vielen Büchern und Platten, ganzen Stapeln von Kunstbänden und modernen Bildern an den Wänden. Ihre eigenen Bilder schaffen diese seltsame Atmosphäre mit ihrem japanischen Violett und den ungeheuer feinen Blumen auf Gold. Sie zeigt mir Fehler auf einem früheren Tulpenbild. Plötzlich trage ich sie wie ein Kind zum Fenster. Sie wehrt sich, sie lacht. Ich setze mich mit ihr auf den Knien auf den Klavierstuhl. Wir sind zärtlich, ich küsse sie. Es ist unbeschreiblich. All meine Wünsche inbezug auf eine Frau gehen mit ihr in Erfüllung. Ihr einzigartiger Charme! Ein neues Geschenk der Frühsommergötter. Wir setzen uns an den Tisch und trinken Tee aus den antiken japanischen Tassen ohne Henkel. Ich gehe dann bald.

»Das Mythische, Mystische, Mysteriös-Mistige ihres Naturells!« schreibe ich auf einer der Maschinen. »Man verdaut sie geistig nie. Sehen wiederverliebte Frauen anders aus? Merkt man die konsumierte Lust an ihrer Gestik?« – André, der eine Dissertation über die Sprachen der Gestik in den verschiedenen sozialen Schichten schreibt, könnte seine Studien machen.

Wie ich ins Bad steigen will, ruft Taiko noch schnell an. »Es war schön, dass du wieder gekommen bist!« – »Was war schön?« frage ich neckisch. »Ja, das auch. So kurz, aber intensiv!« flüstert sie ins Telephon.

Die Pfingsttage sind jetzt vorbei. Zur Not sind wir ihren Strudeln entronnen. So schnell kommen keine Feiertage mehr. – Aber die Sommerferien nahen drohend: Schon kräuseln sich die Wasser wieder. Wir treiben bereits stürmischen Triften zu. Gibt es kein Entweichen? Die Ruder sind längst abgebrochen. Wir plantschen mit den Händen voran, und jedes versucht, unserem Gefährt seine Richtung zu geben. Warum nimmt mich kein Delphin auf den Rücken und reisst mit mir aus, in die Gegenden meiner früheren Sorglosigkeit, mit der ich mir alles vom Halse hielt? —Aber die Wirklichkeit hat mich längst fest an die Leine genommen. Ich bin dadurch die *wirkliche* Karikatur von Don Juan, dem legendären "Possen"-Reiter von Sevilla, geworden.

VIERTES BUCH: HOCHSOMMERWALLFAHRTEN

Taiko sah diese Sommerkalamitäten kommen und gab ihrer Schwester Terumi nach, die eine Reise zu ihrem Vater nach Japan vorschlug, der gegen die achtzig ging. Sie schützte allerlei Gründe für diese Reise vor, erklärte, ihr Vater sei gebrechlich geworden, sie würde ihn vielleicht zum letztenmal sehen. Zudem wollte sie einen berühmten Künstler besuchen, der sie in ihrer Aquarelltechnik beraten und vor allem fachgemäss in die Ölmalerei einführen sollte. Aquarelle brauchten viel zu viel Zeit und brachten wenig Geld. Sie hatte Angst, ihre freie Künstlerexistenz bald aufgeben und wieder einen festen Job annehmen zu müssen.

Eine Freundin hatte sie diesen Sommer einige Male nach Zürich in einen Kurs geschleppt. Aber der Lehrer war einer der typischen unintellektuellen und unwissenschaftlichen Künstler, bei dem sich Taiko nicht wohlfühlen konnte und der auch nicht viel von seinem Handwerk verstand. »Hier glaubt man immer, Intelligenz und Studium seien hinderlich zum Malen«, pflegte sie zu sagen. »Lass dir bloss nicht deine phantastische japanische Technik verhunzen!«, pflichtete ich ihr bei. – In Wirklichkeit wollte Taiko mit ihrer Japanreise bloss der sommerlichen Doppeltheaterverquickung ausweichen und mich mit Lisa in Ruhe lassen.

Meine eigenen Versuche, Geld zu verdienen, waren alle gescheitert. Aber mir was das egal; ich erholte mich nämlich von meinen Anfällen von Lebensangst. Und Lisa hatte nichts dagegen, dass ich mich wieder vermehrt auf ihre Börse stützte. »Ich weiss ganz genau: wenn du Geld verdienen würdest, flöge ich am nächsten Tag raus«, hatte sie einmal gesagt. Wäre es doch so einfach gewesen! Aber mein Verhältnis zu ihr war viel komplizierter.

So machte sich Taiko mit ihrer Schwester nach Japan auf, ohne dass ich mitfuhr und Terumi auf der Jettreppe kneifen konnte. Am Tag vor der Abreise wurde Taiko noch ihre Wohnung gekündigt. Sie musste aus dem herrlichen, alten Rebenhaus ausziehen, das sie nun bald fünf Jahre gemietet hatte. Der Besitzer brauchte die Wohnung für einen Sohn, der vom Ausland mit seiner Familie zurückkehrte.

Die gespenstische Situation, dass wir einander von unseren Häusern aus sahen und beobachten konnten, würde dadurch weichen! Taiko sah nun bald nicht mehr, wenn ich nachts nach Hause kam und in meinen Estrichfenstern das Licht anging, ich nicht, ob sie nachts noch las und ich sie vielleicht noch anrufen konnte. Und Lisa würde nun nicht mehr wachsam und angstvoll auf meine Blicke zum Lorenberg hinüber achten und sich darüber ärgern müssen, wenn ich den Tisch auf der Terrasse vom Geländer wegzog, damit Taiko uns nicht sehen konnte.

Aber wenn ich hoffte, dass damit eine Lösung näherrückte, so irrte ich mich; denn sogleich entstand ein neues Problem: Mein Haus stand ja praktisch leer und wartete auf eine wohnungssuchende Familie, deren Mutter meine Geliebte war. Wenn nun Taiko einzog und mir Miete bezahlte, wären plötzlich auch meine elementarsten Lebenskosten gedeckt. Die ganze Situation rief geradezu nach einem gemeinsamen Haushalt. In meinem Estrich mit der kleinen Küche und dem Bad hätte ich weiter “schreiben” können, während Taiko mit ihren Kindern die unteren beiden Stockwerke bezöge. Den

Haushalt besorgen und den Garten pflegen – das konnte Taiko ebensogut wie Lisa. Nur waren inzwischen alle Räume möbliert; aber die wenigen Möbel, die Taiko besass, hätten leicht untergebracht werden können. Doch ich hatte eine panische Angst vor Störungen von anderen Hausbewohnern. In meinen Zürcher Wohnungen hatte ich genug unter dem Radio und dem Fernsehen der Nachbarn gelitten. Deshalb sass ich ja wie ein Einsiedler in meinem Haus.

Alle Freunde, die meine Lebensart kannten, rieten mir dringend davon ab, Taiko bei mir einziehen zu lassen. Das Leben mit fremden Kindern würde ich nicht ertragen, sagten sie. Aber ich malte mir unseren gemeinsamen Haushalt in den schönsten Farben aus. Ich dachte an ein Leben voller Innigkeit mit Taiko, ganz abgesehen davon, dass wir dann immer beisammen waren und das zeitraubende Hin und Her wegfallen würde.

Diese Wohnungsgeschichte verschwieg ich Lisa. Sie wusste nichts von der bevorstehenden Veränderung.

Aus Japan schrieb mir Taiko nur zwei Karten mit ein paar Worten. Terumi bewachte sie streng; und sie selber nahm sich offenbar wieder einmal vor, mich zu vergessen.

Ich spürte eine grosse Erleichterung, als sie weg war und mich ihre Abwesenheit aus unserer Zwickmühle befreite. Für drei Wochen kehrte wieder die alte Ruhe mit Lisa ein. Wir genossen sie so sehr, dass wir beschlossen, überhaupt nicht zu verreisen. Die Ferien hier zu verbringen, ohne von der "anderen" gestört zu werden, das machte unser Haus zum herrlichsten Luxushotel, welches wir uns denken konnten.

Aber schon am Tag nach Taikos Abreise lud ich eine Ingrid zum Kaffee ein, eine Halbtagsangestellte auf einer Bank, auf die ich schon lange Appetit verspürte. Ihre Telephonnummer stand noch auf dem Block neben derjenigen Taikos.

Als ich vor gut einem Jahr Taiko zum erstenmal anrief, hatte ich vorgehabt, gleich darauf Ingrids Nummer zu wählen, falls ich von Taiko einen Korb erhielte. Aber Taiko hatte ja gleich zugesagt, und auch Ingrid kam sofort und setzte ihren Arsch in einem leicht durchsichtigen Kleid, das auch ihre herrlichen Brüste ziemlich frei liess, auf meine Terrassenbank. Alle wollten einen Schriftsteller kennenlernen. Im Haus zu bleiben lehnte Ingrid ab. Statt sie gleich wieder wegzuschikken, holte ich meine Bücher eins nach dem andern und legte sie ihr mit Erklärungen vor, Rechtfertigungsversuche meiner freien Existenz, die vor diesem Huhn immer lächerlicher wurden. Ingrid hatte bei einem "Schriftsteller" an alles andere gedacht als an einen Mann, der nichts verdiente. Dass ich nur von diesen und für diese paar Bücher lebte, das hatte sie sich nicht denken können. Sie erkundigte sich auch immer direkter danach, wie ich meinen Lebensunterhalt bestreite. Ich wich zuerst aus, packte den Stier aber dann bei den Hörnern und erklärte rundweg, ein Schriftsteller verdiene heutzutage nichts, auch wenn er zu den besten gehöre. Er brauche eine Freundin, die für ihn zahle. Ingrids Mundwinkel fielen herunter, und sie blickte mich ungläubig an. War das dieses interessante Leben mit ständigen Parties voll gesellschaftlichem Glanz?

Dann erzählte sie mir ihre eigenen Lebensumstände. Ich schlürfte diese zunächst wie Balsam ein, nur weil es um etwas anderes als mein eigenes Theater ging, aber bald wurde mir diese Beichte so langweilig, dass ich fast nicht mehr zuhören konnte. Interessanter gestaltete sich die Sache erst wieder, als sie mir erklärte, ihr Freund müsse doch endlich begreifen, dass sie nun, nach ihrer Scheidung, nicht mehr einem einzigen Menschen gehören wolle. – Konnte man mit Ingrid vielleicht ein offenes Gespräch über einen legeren Fick auf der Terrasse führen? Eine vorherige Absprache der

Stellung treffen und dann direkt zu Taten schreiten? – Aber sie zog sich bald zurück. Im Korridor versuchte ich sie noch schnell gegen die Mauer zu drücken. Ich konnte ihr aber nicht mehr als ein Küsschen rauben und kam mir dabei vor wie ein Gymnasiast. Als sie abgedampft war, rieb ich mich ein paarmal und schrie: »Ingrid!« in meinem leeren Haus. Aber ich war ernüchtert, weil ich erkannte, dass ich doch eine so gewöhnliche Frau wie diese Ingrid überhaupt nicht mehr ertragen konnte. Taikos Raffinesse, ihr Sinn für Literatur und Kunst liessen diesen Versuch mit Ingrid zu einer bedeutungslosen Eskapade werden. Ich rief mir später Ingrid noch ein paarmal in Erinnerung, bis ihre Zitzenbrüste in die Gefilde der verblassenden Vorstellungen abgesegelt waren.

Mit Lisa verbrachte ich die folgende Zeit zu Haus. Am Abend grillierten wir meist, und das endete dann mit einem wilden Feuern bis tief in die Nacht hinein. Der Schmerz des missratenen Sommers, den Taiko in Japan allein verbrachte, bohrte mir im Kopf. Und ich ärgerte mich auch über die verpasste Japanreise; die Nachtigallenböden in den alten Palästen quietschten ohne mich unter den Schritten der Touristen. – Mit Lisa verbrannte ich halbe Bäume, bis sie endlich ging. Eine peinliche Situation, die auch sie voll realisierte.

Wir unternahmen auch gemeinsame Radfahrten. Lisa hatte mir ein neues Fahrrad gekauft und folgte mir auf meinem alten Klappvelo. Ich hatte eine spezielle Radwegkarte auf einen Halter geklemmt. Oft fuhren wir nachts, nach unseren üppigen Mahlzeiten, noch los und lasen die Karte mit der Taschenlampe. Wir kamen uns vor wie Astronauten. Die laue Mittsommer-Sternennacht stand wie eine riesige Halbkugel über uns, und die Dörfer, die wir durchfuhren, nahmen keine Notiz von den beiden Besuchern, die sich ihrer Wahrnehmung entzogen.

Tagsüber fuhr ich gelegentlich allein los. Wenn ich an einer Steigung oder hinter einem Berg erschöpft stecken blieb, setzte ich mich in eine Kneipe und rief Lisa an, sie solle mich mit dem Auto holen. Obwohl sie jeweils sofort losfuhr, um mich der Gefahrenzone, in der ich mich befand, zu entreissen, hatte ich mich, bis sie da war, bereits gestärkt, was die beabsichtigte Wirkung der Radtour in ihr Gegenteil umkehrte.

Vor allem aber klemmte ich mich hinter mein Manuskript. Aber ich verlor neue Zeit mit mehreren Gesuchen um "Förderung" und "Werkbeiträge", die alle erfolglos blieben. Ich war nie bereit, von einem Roman, an dem ich arbeitete, zu verraten, um was es ging, geschweige denn, Werkproben einzureichen. Allein schon dadurch kam ich ins Hintertreffen im Vergleich zu anderen Autoren, die über ihr "entstehendes Werk" noch so gerne Auskunft gaben. Dadurch ergaben sich bereits die ersten Reibungsflächen mit den Kommissionen. Ich wies auf meine "Possen" hin und erklärte, sie seien genügend umfangreich, um für ein Gesuch herzuhalten. Werkproben und Projektbeschreibungen könnten sie doch höchstens von Anfängern verlangen. Ein Autor sei kein Architekt, und wenn er etwas auf sich halte, komme er solchen Forderungen niemals nach.

Die Ablehnungen erfolgten dann auch alle prompt und mit der Begründung, die "Angaben", welche die Kommission über mein "neues Projekt" erhalten habe, seien "zu spärlich" gewesen, und man habe sich "trotz intensivster Beschäftigung mit meinem letzten Roman von dessen künstlerischen Zielen nicht überzeugen lassen können«. In Wirklichkeit ging es doch nur darum, dass man mir zeigen wollte, wer der Stärkere sei, und dass gerade einer, der so schreibe wie ich, nicht meinen müsse, er habe "Sonderrechte". Niemand traute mir ernsthafte schriftstellerische Absichten zu, und meine prinzipielle Geheimhaltung wurde als blosse Heimlichtuerei und Überheblichkeit abgetan.

Obwohl ich der Zange der beiden Frauen vorübergehend entschlüpft war, geriet ich jetzt, wenn ich täglich einige Stunden arbeitete, umso mehr in Furcht und Zittern, weil ich realisierte, dass mich dieses Buch dann noch mehr in Schwierigkeiten mit ihnen bringen würde. Ich schrieb mich selber in die Tinte, und eine Art Verwesungsgeruch schlug mir aus meinen Papieren in die Nase, was allerdings fast immer der Fall gewesen war, wenn ich an einer guten Sache schrieb. Nur erschien mir noch nie alles so unerträglich wie hier. Durfte ich Taiko in dieser Kleinstadt preisgeben, wo sie jedermann erkennen konnte? Und Lisa? Noch schlimmer! Sie hatte während meines Aufenthalts in Solothurn, als sie das Haus putzte, auch im Manuskript gelesen. Das gestand sie mir später. Sie sass ganz gebrochen da und erklärte mir, sie sei sich bewusst, dass sie durch diese Indiskretion unsere Freundschaft zugrunde gerichtet habe. »Aber«, sagte auch sie, »ich will raus aus diesem Buch!«

Für mich war dadurch die Situation erst recht unmöglich geworden. Lisa wusste nun, dass ich sie auf dem Papier darstellte, während ich weiter mit ihr zusammenblieb. Das brachte eine besondere Drehung der Schraube in die Sache, zumal ich ja einen Verrat an Taiko beging, die mich von Anfang an gewarnt hatte und nun annahm, ich hätte das respektiert. Ich fragte mich jeden Tag, ob ich jemals aus dieser Zwickmühle rauskäme, ohne diesen Roman aufzugeben. Und Lisa hoffte insgeheim, er möge mir misslingen, wodurch sich das Problem von selber lösen würde.

So verbrachten wir unsere Hausferien doch in einem recht geteilten Glück, fast wie zwei Gangster mit einem Auftrag, bei dessen Ausführung nur einer überleben konnte. Erst unmittelbar vor Taikos Rückkehr – ich wusste nicht genau, an welchem Tag sie kam – entschlossen wir uns noch zu einer Art Frankreichfahrt zweier Galgenvögel. – Oder doch wieder nach Italien? – Wir konnten uns nicht entschliessen, bis wir beim ersten Blinklicht nach Westen, und nicht nach Süden, abbogen.

Am Mittwoch fuhren wir, Lisa und ich – sagen wir, fuhr ich mit Lisa, denn ich bin das Ich dieses Buchs, dessen heimlich-unheimliche Doppelexistenz alles Wirkliche in den Schatten stellt – fuhr ich also mit mir, mit Lisa, die in Wirklichkeit leibt und zum anderen ebenfalls Buchperson ist – fuhr ich los mit mir, mit Lisa und ihrer Doppelgängerin auf dem Papier, also zu viert, vorerst im Auto, um dann mit dessen Vorderreifen direkt aufs Papier zu gelangen – was noch teurer ist als die Autobahn – fuhren wir wie immer erst am Nachmittag los, als sich die Sonne schon wieder auf den absteigenden Ast gesetzt hatte, den sie sich täglich selber absägt, die dumme Himmelskuh! fuhren wir, ohne das zu bedauern; denn bis zum nächsten Tag zu warten hätte nur bedeutet, dass wir dann wieder zur gleichen Stunde gestartet wären.

Wir fühlten uns bereits von Taikos Rückkehr aus Japan bedroht. Ich wollte Lisa noch einige Tage unverfrorene Ferien gönnen. Kann man sich diese Doppelfahrt vorstellen, teils von der herrlichen Asoloruhe bestimmt, andernteils schon vom nach-asolinischen Lisa-Taiko-Theater bedroht, das jeden Moment den Vorhang zu seinem nächsten Blutakt heben konnte? Es war alles wie eine antike Tragödie, aber ohne Ende, jeden Tag eine neue Katharsis! Ein Dauerkatarrh, der sich zu erstickenden Hustenanfällen verdichtete, jetzt schon länger als ein Jahr.

Befanden uns aber bald auf der Strecke nach Basel, die wir wählten, weil die Gotthard-Route nach Asolo verstopft war. Wir steckten ihm einen bis Basel, hoppten im gestreckten Audigalopp. In Basel wussten wir nicht, ob wir uns einen Freipass zur Durcheile durch diese Stadt besorgen oder uns drin aufhalten wollten, denn wir haben Freunde dort. Lassen wir sie aus diesem Spiel, das ja nichts als ein Wortspiel ist! Wir fuhren durch. Ich glaube ich lehnte im Liegesitz, und Lisa fuhr mich durch den Zoll wie den nichtdeklarierten Leichnam, der im Suleikenroman in einem gläsernen Sarg durch den Basler Karneval hindurch ins etruskische Highlife fährt: in den Saus und Braus der Unterwelt. Aber ich las einen Krimi von Patricia Highsmith, fragte Lisa, die ihn auch gelesen hatte, was daran schlechter sei als an den sogenannten literarischen Büchern von heute. »Nichts«, fand sie, »alles besser.« Fuhren wir hinter der Grenze los. Lisa zog Scheine aus einer Bank neben dem Monoprix in St. Louis, vor Altkirch kriegen wir dann die Autobahn unter die Reisereifen, brausten durch den französischen Jura. Ich war vom Hochgefühl eines Liegesitzpatriziers getragen. Mein ganzer materieller Kater war verschwunden. Lisa, meine Lady-Chauffeuse, gibt freimütig, ohne zu beschämen, nicht wie Anna, mit stechenden Augen und vorwurfsvoll. Wurde ich kriminell? Die Kehle war mir noch eng von der Verengung der Wirklichkeit auf dem Papier. Ich führte meine abgründig teuflischen Gedanken mit. Wo warf ich sie allesamt aus dem Fenster? In Beaune? Wir fuhren weiter nach Châlon, einer Schaluppe, voll von früheren Burgunderlebnissen, als ich noch vom Wunsch getrieben war, in mein Häuschen einen Ludewig XII. oder XIII. zu stellen, einen Sessel, der mir aber mit seiner ausladenden Stuhlbarkeit ein ganzes Zimmer verbarrikadiert hätte. Zum Glück ist diese Louis-Idee inzwischen zu Vernunft geworden!

Ich lasse, grosszügigerweise, auch die früheren Châlonfahrten in die Gefilde des Unvergesslichen abgleiten, wo schon Ingrids Brüste segeln. Ins Unendliche, das an den Stirnfenstern der Wirklichkeit eine Art Semifreddo-Eisblumen bildet. In unserer sommerhitzlichen Verzweiflung ging's ins Weindorf Mercurey. Die Autobahn kostet nur fünfzig Francs, einen Pappen-, Lappen-, Rappenstiel (was bedeutet Pappenstiel?).

In Mercurey, dem Dorf mit dem schon etwas leichteren Burgunder, fanden wir aber keinen Magenanschluss an das Relais Gastronomique du "Val d'Or". Wir hatten hier schon einmal geschlafen, Lisa und ich, mit Berényi nebenan, ich stöhnte nachts wie ein Schwerkranker, weil ich zuviel Gastronomicken gegessen hatte. Anderntags kam Berényi in unser Zimmer geeilt und fotographierte uns, zwei elendiglich in einem Bett gefangene Mäuse. Wir konnten uns nicht unter unsere Nachthauben verkriechen. Er sagte, er habe die ganze Nacht onaniert, weil er mich soviel habe stöhnen hören. Er glaubte, ich sei dran, Lisa alles auf Gastronomisch abzugelten, während ich doch in Wirklichkeit statt Lisa den offenen Orkus vor mir sah. Ein weiteres bares Wunder von Verwechslung des Bösen mit Elysium.

Wir fuhren also diesmal weiter, von der Absage der Wirtin an unsere Völlerei-Absichten durch cäsarogallische Abendlandschaften getrieben, auf der kleinen, falschen Strasse, die nur umso schöner war, viele Kilometer ohne ein einziges Haus, nur Efeu- und Mistelbäume an der Strasse, weisse Burgunderkühe (wir ahnten noch nicht, wie ihnen zumute war.) auf den Weiden, Hügeln, Wäldern, bis wir schliesslich in einem kleinen Ort an einem Flüsschen, das sich vielleicht Sète nannte, ein Kronenbourgbier tranken. Inzwischen hatte die burgundische Nacht die Sonne längst von ihrem Ast vertrieben. Wir fanden ein Hotel, es war eine miese Bude. Wir wollten weiter, die Mieswirtin liess uns mit saurem Gesicht ziehen, nach Nevers, in ein Drei-, Vier-, Tausendstern-Sassahotel.

Anderntags bis Tours. Um es kurz zu machen, hatten wir uns schon mehrmals in Tours befunden und in der Kathedrale an den Renaissance-Seitenschiffsäulchen (backbords) gelehnt. Alle paar Jahre waren wir wieder da. Tours war für uns das ständige Ziel einer Art Tour de France über mehrere Jahre. Wir schliefen in der Kavallerie- und Kadettenstadt Saumur. Da lebte noch Balzacs "Eugénie Grandet", die Böttcherstochter! Der herrliche Wein, der durch die Kehlen von Rabelais' und Balzacs Figuren fliesst. In Chinon, der Gargantua-Stadt, ärgerten wir uns über eine Lautsprecherkette durch die berühmte Rue Voltaire, die Hauptgasse mit den historischen Häusern; uns nervte auch der ganze Jahrmarkt auf dem Platz, lauter Verschissmusik! Eine Fischhändlerin erklärte uns, wo wir den berühmten Chinon-Wein erhielten; sie wies uns auf einen Gutshof, wir wiesen den Wein zurück, denn er war viel zu teuer, um gut zu sein. Wir fanden einen Weinbauern, der eben einen französischen Gastwirt aus einer anderen Gegend seinen Wein probieren liess; wir schwatzten alle zusammen drauf los, der Bauer verkaufte uns seinen besten Jahrgang, weil er uns für Kenner hielt. Wir folgten dem schmuddeligen Wirt über die Loire nach Bourgeuil, wo wir noch mehr Flaschen kauften. Unser Auto war schon fast voll, und nächstentags (wo schliefen wir?) ging's nach Chinon zurück. Ich besorgte mir unter tödlicher Parkplatznot ein Konvolut mit dem gesamten Rabelais, sogar zweien, einem alten und einem auf Neufranzisch gefasst.

Beim grossen Atomkraftwerk, das mit Gittern und elektrisch geladenen Drähten geschützt ist, stand ein Lump an der Strasse, ein historisch kostümierter Bettelmediziner, der ein Stückweit mit uns fahren wollte. Wir luden ihn ein, er stellte sich als Docteur François Rabelais vor. Er fragte uns, wie unser Wagen funktioniere. Ich zeigte ihm, wie der Audi nach links ausscherte, wenn ich das Steuerrad nach links (»Pass doch auf!« schrie Lisa) drehte, und nach rechts, wenn umgekehrt, wie er bremste, wenn ich auf die Bremse trat, wie er wieder angaloppierte, wenn ich aufs Gaspedal drückte. Auch die Hupe, den Scheibenwischer und das Radio führte ich Rabelais vor. »Quelle calèche!« rief er. »Und sie fährt ganz von selber?« – Ich erklärte ihm, dass wir dazu eine Flüssigkeit hineinschütteten, die uns vorwärtstrieb. »Eine Flüssigkeit? Sicher Wein! Aber für so ein schweres Ding? Und wie lautlos das schwebt! Hat es vielleicht noch Schwung? Wo sind die Pferde? Wirklich keine? Kann ich nicht verstehen. Wer hat es konstruiert? Leonardo?« – Meine Lisa lächelte voller da-Vinci-Stolz.

Ich erklärte unserem Gast, wie sich das mit dem Benzin verhalte. »Was, essence? Die Essenz? Ist sie *doch* Wirklichkeit?« Er fuhr fort, er habe die alte Flüssigkeitenlehre bei Aristoteles bloss als Theorie und nicht ernst genommen. Erst jetzt, bei unserem Tankmanöver – wir tankten, um ihm Benzin zu zeigen – gehe ihm auf, dass Aristoteles dies alles ganz konkrekt gemeint habe.

Rabelais wollte einen Schluck von dieser Essenz trinken, wovon ich ihn mit Mühe abhielt. Wie es denn giftig sein könne, wenn es doch von Aristoteles stamme? »Er vertraut Aristoteles wie einem gütigen Scheich«, sagte ich leise zu Lisa. Aber Rabelais begann nun in dieser Essenz ein Elixier des Teufels zu vermuten, was ihn jedoch absolut nicht erschreckte, denn er fand, es sei für Mediziner notwendig, mit dem Teufel auf gutem Fuss zu stehen. Ob er in seinem Rock auch einmal auf dieser Essenz schweben könne? Er werde vielleicht so nach Montpellier hinunter gehoben; so käme er leichter zu seiner nächsten Lektion in Anatomie, wo er seinen Fachkollegen beweisen wolle, dass einen dieser Teufel noch lang nicht hole, wenn man einem verschiedenen Zeitgenossen das Bäuchlein öffne. Drinnen seien sie alle gleich!

Ich wurde nun auch etwas anzüglich und erklärte, man habe doch einen gewissen Monsieur Gargantua nach seiner Geburt vergeblich in seiner Mutter Kot gesucht, denn dieser Tausendskerl sei durch ihr Ohr abgegangen (Lisas Schein-Geburten!). Damit habe der Autor dieser Geschichte sicher die Schulmedizin eine Scheisse nennen und deren Professoren düpieren wollen. Zu meinem Erstaunen meinte Rabelais aber, diesen Kasus wolle er sich merken.

Wir passierten das Atomkraftwerk, das ich ihm als eine neoplatonische Höhle apostrophierte. Im Gegensatz zum aristotelischen Benzin, das viel fester auf dieser Erde stehe, wisse man bei dieser Urformel nie, ob sie nicht ein Gleichnis für die Hölle sei, vielleicht eine Höhle Polyphems, der ganze Gebirge bersten lasse, oder ein wahres Gomorrha, durch dessen Steinhagel der ganzen Erde wir wie verlorene Schäfchen in einem Seuchenozean ersöffen. – Rabelais lachte sehr. Er lud uns ein, abends einmal in eine Kneipe von Chinon zu kommen, aber erst, wenn er zurück sei von seiner Reise. Er sitze dort mit seinen Freunden, lauter Besoffenen, den einzigen vernünftigen Menschen! Wir waren uns über die hirnerweckenden Eigenheiten des metallfarbenen, erdig schmekkenden Chinonweins einig.

An der Loirebrücke nach Ussé hinüber wollte Rabelais aussteigen, weil er dort vielleicht einen beweinten Freund am Steuer finde, der ihn auf der Schnellstrasse von Paris direkt in ein forensisch-anatomisches Institut befördere. Beim Abschied beglückwünschte ich ihn noch zu seinem Gargantua, den ich die ganze Nacht beim Weinausdünsten im Hotelzimmer neben Lisa genossen hätte. Tatsächlich hatte ich den Anfang dieses Grundbuchs wieder gelesen. Rabelais war erstaunt über den lustigen Namen. Das Schloss von Ussé war über Mittag zu, und während der Wartezeit erzählte ich Rabelais noch den Anfang dieser Geschichte. Sofort wolle er nach Chinon eilen, um sie aufzuschreiben und fortzuführen, sagte er und ging.

Wir hatten Rabelais in seinen Jahren vor dem Gargantua getroffen Er wusste noch nichts von diesem Werk, genauso wenig wie ich das letztemal hier in Chinon von meinen "Possen". »Monsieur, ich werde ihre drollatischen Kapitel lesen!« rief Rabelais noch. »Sind sie übersetzt, oder schreiben Sie noch Latein?« – Wir waren damals über Chambord zurückgefahren, ich dick und ratlos vor Stoffarmut. Man steche einem Schlemmer in den Bauch. Wer weiss, ob nicht ein Possenbuch herauskommt.

Ich klappte meinen Gargantua zu. Eben ging das Schloss von Ussé auf. Die wartenden Touristen kamen in Bewegung. Drinnen befiel mich eine Schlosskrise mit Stimmungsabfall. Die rabelaissche Freiheit war wie verflogen. Diese tristen Säle, die nach Chateaubriand rochen: wie sehr widersprechen seine Schriften dem saftigen Stück Fleisch, das man heute noch auf allen Speisekarten findet! Zwei Zedern beschatteten den Schlosspark, die er aus dem Libanon mitgebracht hatte, zwei zahme Xenien, die sich zu Riesengeschenken ausgewachsen haben. Unsere Führerin erklärte uns alles sehr genau, mit ständigem "Fichez-vous!" und gezierten Handbewegungen. Soviel Privatinitiative wirkte zur Zeit dieser Sozialisten etwas verzweifelt. Wenn wir von der Masse der Besucher nicht fast an die Wand gedrückt worden wären, hätte ich sogar zugehört. Immerhin bekam ich mit, dass hier nicht nur Teppiche, Möbel und Leuchter zu sehen waren, sondern auch eine chinesische Schale aus Celadon, die sich verfärbte, wenn man giftige Speisen drein gab (würde mich Taiko eines Tages vergiften). Und spezielle Dolche zur Tigerbekämpfung, die man sich direkt an den Arm schnallte, damit man auf den Tiger mit Boxschlägen losgehen konnte (Kampfmethoden gegen Experten-Übermacht!). Hier in Ussé sei auch das Dornröschen-Märchen geboren worden. »Typisch!« sagte ich zu Lisa.

Wir fahren weiter. Wieder schlürfe ich in Lisas Liege-Lesesitz rabelaisischen Geist. Im Dörfchen der einstigen Domestiken von Ussé werfe ich noch einen Brief an den Bürgermeister von Chinon ein, in welchem ich mich über die Lautsprecher beschwere. Nie eine Antwort bekommen. Weiter fahren wir, zurück, mit gegen hundert Flaschen Wein. Hinter uns zieht sich ein mächtiges Gewitter zusammen, das eine lange Trockenperiode abschliessen wird. In der Zeitung, die ich mir heute mit dem Frühstück bringen liess, stand, im oberen Loiregebiet, das wir durchfahren hatten, seien Tausende von Kühen und Kälbern auf den Weiden erstickt, nur weil man ihnen kein Wasser mehr habe herbeischaffen können. – Nun begann es zu donnern und zu krachen. Plötzlich schüttete es in Strömen. Herr Rabelais hatte keine Gelegenheit mehr, unseren Dreistufenscheibenwischer in Aktion zu sehen. Ich schlug den Band nochmals zu und warf das Buch in den Wagenfond. Bis heute habe ich es nicht geöffnet. Denn ich will ja diese "Tage" normal beschreiben, neue Possen für besoffene Leser auf ein andermal sparen.

Die Loirebrücke in Nevers ist voll von Fliegenungetümen, die vor dem Unwetter fliehen. Rabelais steht am Flussgeländer. »Sehen Sie, Monsieur, meine Romanfiguren! Heute alle unbrauchbar! Ich bin inzwischen schnell nach Paris geschwebt. Man hat mir dort gesagt, man drucke keine Bücher mehr für Trunken-, nur solche für Fernsehbolde.«

Auch in Nevers suchen wir einen Möbelstoff für den Sessel von Mikel Corn, den wir frisch überziehen lassen wollen. Die Antiquare sind skeptisch gegenüber Mitterand. »Was für eine Epoche!« sagt einer in Tours. – »Monsieur, Sie messen die Zeit nur an Ihren lackierten Möbeln. Die Welt hat noch andere Perspektiven.« Aber nicht in diesem Möbel-Irrenhaus! Der Händler bot uns einen Fetzen Stoff für zweitausend Schweizerfranken an. Er sei echt. Um meinen Chateaubriand draufzusetzen? Der Antiquar, in tadellos gebügelten Hosen, ist verwirrt. Er erwartet Strammstehen vor seinen Epochen.

In Autun finden wir dann einen vernünftigen Möbelstoff. Aber in Nevers kaufen wir in einem zweistöckigen Lebensmittelmarkt eine Alias-Autun-Nevers-Ente. Wir wollen sie zur Erinnerung an unsere erste Pommard-Fahrt auf dem Burgunder-Klapptisch im Erdgeschoss-Korridor braten, das halbe Haus war damals eine Baustelle.

Aber wir assen diese Nevers-Ente dann doch im Speisezimmer. Lisa briet sie nach den Regeln ihrer Entenkunst, auf unchinesisch. Trotzdem genoss ich sie unter Todesängsten, denn ich wusste nicht, ob Taiko, von Tokyo im Anflug, mitten in diesem Ententopf landen würde. War sie schon da? Oder lockte diese Nevers-Taiko-Abstossente mein liebes Taiko-Entenhuhn erst an? Schwirrte es über unserem Haus? Bei jedem Bissen dachte ich: den letzten glücklichen Bissen gebissen! Jedes Auto, das vor dem Haus surrte (der Auto-Spleen der Froschs!), jagte mir einen Schrecken ein. Fast blieb mir die Ente im Halse stecken. Den Telephonstecker hatte ich jedenfalls heimlich ausgezogen. – So endete die Lisaruhe dieses Sommers, unter Entenklausur. – Hatte Ronsard, dessen Grab auf der rechten Loirestrasse durch einen Wegweiser angezeigt gewesen war, von solchen Liebesnöten gewusst? Balzac vom Glanz und Elend mit *zwei* Kurtisanen? – Aber auch die staatliche Kathedralen-Kreuzgangführerin von Tours hatte uns einiges erklärt: Die Kanonikerinnen, sagte sie, hätten nicht in Klöstern gelebt, sondern seien abends in ihre Privathäuser zurückgekehrt. Daher ihre Sittenverderbnis. Man laste sie zu Unrecht dem Klerus an. – Auch ich bin unschuldig, ein armer Mönch, vor dessen Zelle zwei Kanonikerinnen Sturm laufen.

Wir erfuhren auch, dass die Kathedralen Frankreichs durch die Revolution dem Staate zugefallen sind. So liegen sie heute auch dem Staat zur Last. Die Pfaffen geniessen ein unbegrenztes Nutzungsrecht. Mit einer solchen Klausel müsste ich mein Haus dem Staat vermachen und dann gelassen zusehen, wie es um mich herum zerfällt. – Was wir alles erfuhren! – "Er-fuhren", würde Huber sagen. – Soll ich ihn, zur Ablenkung von der noch ungebrochenen Sommerhitze, "Huh-Bär" nennen?

Hinter dem Sonntag dieses zweiten Entenbratens sind schon sechs neue Wochentage nichtsahnend hervorgetuckert, aber nun bedroht, vom nächsten Sonntag bereits wieder in die ewigen Jagdgründe der Vergangenheit abgeschossen zu werden, wenn ich diesem Entensonntag und seinen sechs Kindern nicht zu Hilfe eile und ihn mit der Feder rette. Was für ein Durcheinander von Entengeschnatter, Flügelwerfen, Wasserspritzern und Bauchlandungen, missratenen Abflügen und Zetergeschrei . . . "Ententage" sollte man . . .

Ich sass also an jenem Sonntagabend am Tisch, von Taikos Rückkehr stigmatisiert. Lisa merkte es, aber wir waren nicht frei, die Sache offen zu besprechen (»Weisst du, wann sie kommt?«). Nein, wir warteten, bis das Unheil auf uns hereinbrach, nicht stoisch, tranken unseren Rabelaiswein, und ich ging ins Bett, bat Lisa, sich für eine Weile neben mich zu betten; wohlverstanden *neben* mich, das musste ich Taiko ständig schwören. Sie ging bald, ohne dass ich es merkte, nach Hause.

Ihr Glück ging am Montag so brüsk in Elend über, dass man es nur einem gewissen Teufel zuschreiben kann, der ihre harmonischen Züge plötzlich entstellte. Denn am Morgen ruft mich Taiko vom Flughafen aus an, sie sei eben gelandet. Terumi fliegt gleich weiter nach Paris, und Taiko eilt zu mir. Sie hat den Schlüssel nicht, schützt sie vor. Sie habe sich auf der ganzen Reise fest vorgenommen, mich nie mehr anzurufen und mich zu vergessen – die alte Geschichte. Und schon sitzt sie, eine halbe Stunde nach der Ankunft, wieder bei mir. Allerdings brav im Stuhl, und erst nach einer weiteren Stunde gibt es Orgien. Aber ich darf diese Orgien nicht beschreiben. Sie gehören ins Ficktagebuch der Dame Shikibu, entsprechend der japanischen Genauigkeit. »Wir hätten ein detailliertes Tagebuch führen sollen, von Anfang an, wie du mir allmählich alles beibringst, auch die gemeinen Dinge!« sagt sie.

Jedenfalls ein langer Entenflug, bis sie wirklich wieder da ist. Wir flattern mit den Flügeln und strecken die Hälse nach vorn. Aber ich denke an Lisa, die zu Hause sitzt. Sie hat noch Ferien.

Am Nachmittag rufe ich sie an. Ich sage ihr, es sei jetzt passiert. Sie versteht. Aber sie meint, ich hätte es ihr ruhig sagen können. Ich erkläre, ich hätte keinen Mut gehabt, ihr etwas zu sagen. Ich hätte es auch nicht gewusst. – Aber ich hätte ihr wenigstens sagen können, ich wisse nicht genau, wann sie ankomme. So habe diese offene Frage sogar *diesem* Entenbraten eine Art Fäulnisgeschmack verliehen.

Wie ich noch den ganzen Montagnachmittag mit Taiko verbringe – soll ich "verküssen" sagen? "Baiser", sagt Taiko, mit ganz hellem ai, fast einem é – wird Lisa doch nervös, und wir haben bald den schönsten Krach. Ich bin ganz atemlos, und sie schliesst sich in ihre Wohnung ein. Ich bringe ihr den Regenmantel, den sie bei mir vergessen hat. Ich läute, strecke ihr den Mantel durch die Tür hinein, ohne sie anzusehen. Später rufe ich sie an und sage ihr, dass ich jetzt mit Taiko verreise. Sie sei noch einige Tage frei, bis ihre Kinder wiederkämen. Ich sage nicht, dass ich mit Taiko schon einmal in Bellagio war, in der Villa Serbelloni, um Frühlingsblumen zu holen, eine Reise, die ich hier unter den "Taikotagen" ebenfalls verschwiegen habe, sie ist aber im Ficktagebuch der Lady Shikibu festgehalten.

Lisa ist empört. Warum ich jetzt wieder verreise, statt endlich zu “schreiben”? Ich erkläre, ich fände jetzt hier keine Ruhe zum Arbeiten, *sie* sei es, die mich kaputtmache. Die Versuchung ist tatsächlich gross, einfach in die alte Lisa-Abhängigkeit zurückzufallen und Taiko nur den zweiten Platz einzuräumen, denn vor kurzem habe ich erfahren, dass ich auch an der Handelsschule keine Stunden mehr erhalte und auch dieser Versuch, mich selbständig zu machen, gescheitert ist. Wie dankbar bin ich diesem Rektor, dass er mich seiner Mädchen als unwürdig erachtet! Ich rege mich nicht auf, im Gegenteil, es war nur eine der Pflichtübungen gewesen, bei denen ich allerdings leicht einmal in den Schuldienst abstürzen könnte. So bin ich weiterhin frei. Frei, vor dem Nichts, jeden Tag eine neue Börsenkatharsis.

Ich sage Lisa, diese Woche gehöre Taiko, die nächste ihr. Sie protestiert gegen diese Gemeinheit, wie sie es nennt. Unser Saumur-Nevers-Glück nimmt ein schreckliches Ende. – Soll ich auch noch den Passionsfaden des blumigen Möbelstoffes aus dem heiligen Autun aufnehmen? Als wir am Sonntag nach Hause kamen, rannte ich von einem Zimmer ins andere und rief, wir hätten einen falschen Möbelstoff gekauft. Am Montagmorgen fand ich dann, dass er durchaus passe. Das sage ich Lisa am Telephon. Jetzt geht sie los wie eine Heulboje: »Was, jetzt passt der Stoff? Klar, das hat dir die Japse gesagt! Und du fällst gleich um. Da sieht man, wie du ihr hörig bist!« – Es war gar nicht so. Ich hatte das plötzlich selber gefunden, noch bevor die Japse aus Japan angejapst war.

Aber Taiko erzählte mir so viele interessante Dinge über Japan, die nur eine Japanerin sehen kann. Ich habe es verpasst, sie aufzuschreiben. Und jetzt ist vor lauter Ärger mit

Lisa alles weg, vergessen. Die ganze Japanreise ist durcheinandergeschüttelt von diesem Enten-Affentheater, ein Schaden von rund sechstausend Franken. Es ist ja nur Schadenersatz, den mir Lisa zahlt!

Am Abend kommt noch Tischhauser reingeschneit, “ein Gläschen trinken”. Wir sitzen zu dritt in meinem “Büro”, in den fotzroten Fauteuils. Tischhauser ruft plötzlich nach zwei grossen Leintüchern. Wir fürchten, er wolle mit uns in die Laken hüpfen, aber er erklärt, das habe er nicht vor. Ich hole die Leintücher, und Tischhauser schlägt sie über die Rosafauteuils. Er kann diese Salon-Atmosphäre nicht ertragen. Als Werber braucht er das Moderne um sich herum. Alles Historische hemmt ihn. Er glaubt nicht, dass ich nur die Gelegenheit der Madrider Ausverkäufe von Palaststoffen benützt habe, um hier einen Salon im Stil des 19. Jahrhunderts einzurichten, sozusagen ein “Museo Romantico”. Nein, er meint, das sei mein Stil. – Jetzt ist es ihm wohler auf den weissen Laken, und er hofft, er habe mich von meiner Geschmacksverirrung geheilt.

Mit Taiko geht's los am nächsten Morgen. Über den Splügen, wie letztes Mal? Nein, durch den Gotthardtunnel. Ich weiss nie, ob man Gotthard mit einem t oder einem d am Ende schreibt, starre gebannt auf die Schilder. Como. Ich lasse mich scheren, während Taiko spazierengeht, ebenfalls zu Rainoldi, Handtücher kaufen. Der Frisör sagt, er fahre die nächste Woche nach Kalabrien, von wo er stammt, und dann nach Sizilien in die Ferien. Glück gehabt, denke ich. Wenn ich erst nächste Woche gekommen wäre? Ich frage ihn, ob er jetzt, vor seinen Ferien, nicht müde sei, zu scheren. Aber nein, sagt er, er sei nicht müde. Haarschneiden sei eine Passion. Ein Beruf mit grösster Verantwortung. Er betrachte es schon nicht als eine Kleinigkeit, anderen "auf dem Kopf" arbeiten zu dürfen. – Was es alles für Passionen gibt! Er nimmt sich so wichtig wie ein Hirnchirurg, aber auch ein Chirurg sieht sich in Italien als ein Künstler, das höchste, was es dort gibt.

Wir gehen ins Hotel Continentale, wo ich mit Lisa auch schon war, ein unpersönlicher, aber guter Kasten. Natürlich steige ich nicht im Juliana-Lisa-Hotel Gottardo ab. – Gottardo: Ein Anhaltspunkt, wie man Gotthard schreibt! Dort trinken wir, ich bereits frisiert, Kaffee. Aber wir sind zu müde, um noch nach Mailand zu fahren, und gehen in einer kleinen Trattoria mit Glyzinienlaube essen, wo ich mit Lisa noch nie gewesen bin. Taiko machte wieder ihr No-Theater und wollte auf einen bestimmten Stuhl nicht sitzen, weil sie von dort immer ein Auto anschauen müsse, das am Strassenrand steht. So setzten wir uns mehrmals um, bis sie schliesslich auf die Glyzinie blickt. Sie will etwas ganz Besonderes essen, ist furchtbar enttäuscht, weil es nichts Besonders gibt oder weil das Besondere, das sie bestellt, nicht besonders gut schmeckt. Sie lebt von kleinen Freuden an besonderen Dingen. Das Normale macht sie krank, meine Chance bei ihr!

Ihre Raffinesse beweist sie auch am nächsten Morgen, als sie mir, ich liege noch im Bett, das Spiel von zwei Hunden unten in der Sägerei beschreibt: wie sie ihre Runden drehen, sich beschnuppern und bepuppern, bis sie zwei Hunde-No-Puppen sind. Das erzählt sie ganz genau, eine Freude! Warum schreibt sie nicht? Vielleicht würde sie einen viel besseren Roman über diese Affäre schreiben als ich; oder eine Ergänzung dazu, aus ihrer eigenen Perspektive, wie Gides "Schule der Frauen". Lisa könnte den dritten Teil schreiben. – Sie erklärt mir also, die Hunde seien hier anders als die Hunde bei uns; übrigens sagt sie "Hünde". Ich erkläre vorsichtig, ich sei schon längst der Ansicht, dass sich der Charakter von Hunden nach den Ländern und Nationen richte. Damit spiele ich auf mein Suleikenbuch an, wo das einmal steht. Aber sie reagiert nicht. Hat sie es also doch nicht gelesen? Sie müsste diese Stelle kennen.

Die neuen, morgendlichen Liebesspiele auf dem Doppelbett im Hotel Continentale, endlich einmal auf harter Matratze, darf ich ebenfalls nicht beschreiben. Dagegen erwähne ich eine Herberge in Meursault, wo wir, ich meine Lisa und mich, ein Bett fanden, das wie eine Mühle aussah (wir entkamen im letzten Moment durch Flucht nach dem Essen.). Es ging in der Mitte hinunter, aber auch von der Seite gesehen, bog es sich durch. In allen Richtungen wurde man in einen Krater hinabgezogen. Wenn man darin etwas anderes trieb, als zu schlafen, kam man am nächsten Morgen unten gemahlen heraus, wie Max und Moritz. – Ich erzähle das Taiko. Sie lacht. Selten, dass ich ein Erlebnis mit der anderen erzählen kann, ohne dass es in einen Streit ausartet. Aber ich gerate ja in ein Durcheinander von Betten und Reisen! Ich bin nicht nur geschockt von den Krächen, sondern auch verwirrt von den Verdikten der beiden Frauen, was ich sagen und was ich nicht erzählen darf. So schreibe ich rückwärts, stotternd, im Krebskanon statt in fröhlichem Entenschwimmen den Bach hinab . . .

Wir befinden uns nun also schon den zweiten Tag in Como und fahren nach Mailand, Huren anschauen (das wird Taiko sicher rausstreichen). Aber wir rufen Elfriede an, die über sechzigjährige Wunderfrau, die Mutter von Berényi. Wir gehen zusammen essen. Ich mache hundert Scherze.

»Im ganzen letzten Jahr habe ich nicht soviel gelacht«, sagt sie. Ich küsse ihr ständig die Hände, wie Nero seiner Mutter in der Sänfte, beginne aber nicht, wie er, zu onanieren. Wir sitzen im “Cenacolo”, im Abendmählchen. Elfriede, eine Frau, die mich inspiriert! Schon seit zwei Jahren habe ich vor, nach Mailand zu fahren und in ihrer Wohnung zu schreiben. Sie bietet mir das immer an, weil sie meine vertrackte Lebenssituation kennt. Ich war auch schon mit Lisa bei ihr. Elfriede ist ursprünglich Berlinerin. Ihr Hochdeutsch: zum Weinen schön! So korrekt! »Tatsächlich«, sagt Taiko nachher, »sie spricht gutes Deutsch. Aber es ist weniger die Wortwahl als die Aussprache. Die heutigen Deutschen verschlucken halbe Wörter.« Taikos Beobachtungsgabe! Ich nenne Friedel nur die Studentin, weil sie so freudig ausschreitet. Sie kennt jede Ecke hier, in der Gegend der Piazza San Babila, im Herzen von Mailand. Natürlich kennt man auch sie in dieser Trattoria. Sie hat überall Freunde. Wir essen ausgezeichnet, so gut, wie man es sich immer nur noch vorstellt, dass man in Italien esse. Taiko bestellt Muscheln. Endlich kriegt sie etwas Besonderes. Ich bestelle für mich ausnahmsweise nicht das Teuerste auf der Karte, wie dann, wenn Lisa bezahlt. Die arme Lisa! Das letztemal, als wir mit Elfriede assen, beleidigte ich sie mit einer unvorsichtigen Bemerkung. Plötzlich stürzen ihr die Tränen aus den Augen. Friedel ist erstaunt. Sie sagt nachher zu mir, Lisa sei sehr sensibel. Natürlich, sie verbirgt es unter ihrer Bescheidenheit.

Elfriede erzählt von den Zuständen in Mailand. Noch schlimmer als in Madrid (folglich doppelt so schlimm wie in Neapel)! Abends gehe man kaum mehr aus. Meine Mailandvorstellungen gehen in meine Studentenjahre zurück, als ich gelegentlich hierherfuhr. Damals flanierten die Mailänder am Abend in den Galerien mit den herrlichen Lokalen und Caféterias um den Dom herum. Heute nicht mehr? »Nein, wenn es dunkel ist, geht man nach Hause, in seinen Käfig.« Friedel hat eine gepanzerte Wohnungstür. Aber man weiss nicht einmal, ob sie nicht vom Dach herunterkommen und einem über den Balkon einsteigen. Einige haben ausziehbare Leitern, die sie unauffällig auf den Schultern tragen und überallhin mitnehmen können. Oder man wird einfach auf der Strasse zusammengeschlagen, auch zu zweit. Die Welle des Verbrechens überflutet alles. Es ist viel, viel schlimmer als früher.« (Friedel lebt seit bald dreissig Jahren in Mailand).

Letzthin wurde ein ganz normaler Flughafenautobus, der wegen der Verlegung des Flugbetriebes auf einen anderen Flugplatz ein Stück durch ein Wäldchen fuhr, von drei Kerlen angehalten. Sie nahmen den Passagieren alles ab. Das Ganze dauerte zehn Minuten. Sie bezeichneten das als eine kleine Kontrolle. Die Gangstersprache hat ihre sozialisierenden Ausdrücke wie Ausgleich, Unterstützung oder freiwillige Hilfeleistung. Es gibt Hunderte von Beispielen. Ganz Italien besteht nur noch aus Elend und Gangsterei. Darüber leben die Superreichen relativ unbeschwert weiter. Der Mittelstand und die kleinen Geschäfte werden von den neuen Steuergesetzen aufgefressen. Das Bankgeheimnis ist gefallen.

»Natürlich«, sage ich, »infolge des Skandals um den Banco Ambrosiano ist das auch kein Wunder.«

Aber Elfriede sieht es nicht so. Für sie ist es einfach der unaufhaltsame Vormarsch einer "Linken", die das nur zum Vorwand nimmt und in Wirklichkeit alles kaputtmachen will, was Italien lebenswert machte und in Italien liebenswert war. Sie selber weiss nicht, wie sie überleben wird. Sie arbeitet in der Firma eines Ägypters, der seit zwei Jahren auf dem Todbett liegt. Sie schmeisst ihm den Laden. Er ist geizig wie ein Shylock, und von seiner Verwandschaft wird sie überwacht wie von der Geheimpolizei. Nach seinem Tod wird sie der Steuern wegen sein Import-Exportgeschäft kaum weiterführen können. Zudem gibt es kein Kapital mehr. Steuern muss man bezahlen, auch wenn man nichts verdient. Und dann kommt erst noch das eigentliche Geschäftsrisiko. Sicher ist nur das Geschäft des Staates, des grössten Gangsters. Auch er erscheint plötzlich mit vorgehaltener Pistole. Er ist der eigentliche Vandale geworden. Aber trotz der Schätze, die er raubt, ist er ständig pleite. Auch die eigene Wohnung vermieten ist nicht mehr möglich, weil die Miete durch spezielle Steuern gleich wieder kassiert wird. Und meine ambrosianischen Italienträume? – Aber ich spiele dafür mit der Idee, in Friedels Wohnung eine Gangstergeschichte zu schreiben.

Auf der Rückfahrt will Taiko die Hurenecke sehen, von der ich ihr erzählt habe. Aber die Engelchen, die mich kennen, sind nicht da, und eine Neue rührt sich nicht, weil sie Taiko im Wagen sieht. Nur einige Feuer aus Benzinkanistern kann ich Taiko auf der Rückfahrt über Seveso zeigen. Sie beleuchten Landstrassenhuren, die sich dann in den Autos der Freier in die Felder verziehen. Taiko staunt. –

Am nächsten Tag essen wir in Como. Das "Cenacolo" hat Taiko Mut gemacht, etwas Neues zu versuchen, aber wir werden umso lausiger bedient. Eine Frau kommt plötzlich hereingerannt und verlangt wild nach einem Telephon. Ihr Auto mit einer teuren Kollektion von Kleidern für eine Modeschau sei ihr gestohlen worden. Sie wohne nebenan, im Hotel Plinius. – Eine wirkliche oder erfundene Gangstergeschichte? Warum telephoniert sie denn nicht vom Plinius aus? Warum könnte sie einen Raubüberfall vortäuschen? Diebstahlversicherungen gibt es in Italien nicht. Die Frau sieht selber aus wie eine Gangsterbraut. Die Wirtin, die uns mit ihrem Essen ebenfalls betrogen hat, reicht ihr ganz apathisch das Telephon. Sie glaubt ihr nicht.

Wir fahren auf dem linken Ufer Richtung Bellagio zurück. Wir wollen die Villa Pliniana besuchen, die seit gestern, dem ersten August, offen sein soll (was für eine Gemeinheit, Lisa am ersten August allein zu lassen!), jedenfalls laut dem dikken, schwatzhaften Führer der Villa Serbelloni. Aber die Pförtnerin in der Villa Pliniana erklärt, die Villa sei dieses Jahr für Besucher nicht mehr zugänglich. Ein Privater habe sie vor kurzem gekauft. Fast tröstet es mich, dass in den Pliniusbriefen nichts weiter über sie steht. Sonst würde es mich noch mehr reuen.

Auf der Fahrt nach Bellagio halten wir mehrmals an und schauen auf andere Ufervillen hinab. Sie liegen unterhalb der Strasse und sind von grossen Baumkronen verdeckt. Die schmale Strasse bietet kaum Gelegenheit, den Wagen stehen zu lassen. So erblicken wir hie und da ein Dach mit alten Ziegeln und vielen Kaminen, wie bei der Villa Melzi, und auch da stehen schöne alte Zedern. Unvorstellbare Reichtümer, von Mailänder Ärzten und Drogenschiebern, kann man sich an diesen Steilhängen vorstellen. Wir finden doch noch einen aussichtsreichen Parkplatz, beugen uns über die Mauerbrüstung und entdecken eine Halde, über die man Kehricht in den See hinunterkippt. Unten schwabbt eine dunkle Brühe; der heutige Wellengang spült den Schutt weiter hinab. Eine Ratte mit glänzenden Äuglein klettert in der Halde herum. Taiko kann das gar nicht fassen. »Warum halten die ihren See nicht sauber? Es muss ja nicht alles so geschleckt aussehen wie in der Schweiz!«

Bellagio. Wir finden einen greisen Kammverkäufer, der ungemein weich und liebenswürdig spricht, ein hochgewachsener Italiener. Ich will Taiko sozusagen zum Scherz einen billigen Ring kaufen, aber diese Touristenringe sind nicht schön. Dann setzen wir mit der Fähre nach Cadenabbia über. – »Vor fünf Minuten sind wir weggefahren, und ich habe schon wieder Sehnsucht nach Bellagio. Dabei hätten wir noch eine Stunde bleiben können«, sagt Taiko. »Aber auch dann hätten wir gleich wieder Sehnsucht gehabt.« Die Sehnsucht verselbständigt sich hier. Der Comersee ist eine Sehnsuchtsfalle. Existiert er überhaupt? fragen wir uns zwei Stunden später, wie wir einen Moment lang in die abendsonnenbeleuchteten Täler Italiens hinter uns blicken, hoch oben vom Splügen aus . . .

Die restlichen Hochsommertage begannen nun damit, dass Kotbub Taiko beim Frühstück Briefe für ihre Wohnungssuche schrieb. »Erst wollen wir sehen, was du für Angebote bekommst, bevor wir entscheiden, ob wir zusammenziehen«, sagte er. – Eines Tages gab Fleurop einen grossen Strauss Seerosen bei ihm ab, mit denen ihm Miryam für sein "neues Buch" gratulierte. »Was soll das? Und Du glaubst, diese Buddha-Sumpfblumen machten mir Freude? Sie haben Dich sicher dreissig Franken gekostet, mehr als mein Roman, den Du weiter mit keinem Wort erwähnst und sicher weder gekauft noch gelesen hast«, schrieb er ihr. Dann folgte noch die Eintagereise mit Taiko nach Genf, entsprechend der Münchenfahrt mit Lisa, ins Petit Palais, wo Taiko Kissling und die Blumenbilder der Ecole de Paris studierte. Kotbub riet ihr zu Aktbildern im Stil des Japaners Fujita, einer Serie blosser Bleistiftskizzen. Aber sie fühlte sich blockiert, von Papier und Leinwand weggerissen durch das ganze Karussell ihre Familienpflichten, der Wohnungssuche, der Arbeiten im Haus und im Garten, den sie trotz der Kündigung in alter Treue gegenüber dem Hausbesitzer sorgfältig weiterpflegte.

Einmal traf sie Kotbub am Nachmittag beim Blumenabschneiden und Rasenmähen, als er schnell hinüberging. Sie wirkte noch fremdländischer und anziehender unter den alten Birnbäumen und zwischen den grossen Häusern im Schatten auf dem spärlichen Rasen. Sie eilten nach Zürich, ins Kino, bis die Kinder von der Schule zurückkehrten. Der Sommer neigte sich auch nicht, ohne dass Kotbub eines Tages realisiete, wie seine "Possentage" nun durch die neuen Bücher der Herbstproduktion von den Tischen der Buchhandlungen verdrängt wurden. Alles war nun schon wieder vorbei. Das Theater um diesen Roman, das er hier teilweise selber inszeniert hatte, um zu verhindern, dass er ganz totgeschwiegen wurde, brach nun seine Zelte ab, eins nach dem andern, in jeder Buchhandlung. Das Epiphanienfest im Herzen des Autors war plötzlich zu Ende. Er wurde wieder ein gewöhnlicher Mensch, der neidisch darauf achtete, ob er ganz vergessen ging oder ob sein exhibitionistischer Akt der Veröffentlichung irgendeine Spur hinterliess, eine Folge zeitigte. Die Situation mit den beiden Frauen entspannte sich nicht. Kotbub war vom Gedanken besessen, die Hausrenovation abzuschliessen und das Haus zu vermieten, um diesen Ort verlassen zu können. Lisa hatte begonnen, die Haustür zu streichen. Er verbrachte mehrere Abende mit ihr, um ihr dabei Gesellschaft zu leisten. Selber malen konnte er nicht. Dazu hatte er kein Geschick; das letztemal hatte er alles verdorben.

Dadurch vernachlässigte er Taiko während einiger Zeit, und noch vor dem Wochenende wollte er nach Madrid fliegen, um Juliana zu besuchen. Aber am Samstagmorgen läutete ihn Taiko aus dem Bett. Sie war gestern vorbeigefahren und hatte Lisas Wagen stehen sehen. Nun war sie wieder einmal überzeugt, er habe sich endgültig für Lisa entschlossen. Das wollte sie unbedingt erfahren. Sie blieb bis Mittag. Als sie gegangen war, liess er sich einen Platz im Flugzeug reservieren, aber bevor er Lisa verständigen konnte, kam Taiko unerwartet zurück und machte sich daran, auf der Terrasse für sie beide ein Mittagessen zuzubereiten. Sie wollte sich nicht immer von Lisa verdrängen lassen; jetzt koche sie wieder einmal hier.

Kotbub war zuerst ratlos, erklärte ihr aber nach einer Weile offen, er habe vor, nach Madrid zu fliegen und brauche dazu Geld von Lisa. »Ich kann zum Bancomaten gehen und dir das Geld leihen«, sagte sie. Aber nein! Er wolle kein Geld geliehen. Lisa schenke ihm den Flug. Taiko war entsetzt. Sie packte ihre Sachen zusammen und ging. Er sei mit dieser Frau zu einem Waschlappen geworden, sagte sie. Kotbub erklärte, es sei ihm egal, was sie von ihm denke, und wenn sie diese Situation nicht ertragen könne, brauche sie nicht zurückzukehren.

Er erreichte Lisa noch im letzten Moment. Sie fuhr ihn zum Flughafen. Die Haustür war ausgehängt, aber die innere Korridortür liess sich abschliessen. Lisa würde bis zu seiner Rückkehr die Tür fertig streichen.

Am selben Abend sass Kotbub schon mit Juliana im Pardo, dem bunt gescheckten Park ausserhalb von Madrid, wo Franco in einem Bourbonenschlösschen zuletzt residiert hatte. Hier fand die übliche Wochenendkirchweih statt. Kinder fuhren auf einer Reitschule, obwohl es schon recht spät war. Mit einer Trompete blies ein Mädchen neben dem Besitzer, der die Billette verkaufte, die Fahrten ab.

Auch Juliana ärgerte sich über die Umstände von Kotbubs Reise. »Lisa ist einsam wie die Freiheitsstatue von New York«, sagte sie. »Deshalb klammert sie sich an dich. Sie wird schliesslich alles akzeptieren, nur um nicht ganz aus dem Feld geschlagen zu werden. – Und du lässt dich nur aus Mitleid von ihr aushalten. Wenn sie endlich verschwinden würde, hättest du sogleich einen geeigneten Job und ein viel interessanteres Leben. Aber diesen Stoss willst du ihr nicht versetzen. Dazu bist du zu feige. – Deine Japanerin hat recht, wenn sie über dich empört ist. Nur realisiert sie nicht, wie weit ein Künstler scheinbar erniedrigende Umstände in Kauf nimmt, um seine kreative Freiheit zu bewahren. Das ist das Rätsel, hinter das sie nicht kommen kann. Sie ist zwar selber Künstlerin, lässt sich aber von ihren bürgerlichen Umständen überfahren. – Und du bist offenbar daran, ihre Hysterie zu beschreiben; dazu brauchst du eine Lisa, welche Taiko zur Ekstase treibt.«

Juliana hatte Nachtdienst im Krankenhaus "La Paz". Sie führte Kotbub in ihre Wohnung zurück und eilte zu ihrer Arbeit. Die sozialistische Regierung drohte, dem medizinischen Personal die Nachtwachen nicht mehr zu bezahlen. »Und ihr geht trotzdem hin?« – »Man weiss nie, ob alles nur eine Falle ist, weil sie einen Vorwand suchen, uns die Anstellungsverträge auf Lebenszeit, die uns Franco noch gegeben hat, zu kündigen . . .«

Die beruflichen Verhältnisse Julianas waren äusserst bedrohlich geworden. Aber noch schlimmer war für sie die unklare Situation mit Kotbub. Sie fühlte sich ebenfalls durch Taiko vedrängt. Wie eine Orchidee war Taiko aus Julianas operiertem Unterleib erspossen. So empfand sie es plötzlich an jenem letzten glücklichen Nachmittag in Zürich. Sie waren ins Landesmuseum gefahren. Juliana machte köstliche Kommentare über die rüde Schweizer Kunst mit ihren eckigen Rittern und Madonnen. Auch ihre Kritik an der Unübersichtlichkeit des Zürcher Kunsthauses fand Kotbub trefflich. Aber dann war er auf die Idee gekommen, Juliana Taiko vorzustellen, aus purer Not, aus Neugier, was sie von ihr halten würde. Wäre Hanne noch da gewesen, so hätte er das Juliana wohl erspart. Aber jetzt konnte er auf Juliana als Ratgeberin nicht verzichten.

So hatte er Taiko zum Tee mit Juliana gebeten, und Juliana hatte gleich alles begriffen. Sie ärgerte sich nur, weil sie einen gemeinsamen Plan Kotbubs mit Taiko dahinter vermutete. Als Taiko gegangen war, sagte Juliana nur unverbindlich: »Eine intelligente und exquisite Person, stark genug, um gegen Lisa zu kämpfen.«

Kotbub ging am selben Abend nochmals weg, angeblich, um im Glattzentrum ein Eis zu kaufen, in Wirklichkeit, um Taiko zu besuchen. Er brachte ein Eis aus ihrem Eisschrank mit. Juliana merkte aber, dass die Verpackung nicht aus einem Geschäft stammte. Am nächsten Morgen sagte sie, er solle sich durch sie in seinem Tagesablauf nicht stören lassen und sein normales Leben weiterführen. Kotbub verstand das als einen Freipass für Taiko, nach der ihn so sehr verlangte, und statt dass er am Samstagmorgen für eine halbe Stunde, wie er sagte, einkaufen ging, blieb er zwei Stunden bei Taiko und liess Juliana warten.

Als er zurückkam, war sie bleich vor Wut, packte bereits ihre Sachen ein und wollte sogleich abreisen. Darauf flogen einige christliche Kreuze durch seinen Estrich. Was denn das für eine christliche Liebe sei, rief Kotbub aus. Ob sie von ihm verlange, dass er heuchle? Sie wisse doch, dass das Körperliche längst hinter ihnen liege (das allerdings hatte sie nicht so klar gewusst)! Ob er ihr Taiko als seine platonische Freundin hätte vorstellen sollen? Oder sollte er Taiko jetzt verleugnen und warten lassen, bis Juliana wieder abgereist war? – Darum gehe es nicht, sagte Juliana. Aber er brauche nicht so offensichtlich zu verschwinden, dass sie merke, wie er zur Liebe aufgeboten werde. Er handle so primitiv und lasse sie merken, wie dringend sein Bedürfnis sei ... Seither war Juliana nicht mehr in die Schweiz zurückgekehrt.

Einer versuchte, Kotbub seiner Weibertrance zu entreissen, der Städteplaner Professor Samuel, der sich plötzlich meldete und Kotbub nach Deutschland mitnehmen wollte.

»Robert, kennen Sie mich denn nicht mehr?« rief Lisa eines Abends auf dem Bahnhof. Ihre helle Stimme tönte zwischen den aussteigenden Passagieren, mit denen Robert Samuel in die falsche Richtung strebte. Er drehte sich um, erkannte Lisa, und gleich fiel sie ihm um den Hals, diesem Pariser Gentleman, der ihr seinerzeit den Stuhl untergeschoben hatte, bevor er sich selber setzte, der ihr zum Abschied ein Seidenfoulard geschenkt hatte. Jetzt küsste er Kotbub wie ein Russe auf den Mund. »Egon, ich möchte, dass du mich wegen eines Vortrags berätst. Und ich brauche in Hamburg einen Mitarbeiter. Ich habe Grosses vor. Wir werden heute abend darüber sprechen.«

Robert hatte in Hamburg eine Professur für Urbanistik. Seit Jahren kämpfte er um eine menschliche deutsche Stadt. Er ging stets elegant gekleidet. Heute trug er eine braune Jakke, eine gestreifte Hose, er brachte auch seine grosse Mähne, seine breite Stirn und die stechend blickenden Augen mit.

»Dieser Bahnhofplatz ist hässlich! Auch hier interessiert sich niemand mehr für schöne und richtige Architektur, wie in Deutschland. Die Menschen sind ganz unsensibel geworden. Es ist unglaublich. Und dabei befinden wir uns ständig inmitten von Bauten.«

Robert sprach mit einem leichten französischen Akzent.

»Die heutigen Menschen konsumieren alles aus der Fernsehbüchse«, fuhr er am Abend fort. Sie nehmen ihre Umwelt gar nicht wahr. Dabei genügt es doch längst nicht mehr, dass man Plätze mit Warenhäusern und Verwaltungsgebäuden umstellt. Sie müssen zu Begegnungsstätten für Menschen werden, zu Zentren einer demokratischen Polis, einer Agora im griechischen Sinn. Aber man schleust sie in Unterführungen und schrankt sie ab.« So philosophierte Robert stundenlang. In Hamburg war Kotbub damals am Abend mit Robert jeweils durch die Stadt geschritten und hatte gespannt seinen Kommentaren zur alten Stadtplanung und den baulichen Veränderungen, die im Gange waren, zugehört.

»Da heisst es immer«, sagte Robert jetzt, »die deutschen Städte sind kaputt. – Was ist das für eine schreckliche Aussage! Kann ich sagen: Mein Körper ist kaputt, wenn ich weiter existieren will? Städte sind die Organe eines Volks. Wir *müssen* sie erneuern. Nur so arbeiten wir auf eine Erneuerung des deutschen Menschen hin. Für eine neue Welt muss man das Stadtbewusstsein wieder aktivieren. Kann eine Nation auf einem Trümmerhaufen resignieren?« –

»Aber in Deutschland herrscht heute Skepsis gegen grosse Architektur. Die Deutschen sind bescheiden geworden. Sie fürchten hinter grossen Bauten gefährliche Ideen. Allein schon das Schöne ist ihnen suspekt geworden«, wandte Kotbub ein.

»Aber sie bauen ja ständig! Alles nur Flickwerk. Sie sind überhaupt nicht bescheidener, sie sind nur feige, *so* feige! Der Idealstudent muss lautlos durch die Uni gehen. Er darf nicht mehr bemerkt werden. Alles, was auffällt, wirkt negativ. Möglichst schnell und ohne Umwege in den Erwerbsprozess hinein . . .« –

»Und ist das nicht auf der ganzen Welt dasselbe?« –

»Nein. Nirgends ist es so schlimm wie in Deutschland. Man hasst das Intellektuelle. Man hasst die Künstler. Ich selber bin ein ständiges Ärgernis, ein Störfaktor. Und in Wirklichkeit ist dieses Deutschland eine schrecklich langweilige Gesellschaft, die nicht weiss, was sie tun soll. Sie hat keine Ziele mehr und setzt sich nur aus Langeweile für materielle Zwecke ein. – Aber so kann eine Demokratie nicht funktionieren! Der materielle Erfolg ist nicht vereinbar mit dem demokratischen Spiel. Überall sieht man, wie sich meine Ideen bestätigen. Aber sie widersprechen immer mehr der deutschen Wirklichkeit.« –

»Du manövrierst dich durch deine freiheitlichen Theorien selber immer mehr ins Abseits. Was willst du mit einem Kopf voll Ideen in einer trägen Stadt wie Hamburg? Einer wie du muss doppelte Arbeit leisten: erst das Bedürfnis für seine Vorschläge schaffen, und dann Ideen durchsetzen, die dem deutschen Normalgeschmack widersprechen.« –

»Absolut falsch! Du verstehst überhaupt nichts von der Sache! Das Bedürfnis ist längst vorhanden. Die Probleme sind enorm. Alles ruft verzweifelt nach einer Lösung. Hinter mir stehen Bankiers, Unternehmer, auch die Stadtbehörde, Professoren, Privatgesellschaften. Man hört mich überall an. Ich habe jetzt mitten in Hamburg eine kilometerweite Leerfläche in ein Riesenprojekt einbezogen, das seit einem Jahr offiziell geprüft wird. Die Zeitungen haben ganze Seiten darüber gebracht. Niemand kann mir sagen, warum diese ungeheure Landreserve so lange brachliegt, dort zwischen dem Dammtorbahnhof und der Sternschanze. Wahrscheinlich stecken da Interessen von mächtigen Industriellen dahinter, die diesen Raum später für ihre eigenen Zwecke nützen wollen. Aber es ist nicht nur das. Man hat überhaupt keine Vorstellung von baulichen Idealen mehr, die man nicht direkt kommerziell auswerten kann. Ja, für Autobahnen, für Verkehrsentlastung, für Parkplätze oder Autosilos. Aber wenn ich von einer Begegnungsstätte spreche, die dieser Nordmetropole ihr Gesicht zurückgeben soll, schaut man mich ratlos an. Die Franzosen haben das Centre Pompidou gebaut, und zwar mit Hilfe eines italienischen und eines spanischen Stararchitekten, die sie fürstlich bezahlten. Wenn auch vieles falsch ist an diesem Centre Pompidou, wenn es auch den kleinen japanischen Massentouristen, den ungebildeten Amerikaner, viele falsche Menschen anzieht, so bringt es doch Begegnungsmöglichkeiten auf einem bisher toten Platz, wo nur noch Huren in ihren Löchern hausten. Das ist auch politisch von höchster Wichtigkeit. Aber in Hamburg sagt man mir: Wir führen unser demokratisches Leben in unseren Häusern. – Und was ist das für ein demokratisches Leben, an dem nur Eingeladene teilnehmen können? frage ich.

»Die Deutschen interessieren sich für solche Ideen nur aus Bigotterie, wegen ihres permanenten schlechten Gewissens. Aber immer fallen sie wieder in ihre alte Trägheit zurück.« –

»Sie haben Angst, dass Veränderungen plötzlich in die falsche Richtung gehen könnten.« –

»Sie haben den Glauben an eine Veränderung verloren. Vor allem sind sie neidisch auf alles Grosse. Die jungen Leute studieren in Gebäuden, die wie Polizeigefängnisse aussehen. Das freie, offene Lebensgefühl an sich wird diffamiert! Der Student wird geradezu erzogen, sein Leben in hässlichen Provisorien zu verbringen. Und da drin werden sie heute nicht mal mehr zu Staatsfeinden. Längst hat sich die Gewohnheit verbreitet, den Staat, die Umwelt, das Leben überhaupt als etwas Abstossendes zu akzeptieren. – Nimm das deutsche Autobahnhotel. Vergleiche es mit dem amerikanischen, japanischen, sogar mit dem französischen Novotel oder ähnlichen Konzeptionen: Da steckt noch ein

Funke drin, eine Idee, die von einem Rest von geistigem Aufbruch zeugt. Aber in Hamburg? Vierzigtausend Studenten verbringen ihre wichtigsten Jahre auf dem Kampus, aber es gibt nicht einen einzigen Wegweiser!«

Sie sassen beim Essen. Lisa trug die Schüsseln auf. Sie brachte die venetianischen Gläser. Robert bewunderte sie. »Ihr lebt hier in einer Oase«, sagte er. »Was soll dieser Luxus? Die Schweiz ist ein Sonderfall. Deine Probleme interessieren niemanden. Was willst du mit einem Liebesroman? Ich glaubte, du schriebest "Prosatage", ein episches Diagramm durch die schreckliche Belanglosigkeit unserer heutigen Zeit, eine Bilanz über die Resignation und die Unempfindlichkeit Deutschlands, Europas, der Welt in dieser trägen Zwischenepoche. – Und du schreibst über zwei Frauen!«

Lisa war wieder in die Küche gegangen. »Du müsstest die Frau beschreiben, welche die Welt verändern wird, die Mutter, die geboren hat, die deshalb den Krieg vermeiden will, weil sie das Leben liebt. Nicht etwa Politikerinnen wie Golda Meir oder Margaret Thatcher, die noch die Männer imitieren ...«

Aber Kotbub fand diese Themen alle abgedroschen. »Das machen schon zu viele. Ich beschreibe einen besonderen Fall. Seelische Passionen in Beziehungen zwischen einzelnen Menschen waren immer Romanthemen. Gerade die Entwicklungen, die du kritisierst, haben solche Stoffe zu Unrecht abgewertet. Ich schreibe an einem Buch, in welchem all dem das ganz persönliche Erleben entgegengesetzt werden soll.« –

»Du willst nicht mit mir zusammenarbeiten?« –

»Ich habe hier noch einen Auftrag, den ich zu Ende führen will.« –

»Du hast kein Interesse mehr an meinen Projekten?« –

»Zuerst muss ich auch die Hausrenovation abschliessen.

Das alte Badezimmer kommt als letztes dran. Aber ich glaube, ich kehre nicht mit dir nach Hamburg zurück. Gehen wir später zusammen nach Paris!«

»Ich sehe schon, du glaubst nicht mehr an meine Sache.«

Wie Lisa wieder hereinkommt, beginnt Robert zu lachen: »Aber hier bin ich ja in ein Feinschmeckernest geraten! Dieses Essen ist zwar ein grosses, sensuelles Vergnügen. – Aber ich geniesse es nicht. Ihr befindet euch in einer Exklave der Gesellschaft. Das hier ist eine idyllische Burg. Ich will morgen wieder weg!« Robert verabschiedet sich. Er geht zu Bett.

Am nächsten Morgen kommt Taiko schnell vorbei, um Robert kennenzulernen. »Ein sehr reges, geistig überraschend aktives Mädchen!« sagt er. »Eine Frau, in die man sich leicht verlieben kann . . .«

Abends steigt er in den Zug. Lisa bricht das Herz, aber Robert drückt sie nochmals an seine Brust. Dann ruft er aus dem Fenster: »Ich wünsche euch viel Spass. Ihr werdet bald euer Bad in Perlmutter ausgeschlagen haben. Aber was habt ihr dann damit für die Welt getan?«

Der Hotelier im "Toscanelli" zu Padua musste unsere Neugier für seine Küche doch angestachelt haben, als er uns am Silvester des vergangenen Jahres (vergammelt zwischen zwei Weibern!) nachrief, sein Ristorante sei wieder offen. Wir kehrten nämlich im Spätsommer zurück und bezogen sein Haus als Lisas Mittelebens-Passionsstation. Allerdings nicht, ohne am ersten Reisetag nur bis Brescia zu gelangen. Beatrix rief aus Zürich an. Sie spricht fliessend Italienisch. Wir hatten mit ihr und Gottlieb als Auftakt zu Lisas Jubiläum einen Drink genommen. Nach mehreren vergeblichen Versuchen in einem bis weit in seine Umgebung ausgebuchten Mailand (wegen der Möbel-Passion.), fanden wir im Hotel Victoria in Brescia ein Zimmer. Wir kannten dieses Hotel von unserer ersten gemeinsamen Venedigreise her. Juliana hatte sich damals ihrer Unterleibsoperation unterzogen, der ich unverzeihlicherweise fernblieb, um mich mit Lisa (Lawinia) nach Venedig zu schlagen.

Wie ich mich schäme! Heute noch. Juliana so oft beigewohnt, aber in dieser schweren Stunde nicht beigestanden! Nicht einmal mit Händehalten bis zum Eingang in den Operationssaal, der auf spanisch Operationstheater heisst. – Wenigstens für diesen Ovarienschnitt hätte ich damals bei Juliana in Madrid bleiben können!

Nein, ich hätte mich dem Schneideprogramm der Gynäkologen für Frauen über vierzig widersetzen sollen. Sie verstehen ohnehin nichts vom Koitus, diese Affen, sehen zwar in die Organe, aber nicht in die Seele der Frau hinein. Der Eierstockschnitt bedeutet Depressionen, Verlust der weiblichen Selbstsicherheit, viel mehr als die Uterusamputation. Die prophylaktische Eiwabenentfernung ist ein Verbrechen, wofür man den Arzt mit einem Eierschliff bestrafen sollte!

Mich ebenfalls. – Die arme Juliana! Allein, am frühen Morgen, ins Auto, ins Spital, wie immer, aber diesmal selber unter das Messer, dem sie sonst mit dem Scanner zuschaut. Was für eine traurige Bilanz meiner "Liebe" zu ihr!

Ich reiste damals mit Lena, dem Lawinia-Lisa Zwischenprodukt, nach Venedig. Wir suchten ein Glück in Italien, das aus Tapeten, Fliesen, Pflanzen, Möbeln, einem ganzen neuauszustaffierenden Haus bestand. Die Hausrenovation, unsere längste Passion! Wenn die Eile und die Dramatik zur Begeisterung wird! Ebenfalls verpasst als Thema. Wäre ein Renovationstagebuch nicht interessanter als Lady Taikos Ficktagebuch? Berényi wollte mich zu einem "Tagebuch eines Estrichbauers" animieren.

Aus jeder Stadt von Mailand bis Venedig rief ich nach Madrid an. Ich konnte aber nur die erst spärlich vorhandenen automatischen Telephonapparate nach Madrid benützen, weil mich sonst das "Pronto" der Signorina del Zero Re verraten hätte. In Spanien durfte niemand merken, dass ich mich in Italien befand, nicht betend vor meinem Hausaltar kniete. Ich stöhnte und jammerte über die arme Juliana, die ja in der Narkose lag. Lawinia-Lisa litt mit ihr, wenn auch auf andere Art: kaum konnte sie meine Klagen für andere noch ertragen. Doch sie schwieg.

Wir schliefen also zum zweitenmal im Lawinia-Hotel Victoria in Brescia, machten es dadurch auch zu einem Lisa-Hotel.

Bin ich selber in Brescia gezeugt worden? Einiges spricht dafür. Mein Vater als Abnahmebeamter der Druckleitungen für das Grande-Dixence-Werk bei "Tubi Togni" zur Zeit von Mussolini . . . Lisa bekam meine vermutliche Zeugungsgeschichte nochmals zu hören. Sie kannte sie schon, aber sie ist geduldig und sagt immer: »Nein, diese Geschichte hast du mir noch nie erzählt.« (Ist sie wirklich geduldig, oder hat sie ein Hirn wie ein Sieb? Nein, sie hört mir gar nicht mehr zu!)

Das Hotel Victoria hatte immer noch seine mussolinische Eingangshalle. Das ganze dortige Viertel ist nach faschistischer Manier gebaut. Stimmt das, Robert? Oder sind es Nachkriegsbauten? Nein. Ein schöner Happen mittelalterlichen Stadtkerns liegt unter diesen Mietskasernen und Amtshäusern begraben. Aber auch die Palladio-Renaissance-Architektur brachte manchem mittelalterlichen Haus den Tod und machte dessen Bewohner obdachlos.

Das Zimmer war nur bis acht reserviert, aber um acht waren wir noch auf der Autobahn – bogen in eine Raststätte ab, um es zu halten. Aber ausgerechnet jetzt geht in dieser Raststätte die Kasse kaputt, und wir müssen hinter allen Kaffee- und Sandwichkunden für einen Gettone anstehen.

Wir halten das Zimmer schliesslich mit diesem erstandenen Gettone, bekommen aber eine ganze Suite, wohl die schönste in Brescia, weil ich reklamierte. Ich war nochmals hinunter gegangen, sagte, wir hätten das letztemal ein besseres Zimmer gehabt. Es klappt. Und ich bestelle gleich noch einen Blumenstrauss für den nächsten Morgen: Lisas Geburtstagsüberraschung. Aber nicht etwa fünfzig Rosen, wie sie Anna erhielt. Lassen wir Annas fünfzigsten Geburtstag im "Storchen", wo sie den Rosenstrauss aus dem Fenster in die Limmat warf! Sie hatte aber nicht bemerkt, dass noch ein kostbares Geschmeide dran hing. Fünfzigste Geburtstage sind für Frauen eine ganz heikle Sache. Lisa war mir dankbar für das Cicerone-Charon-Geleit über diesen tückischen Lebensfluss.

Am Vorabend: die Pizzeria in Brescia. Wir würgen noch schnell etwas unsere Rachen hinunter. Die Raserei hatte uns nicht erlaubt, vorher zu essen. Wir bestellen eine separate Portion Parmaschinken dazu und verteilen ihn über die Öde dieses Gelben Teigmeers, das unsere Pizza ist. So schwimmen wenigstens einige Schinkenfische drin. Italien befindet sich auch in bezug auf eine Pizza in einem präkommunistischen Verelendungszustand. Nichts macht mehr Freude. Und sogar unsere Brescianer Suite erwies sich als ziemlich angeschmockt, als wir sie richtig bezogen.

Aber am nächsten Morgen schalte ich probeweise das Radio im Nachttisch ein, und siehe: gleich klingt César Franks A-Dur-Violinsonate heraus, in der sich die Geige und das Klavier so liebreich ergänzen und handgemeinsam ablösen, hinter- und nebeneinander dudeln und fiedeln, geigeln, tästeln und tänzeln, wedeln, sich küssen und aus dem Abstand nur weniger Takte heiss anschauen, dann melodisch umarmen und schliesslich vögeln – wie ein überglückliches Ehepaar ein ganzes Leben lang.« Das bürgerliche Frankreich vor dem Ersten Weltkrieg!« rufe ich aus. Lisa begeistert sich an meiner Begeisterung. Ich fliege als ihr Drachen über dem Bett, auf César Franks Violine, die hohe, hehre respektvolle Gattenbeziehung der französischen Tradition. Ein göttliches Geburtstagsgeschenk, aus dem Äther!

Mit dem Blumenstrauss klappte es allerdings nicht. Ich hatte nur um einen Strauss Feldblumen, einen einfachen, gebeten. Keine Rosen. Die deprimieren nur. Doch als ich das Frühstück verlangte, sagte mir der Concierge am Telephon, er habe die Blumen nicht besorgen können. Am Montagvormittag seien alle Blumenläden zu. Lisa, lass deinen nächsten "runden" Geburtstag (wie heisst du dann in meinem "neuen

Roman"?) nicht auf einen Montag fallen! – Lisa war herzlich, zärtlich, herzlieblich (Ruhe, Taiko!), gerührt von dem *bestellten* Blumensträusschen. Die Geste genügte schon, um sie restlos glücklich werden zu lassen. Denn ursprünglich hatte sei allein verreisen wollen, mit unbekanntem Ziel. Wie Otto, Hannes Mann, als er fünfzig wurde. Aber Frauen ist das nicht anzuraten.

Am Montagvormittag waren auch die Ledergeschäfte zu, alle Geschäfte. Das hatten wir vergessen. So gab es für Lisa, gleich gegenüber, keine Ledertasche. Die grässlichen Schuhe, die jetzt hier ausgestellt waren! Krise oder neue Mode? Wir machten uns unbeschuht und taschenlos auf die Autobahn-Socken, fuhren an Venedig vorbei, nach Mestre, denn wir wollten den Abend in einem mondänen Hotel auf dem Lido in Venedig verbringen, vielleicht den Nachmittag mit voll- und barbusigen Engländerinnen baden, ihnen beim Einreiben von Busencreme behilflich sein. Aber wir fanden keine Nacktbusenwunder auf diesem Lido, denn wir fanden auch den Lido nicht. Wir hatten das Stück Brackenlagune zwischen Jesolo (scheusslich!) und dem Lido von Venedig übersehen. Nur zweimal im Tag fährt die Autofähre.

Also von Treporti per Schiff nach Murano. Wir hatten die dortigen Glasgeschäfte noch nie gesehen. Schrecklicher Kitsch! Wer gibt Murano mit der Maschinenpistole, was es verdient? Ich kaufte Lisa nur eine kleine Vase aus Lapislazuli, den Rest bei Siffi, dem wir auch die drei abgebrochenen Arme seiner Lampe zurückbringen wollten. – Es war schon zu spät. Wir dampften deshalb gleich nach Treporti zurück, um am Abend nicht in Venedig festzusitzen, sehr vergnügt, umringt von rund zweihundert Franzosen. Seit Napoleon hatte kein venezianisches Boot mehr einen solchen Franzosendruck tragen müssen, bis Burano. Was wollten diese Franzosen am späten Abend noch in Burano? Machte ihnen ein Billigreisebüro vor, sie übernachteten hier in Venedig?

Die weitere Fahrt in der Lagunen-Fahrtrinne mit den Ampeln an den Pfählen vor dem weiten Horizont war abendromantisch. Im Dunst der einsame Dom von Torcello. Tamariskenufer. Ein kleiner Frachtkahn begleitete uns in einer Art Wettrennen. Fast warfen ihn die Wellen des Dampfers gegen die Pfähle, aber er weicht nicht. Zwei Männer stehen hinter seinem Motor. Die Abendsonne versank in diesem dunstigen Montag. Verwandelte sich nun Lisa neben mir in eine Schleiereule? Ich bemerkte es jedenfalls nicht, denn drei junge Arbeiter spielten neben uns Karten auf den Bänken und schlugen die Asse, die Könige und die Buben wie wild auf das Holz. Lisas Lebenstrümpfe, die ihr der heutige Tag ausspielte? Oder schrien und lachten sie über Lisas Schicksalstag? – Neue Pfahlstrassen mit kleinen Laternen. Mit Madonnen? Wir schwebten an kleinen Inseln voller Vögel vorbei, ergötzten uns bald am abendlichen Fährhaus von Treporti; ruiniert, mit Rundbögen über den Türen, war es, alles mit Brettern vernagelt. Würde es einst wieder in seiner alten Stärke erstehen? Man weiss es nie in diesem Land, das selber unzählige Male seinem Sarg entstiegen ist. Nimm dir ein Beispiel, Lisa, an der Eremitenkirche von Padua, die nach dem Krieg in Trümmern lag, wie heute deine letzten Hoffnungen, und die wieder fast neu erstanden ist! Du wirst nochmals zwanzig. Jung! Denn wir fahren ja rückwärts in diesem Jahr der Passion nach Padua, wo es begonnen hat, ins Hotel Toscanelli. Hier wird heute abend Wiedergeburts-Tag gefeiert. In einem Eckzimmer, hoch oben, mit Blick über viele Padua-Ziegeldächer (Lisa, Läden zu! Taiko, die Giebelkatze, schleicht sich an)!

Aber wir stiegen in den Keller, denn dort befand sich jenes vom Besitzer gelobte "Ristorante Aperto". Tatsächlich eine Märchengrotte, mit spanischen Wänden, Früchtetürmen und Tischen voll Nachspeisen, und einem Ausblick direkt ins Fegefeuer: Da wurden ganze Kardinäle und Staatsräte am Spiess geröstet. Uns trennte eine mächtige Scheibe von ihrem Schicksal, ein mystisches Mitte-Lebens-Gerät, ein Helena-Hexen-Vexierglas zwischen Leben und Tod, hier und dort, am himmlischen oder am Höllenspiess?

Diesseits dieser Lena-Scheibe bestellten wir einen Risotto mit Champagner. Bald kam er aus dem Höllen-Küchen-Elysium als die erste Wiedergeburts-Speise an: himmlisch! Hatte sich der Bari-Kanzelmann doch geirrt? Wir schlugen dem Kellner zur Prüfung auf die Backe. Er fragte, was wir denn hätten. – Wir bekundeten unsere Erleichterung darüber, dass er reagiere. Wir befänden uns also nicht nur in einem glücklichen Traum, sondern im wirklichen Risotto-(nicht im Dotto)-Restaurant! Er lacht, eilt an die Ess-Essen, um ein neues Stück Paradies gegen einen Ablass-Bestellzettel auszulösen. Auf neuen Schüsseln wurden die Engelsfetzen herübergetragen. Schmeckten sie noch besser als auf Giottos Bildern? Wir lebten engelisch, auch ohne Busenwunder, cremten unsere Gaumen ein!

Lisas Busen ist in den letzten Jahren grösser und fester geworden. Wieviele Frauen, jetzt schon über fünfzig, haben noch einen so vorzüglichen Körper? Erst mit fünfzig werden sie richtig obszön. Sie übertreffen die Verworfenheit des Mannes.

Ich war stolz, als ich Lisa so gut hinüberhalf. Nur die Eifersucht verwandelt Frauen über fünfzig in Fledermäuse; aber wenn man ihnen wieder ein Kompliment macht, finden sie gleich in ihre frühere menschliche Gestalt zurück. Allerdings werden aus Flügelhäuten oft immer teurere Roben. Dior-Hexen-Röcke. – Mehr Bonmots?

Wer legte denn in der Nacht vor unserer Abreise jenen Zweig über Lisas Auto vor meinem Haus? – Die Froschs?

Wir befinden uns immer noch in Paduatrance. In der Narkose des anatomischen Theaters der alten Universität. Die Schauspieler hatten wirklich gute Rollen in diesem Stück, wenn sie von den Pedellen auf Friedhöfen ausgegraben, angeheuert und auf jenem kleinen Nebenfluss der Brenta unter das Universitätsgebäude geschifft wurden, von richtigen Charonten! Man hob sie aus ihrem Schminkkabinett, dem offenen Sarg, an Seilen mitten in den Kerzenschein der engen Bühne. Und auf dem Schragen der Fakultät wurden sie plötzlich nochmals zu Hauptakteuren und Primadonnen, die ihre stummen Monologe voll Weisheit sprachen und die seltsamsten Arien sangen. Wie schwoll ihnen der Kamm vor Eitelkeit, wenn man ihnen dabei den Bauch oder den Hals aufschlitzte! Nein, nicht wie jener Doktor Rabelais, der bereits öffentlich – wenn auch mit vielen Risiken und Essenzen – ans Werk gehen konnte. Diese Anatomie-Sessionen in Padua wurden schon damals von anarchistischen Ärzten abgehalten. Ehrfurchtsvoll stellte ich mich auf einen der Stehplätze dieser ersten Schaustücke der Öffnung des Menschen mit seinem bereits unmenschlichen Jenseitsgeruch, der den Studenten, auch denen der obersten Reihe, dem "Paradies", auf ihren nur vierzig Zentimeter breiten Stehlogen in die Nasen stieg. Wahrhaftig, ein anatomisches Passions-Spiel von einer Transzendenz ersten Ranges! Delirierend im Gestank von Kot und Verwesung blickten sie voller humanistischer Faszination auf die Geheimnisse der menschlichen Innereien, die sich ihnen da offenbarten: dass die Frau das Herz nicht auf der rechten Seite trug, sondern ebenfalls auf dem rechten Fleck, dem linken! Schnitt man auch mal einen Lido-Wunderbusen ab, ob Milchkühlein drin weideten? Da drangen gierige Männerblicke ins Geschlecht einer jungen Mutter, die am Kindbettfieber gestorben war, keine zahlenden Stehonanisten, sondern Wissenschaftler, die das Ur-Ding suchten, das da drin wachse und wachsen lasse, neue Menschen austreiben liess. Rührten die Lanzetten vergeblich im Brei dieses Schosses? Es existierte kein rätselhafteres Ding an sich als dasjenige, welches immer wieder ein neues Menschen-Wunder schuf! –

Wandfliesensuche. Ein Taxenfahrer fuhr uns zu einem grossen Geschäft. Wir glaubten zuerst, uns in einem Fliesenparadies zu befinden. So viele Fliesen! Aber was waren denn das für knallige Farben? Schrecklich grell. Ordinär, und alle Platten drei bis fünf Zentimeter dick. Was für verzweifelte Versuche, der italienischen Fliesenindustrie aus ihrer grossen Pleite aufzuhelfen! Nein, hier gab es nichts für uns. – Wie die Handtaschen: alles teurer und schlechter als bei uns.

Am Morgen waren wir in der Scrovegni-Kapelle gewesen. Auch schlechter geworden als unsere währschaften Madonnen? – Nein. Giotto: Ein Stück karge Toskana. Die Wärme des trockenen Sandbodens im gemüse- und salatreichen Padua. Mir ging allmählich auf, was im Führer stand: Giotto war die Fortsetzung der Mosaikenkunst im Mausoleum der Galla Placidia von Ravenna. Klar, die kaiserlich-byzantinischen Bauten, das Himmelblau, die Sterne, die übereinander aufgereihten Gesichter und die geometrischen Ornamente an den Säulen und Bänderfriesen, die so neuplatonisch-platt, so schein-philosophisch aussehen, ganz im Gegensatz zum späteren, metaphysischen Leonardo.

Giotto war über Ravenna gereist, als er nach Padua kam, um diesen Freskoauftrag für die Scrovegni auszuführen. Man muss eine halbe Stunde im Raum bleiben, bis sich die Pupillen öffnen, bis man sich an die Giotto-Farbenwelt gewöhnt. Eigentlich darf man erst mit Schauen beginnen, wenn man schon eine halbe Stunde schaut. Erst dann dringt man in die religiöse Heiterkeit und in die gleichzeitige Revolution dieser Bilder vor. Da ist noch alles im Fluss. Man spürt, wie Giotto die Mosaikenkunst erst in seine Fresken integriert, wie ihm das eben gelingt.

Der Botanische Garten, der älteste in Europa. Die Goethepalme. Wieviel Trinkgeld bringt sie dem Wärter am Eingang? Sobald er hört, dass die Besucher deutsch sprechen, weist er sie auf diesen Baum hin. Ist der Herr Geheimrat auf seiner heimlichen Reise hier auf die Idee von der Verwandlung der Pflanzenblätter gekommen? Oder erst in Palermo? – Und in was verwandelt sich die sich nun langsam entblätternde Lisa? In ein Stück weise Rinde?

Wir hatten uns geschworen, den "Santo" nicht zu betreten, die Antoniuskirche, um keine Touristenpflichten zu absolvieren. Aber als wir dann gegen Abend vom "Orto Botanico" heraufspazierten, vergeblich eine Taxe suchten ... Vom "Santo" betrachteten wir dann aber nur den Chor. Die Donatello-Kupferreliefs warten sehnlichst, einmal ihre Geheimnisse *ganz* preisgeben zu dürfen. Denn die Besucher vertiefen sich immer nur bis zu einem gewissen Punkt in sie. Vielleicht einer von Tausenden studiert sie wirklich. Kunstwerke leiden, wenn man nicht richtig in sie eindringt. – Wir bemerken in der Kapelle des Chorumgangs noch die Fotos des nach achthundertdreissig Jahren zum erstenmal wieder geöffneten Antoniussarges, wovon wir am Weihnachtstag gelesen hatten. Aber der einstige Strassenprediger aus Portugal, der sich schnell die Gunst der Paduaner eroberte, war nicht als vollständiger Knochenmann drin. Das hatten wir falsch verstanden. Er existierte nur noch als ein Knochenhaufen. – Wir kauften eine Antoniuskerze. – Wird sie trotzdem ihre Wirkung haben, Tränen fliessen lassen, wenn Taiko sie sieht? Kommt Taiko überhaupt wieder nach dieser neuen Reise? Oder hat sie, wie mir Juliana prophezeit, inzwischen das Haus ihrer Niederlage angezündet? Steht mein Gonzaga-Palast in Flammen, während ich dieses "Sentimental journey" von Lisas Jubiläum absolviere?

Und die Trümmer, die ich bei Juliana hinterliess, als sie mir das letztemal auf dem Flughafen erklärte, es wäre ihr lieber, wenn ich nicht wiederkäme! Lauter Rauchvisionen weiblicher Katastrophen-Bilanzen um mich herum. "Bilanztage" heisse dieses Buch! Tage weiblicher Karrierenknicks. Im philosophischen Padua. Ihre anatomischen Pleiten möge der Abano-Schlamm umhüllen, die Palmblätter des "Botanico" schlagen sie ein, der Kerzengestank im "Santo" legt von ihnen Zeugnis ab. Wie heilt man sie vom Schmerz, dass sie alle fünfzig werden? Und ich führe diese geschlagenen Seelen und Vaginen auf ihren Stumpengeleisen alle in die Euganeischen Berge, nach Arcà Petrarca, wo der Gelehrte der geistigen Erweckung gestorben ist, über einen lateinischen Kodex gebeugt: Papier ist die einzige Transsubstantiation, die tägliche Oblate, die Schmerzen in Scherz und Ergötzen verwandeln kann. Umkreisen mich deswegen diese drei Grazien in Ehenot wie drei Spätsommerfalter? Zu lange war ich der Sachwalter, der Podestà ihrer Schätze und Pfründe unter dem Rock. Jetzt klagen sie mich der Unterschlagung an. Jede behauptet, ich hätte das Vermögen, das sie mir anvertraute, mit einer anderen verprasst. Ich falscher, betrügerischer Aktuar! Als ein heuchlerischer Pfaff habe ich ihre Geschäfte in die Hände genommen, sie über Jahre zum Wachsen und Rentieren gebracht; aber die Gewinne allein eingeheimst, noch Zinsen und Dividenden davon bezogen! Dieser Tag deckt das grosse Defizit auf! Lisa, wo sind deine Millionen?

Man verurteilt mich, in diesem anatomischen Theater bei noch lebendigem Penis entleibt zu werden. Man wirft ihn im Unterweltsflüsschen den Fischen vor: Mal schauen, wie er sich in *deren* Mund ausnimmt. Ob er sich nach diesem Fiasko nochmals aufrichtet. Schneidet diesem “Possen”-Buben auch die Hände ab! Zuerst seine Kosefinger mit der Schere, diesem treulosen Partner in gleichzeitig drei Liebeskompanien! Die Nerven, welche ihm die Nachrichten der Triumphe und Eroberungen in sein Bockshirn trugen: zieht sie ihm an diesem Haken heraus! Da, studenti: die Essenz der Schöpfung! Das Lustgesträнge des Menschen ist das älteste System, das alles erfasst! – Diese Universität heisst nicht grundlos “Il Bò”, der Ochse. Seit Jahrhunderten kastriert man hier alle ungetreuen Böcke. Über das Hotel Toscanelli locken sie ihre rachsüchtigen Begleiterinnen in die Falle!

Ich entkomme knapp den drei Pedellen, die durch die Korridore hinter mir herrennen, um mich auf einen Schragen zu binden. Jetzt rennen auch die drei Weiber herbei: »Fasst ihn! Er weiss nicht einmal mehr, welchen Körper er kost. Seine Lippen, sein Lächeln haben uns betört!«

Am nächsten Tag geht es zurück. Die Geburtstagsreise hat Lisa gestärkt. Sie fasst neuen Mut. In den nächsten Ferien will sie allein nach Ravenna reisen. Ich erzähle ihr von Belisar, Prokopius, Amalasuntha, dem Versöhnungsmahl, das Theoderich dem Odoaker in der Wasserburg von Ravenna gab. Es endete mit einem Mord. Sollen wir es in unserem Estrich veranstalten? Mit vergifteten Speisen für die Belletristen und Experten? – Wie lustig, zuzusehen, wenn sie ihre letzten “Geschmacks”-Urteile abgeben: unter Gestöhn! – Lisa, kochst du den Risotto? Ich würze ihn selber, mit einem gewissen Champagner!

Es gibt noch viel zu erleben, auch für dich! – Waren die Arien aus der Kantate für zwei Solostimmen mit Prosa-Continuo schön? Tönen sie weiter? Verklingen sie in den ambrosianischen Wolken über dem Po?